五花八门，只拣你不爱听的说

张月 著

中国财富出版社

图书在版编目（CIP）数据

五花八门，只拣你不爱听的说 / 张月著 .—北京：中国财富出版社，2016.4（2016.9 重印）

ISBN 978－7－5047－6053－1

Ⅰ.①五… Ⅱ.①张… Ⅲ.①散文集—中国—当代 Ⅳ.①I267

中国版本图书馆 CIP 数据核字（2016）第 033999 号

策划编辑	张彩霞	**责任编辑**	王 琳 刘瑞彩		
责任印制	方朋远	**责任校对**	梁 凡	**责任发行**	敬 东

出版发行	中国财富出版社		
社　　址	北京市丰台区南四环西路 188 号 5 区 20 楼	**邮政编码**	100070
电　　话	010－52227568（发行部）		010－52227588 转 307（总编室）
	010－68589540（读者服务部）		010－52227588 转 305（质检部）
网　　址	http://www.cfpress.com.cn		
经　　销	新华书店		
印　　刷	北京九州迅驰传媒文化有限公司		
书　　号	ISBN 978－7－5047－6053－1/I·0214		
开　　本	710mm×1000mm　1/16	**版　　次**	2016 年 4 月第 1 版
印　　张	15.25	**印　　次**	2016 年 9 月第 2 次印刷
字　　数	234 千字	**定　　价**	35.00 元

目录
Contents

五花八门

人物篇

风物篇

省悟篇

五花八门

有感于“京范儿”

“范儿”，是个带有“京味儿”的词，指的是一个地方或一个人的派头、气势或气场，更准确地说，是带着优越感、可以拿来炫耀的一种生活方式和行为习惯。但问题不在“范儿”，而在“京”范儿，因为任何一个地方、任何一个城市都可以有“范儿”，比如天津有“天津范儿”，上海有“上海范儿”，广州、南京也可以有“广州范儿”“南京范儿”，只是，这种说法不免荒唐可笑。而“京范儿”就不同了，因为“京范儿”专指北京——“皇上脚底下”，那种特有的“范儿”。

然而现在的北京人还有“范儿”吗？没有了。作为一个国际大都市的北京早已敞开博大的胸怀，兼容并包，迎接八方来客，他们给北京增添了新的气息和新的景观，也深深影响了北京及北京人；北京人早已经变了，且随着时代的脚步仍在加速地变化着。如果说现在的北京还有“范儿”，也只能是过去的、抑或已经作古的老北京人遗留下的范儿。魂兮归来，那难舍难离、渐行渐远的“范儿”啊。

那么就看看过去的老北京都有哪些“范儿”吧，都怎样地“范儿”吧。当然，张扬、炫耀“京范儿”的专家学者指的不是那时生活在北京城里的穷苦人，穷苦人连饭都吃不上，哪里还有什么“范儿”？也根本提不上“范儿”这个词。

清王朝的消亡过程实在漫长，也给老北京人留下了太多的难以割舍的传统习俗和生活习惯，你看那遗老遗少，在京城里照样提笼架鸟，照样肩膀上架着鹰，照样如螃蟹般走路，见了面也依旧行满礼，互称“爷”，互道“圣明”；直至如今，京城里不是仍旧时兴“爷”的称呼吗？譬如大拇指一挑，“你打听打听，大爷在四九城儿有一号！”这不是唯北京才有的“范儿”吗？

在乡间，在“文化大革命”以前，也依然有个别老者留着小辫儿，做寿时或临终时，也依旧穿了青衣小帽或马褂长袍；如果说“文化大革命”有百害而无一利，那么在这一点上“文化大革命”确是摧枯拉朽，把这样的残风陋习彻底打入了历史的垃圾堆。

北京人大气、乐善好施。哪里的人不大气，不乐善好施？但凡具有一定条件的，都讲究乐善好施，因为乐善好施乃人的天性，乃人之常情，天津人、上海人、广州人、深圳人不大气，不乐善好施吗？纽约人、巴黎人、东京人、伦敦人不大气，不乐善好施吗？如果你非强调这种好品行唯北京所独有，你则心胸狭隘，眼界不宽，倒显出你自己有些小家子气了。

北京有胡同，有胡同文化；北京人恋旧，珍惜邻里情。这用不着多说，任何地方的人一起处久了，都会恋旧，都会热衷于回顾那一份邻里情。至于文化，哪里没有文化？草原有草原文化，山区有山区文化，海岛有海岛文化；胡同文化只不过是市井文化的一种，有什么可得意、可自负的？是不是就因为在“皇上脚底下”的缘故？是不是多了些皇家遗传的气息？

北京人关心政治，关心国家大事，看那出租车司机，侃起国内、国际来滔滔不绝。然而那只是一种侃；侃，即侃大山，即漫无边际，即可以云山雾罩，可以不负责任，管它真假，管它对与错，只要发泄了，只要排遣了心中的寂寞就好。不过那不叫“范儿”，一个出租车司机实在提不上“范儿”，只有具备相当资格、资本，以及有些背景的人才能称为有“范儿”，否则只能装“范儿”，只能牛逼哄哄做出一种有“范儿”的样子。

其实，北京人除了因为北京是首都可以感到自豪之外，与其他大城市的人没什么不同：都按时上班，都到时退休或提前内退，上班的时候有人聊天儿、喝茶，有人下棋、打扑克，更多的人在干活儿；然而这些干活儿的人往往是北漂儿，是农民工，是临时工或者协管员。不同的地方就在于，真正的北京人依旧爱提笼架鸟，手里揉着核桃，走路不紧不慢，嘴里哼着西皮二黄，见面问一声“您吃了?”这就是“范儿”，这就是地地道道的“京范儿”。

具有“京范儿”的女人早晨起来头不梳脸不洗，第一件事是把水烧开，沏茶、喝茶，鞋总是趿拉着；即使到菜市场买五毛钱的肉，也要用那点肉分别炒出两三个菜；即使只有咸菜，也要把那咸菜丝切得很细很细，或者为了一顿并不丰盛的饭菜不惜花上一两个小时……这也是地道的京范儿，属于“京范儿”的一部分。

安逸和享受无止境，还可以滚鹌鹑、斗鸡、斗蛐蛐儿，还可以从鼻烟壶里抠出鼻烟，往鼻孔上一抹，再打个响亮的喷嚏，舒服是舒服了，“范儿”也范儿了，只是有些腐朽……看过二十多年前的电视剧《那五》吗?那五那才叫范儿，真范儿!

北京人小富即安。比如明明可以把买卖做得很大，可以做得越来越大，却突然放手，把店面租给别人，宁可让别人发财，自己当起了甩手掌柜的，图的就是那份自在与安逸。北京人比任何一个地方的人都乐于吃房租，图的也是既挣钱又安逸，况且北京的房租比任何一个地方的都贵。这说好听了叫小富即安，说不好听了叫懒惰，叫不求进取，叫缺乏大志雄心。

是啊，有哪个出名的企业家是北京人?有哪位大师、大学问家是北京人?出了个作家老舍就已经很了不起了；又有哪个政治家、革命领袖或开国元勋是纯正的北京人?北京人享受惯了，舒服惯了，很难成大器。

我所居住的小区有个大老李，五十岁出头，内退以后便腆着个大肚子，夏天摇着芭蕉扇，冬天穿了羽绒服找太阳地儿晒暖儿。他说他年轻的时候拳脚可了得，会摔跤，也爱打架，曾在天桥摔过保三儿，也打过练把式卖艺的。后来我专门为此打听了一下，原来保三儿在天桥摔跤的时候还是二十世纪五十年代，那时大老李还没出生呢!看，他就是这样好吹，云山雾罩不靠谱，大海城门骆驼象，什么大说什么。有一天他又专门指着我说:“我像你这个岁数的时候正棒着哪!”其实，他只比我大一岁，头年的这个时候也没见他怎样棒，头年的这个时候他就腆着肚子，摇着芭蕉扇而已。

如果我说，这就是北京人，这就代表了北京人，北京人肯定会骂我，弄不好还会说我污蔑了首都。

如果我再说“京油子”，油嘴滑舌，“天桥的把式，光说不练”，北京人非把我骂个狗血喷头不可，斥责我背叛了祖宗，妄自菲薄，亏你还是个北京人！

于是我只好纠正，说这是个别现象、个别人，起码是过去的人，并非今日的北京人。

北京这地方盛产相声，盛产吃开口饭的人。这确是真的，没人敢不承认。

北京话、北京小吃、北京吆喝，等等，这是“京味儿”，不是京范儿，就好像各地有各地的“味儿”一样。京味儿无可厚非，“京范儿”则不可以提倡，更不应该炫耀，因为除了抒发个人那种既得意又失落的情绪以外没任何好处。

但如果你写一本书，在书中客观、冷静、带有批判性地描述一番所谓的“京范儿”，提醒人们要前进，不要后退，要欣赏先进的，不要欣赏、更不要留恋那腐旧的作风和习气，则另当别论。北京人甚至可以为你鼓掌，可以为你宣传，因为你为首都的文明建设立了一功。

大夫不向你说的话

一般地说，大夫除了给你看病以外，多余的话一句也不会和你讲。一是大夫忙，二是跟你讲了也许你听不懂，更主要的是，根本没必要和你讲，或者需要讲的连大夫自己也还没弄得很清楚。

我不是大夫，但我关心身体和身体健康。遍观我周围的人及过去曾相处过的人，从他们的身体上得到了诸多感悟；感悟就是感悟，并非要开出治病或强身健体的良方。

人吃五谷杂粮没有不得病的，这便是病从口入，这便是所有人几乎都明白的道理。但病从口入也不光指吃了不干净或过了期的食物，也指你平时吃得太多，以及由于吃得太多、太好，造成营养过剩。特别是人到了一定年纪，身体的各部分机能都随之退化的时候，其劳动量、运动量也会相应减轻、减少。但偏偏有的人年纪大了，脾胃功能、吸收功能却不相应退化，依然如年轻人那样富有活力，依然在旺盛地消化着食物、吸收着营养，他们照样吃得很多、吃得口口香、吃嘛嘛香，看看周围，有没有这样的人？这样的人看上去气色非常好，体格健壮，面色红润，乃至黑里透红……但这样的人实际上身体潜藏着危险，或者，危险即将发生。

什么样的危险？那危险便往往是高血压、高血脂或者糖尿病，以及由此引起的并发症，比如脑溢血、心肌梗塞，等等。什么原因呢？就在于你吃了那么多，消化、吸收了那么多，而那么多营养到哪儿去？于是在得不到充分挥发和释放的情况下便只好进入你的血液，储存在你的身体里，时间长了，便是囤积，便形成了病。所以，你千万不要因为家里有粗脖子、红黑脸堂的父亲而感到骄傲、自豪，以为他永远不会生病；你也不要因为别人家有这样的父亲或者哥哥而羡慕不已，以为他多么健壮。如果说健壮，也只是脾胃健壮，整个人并不健壮，只是看上去健壮。

这些话，这样的话，医生是不会和你说的。如果是年轻医生，恐怕他或她也不懂，抑或他们还没有观察到。

人的身体应该像一本账，要做到收支平衡，既不能多，也不能少；多了便如同营养过剩，少了便如同营养亏损。但多了不好办，少了好办，这话怎讲？

首先你几乎无法控制你的食欲，况且你有那么好的消化、吸收系统，有那么好的肠胃，于是你照样吃得很多，照样吃得口口香，于是你需要清除，清除由过多的食物所带来的过多的垃圾。而清除本身很难。就比如搬家，如果那房里已经堆放得乱七八糟、满满的，你如何把新家具搬进去？但如果那房子是空的，就如同营养亏损，好办，在如今的生活条件下你只需多吃一些、补进些营养就可以了。人的身体也像一座房屋，如果地基不好或老化，便如同人的肾和其他器官不好或老化，然而房屋仍在不断加高、加负荷，就像人的食欲不减、食量不减，如此这般，怎么会不出问题呢？人是自然生物的一种，也总逃不出大自然的规律。

糖尿病、高血压便是因为消化功能好、吸收功能好，而不能和自己其他已经退化了的脏器功能相匹配，以至血液黏稠、血压升高；以至胰岛素的分泌赶不上血液里的糖分转化成氨基酸的速度，糖分只好随尿液排出。但是，你见过脾胃不太好的、吸收功能不太强的人得高血压或者糖尿病吗？这便等于坏事变成了好事，就是说，消化不太好、吸收不太好却也不会得高血压或者糖尿病。

高血压预示着中风；糖尿病的并发症更多、更可怕，但它们都有一个特点，即苦而不疼，未见这里疼那里疼的。但我曾与一个患糖尿病的朋友一起散步，途中他小便……不一会儿，引来了蜜蜂，似乎来采蜜；不一会儿，蚂蚁也来了，似乎闻到了甜味儿，便爬满了地上那一小片“图”……然而，高血压、糖尿病何其多！那所谓Ⅰ型糖尿病即原发性糖尿病，没有遗传因素，怪不着上一代，怪只怪现在的人在吃喝上太不检点，完全是他们自己“作”出来的。那Ⅱ型糖尿病即续发性糖尿病，带有遗传因素，不好治，几可伴随一生。然而我又想，为什么不见家境富饶、丰衣足食或高官厚禄、坦坦然然过生活的人得糖尿病呢？他们的上一代没得，他们的下一代同样不得，难道只有贫寒之家、出身下层的人，在得到温饱或丰衣足食以后，不知节制，只知往饱里吃、撒开了吃，才容易得糖尿病吗？

由此我又想到了贪官污吏，有几个上一代做官、这一代还做官的人成了贪官？难道只有农家子弟，只有辛辛苦苦打拼出来的，好不容易当了官，后来才最容易变成贪官？这在一定程度上能不能探寻出一些规律和经验教训？

这都是废话，也是出圈的话，大夫或许不关心，或许不爱听，总之没必要和你说。

在圣人面前不妨再卖卖三字经，再说一说“遗传”。

遗传很玄妙、很神奇，也几乎是个铁律，没有人能够逃脱、能够避免，无论你什么性格、什么相貌、什么体形，还是有哪种疾病，下一代总是毫无例外地带有上一代的影子，只是多少和程度的不同罢了。那么，遗传可不可以被阻断？我不是医生，不知道这个领域有没有人专门做研究，或者是否取得了成效，我只知 DNA（基因）可以复制，可以“克隆”，可以克隆动物，克隆人。复制、克隆，都是一种继承。

难道这世上就只能继承，就不能不继承吗？你给我遗产，我不要，偏要自谋生路、白手起家，可不可以呢？从理论上说可以，从世间万物上说也可以，只是，不细心观察，极少能找到这方面成功的实例。

一户姓许的人家，子女四个，他们的父亲便因糖尿病，不足六十岁去世。后来，老大、老二、老三也因糖尿病的并发症先后去世。唯有老四，老四如今也已四十多岁，却一点没有糖尿病症状，与一个健康人完全相同，且在单位担负着要职，工作也很出色。当然，你可以说这是侥幸，这是个别现象，但也的确是个奇迹，是真真实实的存在。

老四身上的奇迹是怎样出现的呢？原来，他从十七八岁起，便不知得哪位高人的指点，他与他父亲的生活习惯和饮食习惯完全、彻底地决裂，乃至背道而行。譬如，他父亲年轻的时候吃得很多，他便尽量少吃，每顿顶多吃个八分饱；他的父亲爱吃肉、爱喝酒，他就尽量少吃肉而根本不喝酒；他的父亲吃饱了不爱动，爱倒在沙发上看电视，他就坚决迈开腿，每天早晨去爬山，傍晚又沿小区围墙跑步……你信不信呢？若果不信，不妨到我们小区来访察一下，这位老四会谈笑风生地接待你，向你讲述他的经历和经验。但也仅此一例，我没有见到更多，因为我没有广泛调查的义务，也没那个权利。

这一例你说是偶然也好，你说是个别也好，总之我借此得出一个大胆的结论，即彻底改变生活习惯和饮食习惯，与你父辈的习惯相悖而行，且坚持不懈，对阻断不良基因的遗传是有效果的！打个比方，韭菜一茬一茬地割，每茬都带有病根儿，但你如果把那韭菜连根拔，然后重栽，病根儿便没有了。阻断遗传基因也像薅杂草，只要坚持到底，只要具备足够的耐心与信心，杂草总有一天会薅净，一代不行，两代，两代不行三代，代代要付出艰辛的努力。我们不能容忍带病的基因永远流传下来，带病的基因终会因我们年年月月、月月年年的艰苦付出而慢慢地、又不断地被耗损，而最后变得枯竭乃至完全消除。

中国人，强身健体，从自己做起，从改变不良的生活习惯、饮食习惯做起。

中国足球……不是体制问题，也不是技战术问题，而是体能问题、身体素质问题。临门一脚，别人一脚踢进了球门，你的临门一脚却因你早已气喘吁吁而不知把球踢到哪里去了。

还要再说句题外话，但这话依然与“遗传”有关。比如说，你的儿女还没有结婚，或者将要结婚，我劝你一定要好好打听一下，哪怕偷偷地、暗暗地去调查了解。了解你未来的女婿或者儿媳的父亲、母亲，甚至他们的爷爷奶奶，都得过什么病，或者是不是正有病在身，再或者是不是过早地离世……假如那离世并非车祸、地震、海啸、泥石流之类偶发性原因，那么问题便来了，也就是说，你要考虑他们是否存在遗传，要考虑遗传的严重性！你再想，假如十几二十几年后，你的儿媳或者你的女婿忽然成了病秧子、药罐子，甚或夭亡，再甚或传给了他们的下一代，想一想，你对得起你的儿子或女儿吗？他们年轻，不懂事，难道你也不懂？你连自己都对不起。

当然，这说起来有点自私，所以才偷偷地告诉你。

要命的烟酒（上）

体力劳动者、脑力劳动者，抑或是奔波于商场如战场脑体并用的生意人，抽烟，几乎是他们共有的嗜好。累了，抽支烟；烦了、腻了，抽支烟；不烦不腻、无事可干，也要抽烟，用来解闷；极度用脑，譬如策划，深思，或者写作，一支接一支的香烟更是必要的，因为烟似乎是助产物、是催生剂。但如果说这是铁律，不抽烟就不行，不抽烟就干不了事，不抽烟就出不了成果，那么确实有人不抽烟，或者根本没抽过烟，却也成了科学家、企业家，成了艺术界名人，这难道不也是事实？

凡抽过二三十年烟的人，基本没有不得病的。但也有人抽了一辈子烟，比如毛泽东，比如邓小平，比如英国人丘吉尔，却未见他们因抽烟得了什么病，且照样活了八十多岁和九十多岁，个中缘由，恐怕不能用“伟人”两字概之，尚需生理学家、社会学家多多研究。

烟最好不抽；酒呢，少喝为益，但不可不喝，因为无酒不成席，无酒谈不成事。然而我们又看到，有的人滴酒不沾，只凭了自己辛勤的劳动和以诚待人，却也卓有成效，却也成为了该单位的业务骨干。这同样是事实。

因抽烟，女人多半得肺病以至肺癌；因抽烟，男人得胃病以至胃癌的多。于是想，是不是女人的肺最娇贵？男人的胃最娇贵？

一位非常有名的、二十世纪五十年代红极一时的女评剧演员，我的同事的父亲曾和她一起吃过饭，一起在五八年的时候赴福建前线慰问演出，席间，或化妆以前，或演出完了以后，都见这位名角口衔香烟，同时也见她咳嗽不止，然后蹲下，眼泪鼻涕流下来，好像要把肠子咳出。她不久去世，因为肺癌，去世时才四十岁出头。

我有一位亲戚，女，打结婚以后学会抽烟。在牌桌上，或去市场买菜，她总烟不离嘴。后来她也开始咳嗽了，再后来咳嗽时令人胆战心惊，她的全身都在颤动，经查，肺癌晚期，已无药可救。

此等事例不胜枚举。女人呵女人，你为什么要抽烟呢？男人借口有压力，难道你也有那么大的压力？是不是因为男女平等，许男人抽烟就许我女人抽烟？抑或是潇洒，像男人一样地潇洒？

男人抽烟自然比女人抽得更凶，显得更贪婪。我们社区的一个大夫上班虽不抽烟，但下班以后回到家里，就像和烟久别重逢，一支接一支地抽，弄得屋里乌烟瘴气，孩子大人牢骚不止。他还有一个习惯，便是每晚临睡前必吸三支烟，否则无法入睡。后来他退休了，但也就在他退休之后的一个月，他主动去了医院，然后被查出了胃癌，也是晚期。他本人是大夫，却被别人查出了胃癌，同时也刚刚要享受退休后的轻闲生活，却没有享受到。

我原来上班的工厂有一位钳工，升任了生产科科长，因工作比以前繁忙，烟也抽得比以前多。他抽烟的习惯是只吸不吐，就那么把烟咽到肚里去，于是从未见过那烟再从他的口中冒出来，哪怕冒出一点点。我很奇怪，那烟终归去了哪儿？难道像喝水、像吃东西一样被身体吸收了？但这位生产科长牛哄哄地说：见我咳嗽过吗？我咳嗽过一声吗？还告诉你，饿了，抽支烟，保证管用！

人们都很佩服他，佩服他抽烟的凶猛，也显得很酷。然而，他因胃癌去世，去世时刚满四十五岁。

抽烟会咳嗽，而你不咳嗽，便不见得是好事。如果你咳嗽了，而你又没有把那咳嗽的痰液吐出来（当然不能随地吐痰），就更未必是件好事。我有个同学，听信了他的书法老师的指教，说要“吞液”；所谓吞液，即是把痰液咽回去，据说那痰液中包含了营养，既源于自身，就要回归于自身，对身体有好处，可谓是种自然而然的保健方式。

我这个同学很听话，很尊敬老师，便长期按老师教导的做。后来又怎样呢？几个月前他病倒了，患的是直肠癌。为什么会得直肠癌？那痰液里有没有营养我不知道，但我敢保证，痰液里有毒，带有烟草所含的毒。他应该把咳嗽出的痰液吐掉，而他没有吐掉，反咽回去，造成了肠壁对烟草毒素的吸收。

再举一个老人的例子，是个七十岁的老头儿，每天去附近的公园散步，也随身带着烟，遛累了，便坐下来抽一支。他有句口头禅：饭后一袋烟，快乐似神仙！

“一袋烟”，指的是抽旱烟用的烟袋。但老头儿抽的不是旱烟，没用烟袋，他抽的同样是一般人所抽的烟卷儿。岂不知，那经过加工的烟卷更要命，那装潢上去的过滤嘴儿也似乎让人更放心、让人更大胆，让人有恃无恐而可以更加肆无忌惮，于是按着习惯抽，随心所欲地抽，什么时候想抽，就抽！结果，那老头在做胃癌手术的时候，因年老体弱，连手术台也没能下来。

如果他抽的是旱烟，反倒好了，因为旱烟未经过加工，很呛、很辣，于是不敢往深里吸，更不敢往肚里咽，也就在口腔和喉咙里打个转儿，得些刺激的满足便罢休。也正因为是旱烟，才有烟袋，有烟袋杆儿，烟袋杆儿也越长越好，于是倒真的能滤掉不少的所谓尼古丁。抽旱烟顶多咳嗽，顶多最后得气管炎，而气管炎一般是死不了人的，有谁见过老农民因抽旱烟而得了致人死地的癌症？比如胃癌、肠癌之类。

如果你实在戒不了烟，或者根本不想戒烟，不妨就抽抽旱烟吧。但似乎又很不像话，起码不像个样子……年轻人拿个旱烟袋或是烟斗，不是农民也像农民，要么就显得你的年龄很大，也很不潇洒。所以，最好你什么烟都不抽。

如果你实在戒不了烟，或者根本不想戒烟，也劝你不要大口大口地吸，不要往深里吸，再往肚里咽。饿了，你千万不要抽烟，因为你肌体的细胞此时全张着嘴儿，等待着营养的到来，结果，什么营养呢？原来是烟，于是饥不择食，管它什么烟不烟，身体一律吸收！吃饱了，或刚吃完饭，也不要抽烟，因为此时细胞的嘴还没有完全闭拢，来了烟，它接着吃。睡前更不要抽烟，因为在人睡着了的时候，也是消化、吸收的时间，并且是最佳的时间。然而吸收了的是什么呢？是烟，是烟中的杂质，也就是毒。

男人抽烟患胃癌的多，女人抽烟患肺癌的多。总之，你抽烟抽得时间越长，抽得越香、越痛快、越觉得舒服，对你的伤害也就越大。这种伤害暂时看不出来，乃“不是不报，时机未到”；既然出来混，早晚要还的。

君不见那名人、那演员，正当老来红的时候，因长年吸烟，突然去世，令人不胜唏嘘。

这些话在医生看来似乎不着边际，甚至是无知妄说，但我们一般人、患者，却不得不琢磨，不得不反思。因为没有人和我们说得这样细致，更没有人专门拣我们不爱听的说。

要命的烟酒（下）

现在专门说说酒。

在普通的劳动者当中，特别是体力劳动者中，酒不可或缺，但凡有些条件，顿顿都要有酒，以至把酒当成了唯一的精神享受。其中也有的人简直嗜酒如命，于是因为过量饮酒而导致生病或者死亡的，屡有发生。

我原来住的乡间有个生产队长，此人豪爽、仗义、乐于助人，也长年饮酒，谁家有个婚丧嫁娶、打井盖房，他必到场助兴或帮忙，当然，主要是为那一顿酒，他也每每喝得哇啦哇啦、东倒西歪、不识东南西北不罢休。后来，在一次年终总结的席宴上，他兴高采烈，但喝着喝着便吐起了带有血丝的白沫，然后光吐血，且吐个不止。经查，他的肝坏了，据说变成了一块敲之即碎的朽木，也像一块晒干了的塑料，由此不治而亡。

我原来住的乡间还有两个老汉，也是天天喝酒，一顿不喝都不行。他们也曾带着疑问和苦恼向别人诉说：我怎么一顿不喝就吃不下饭呢？必得用酒把“食信儿”焖开，饭才咽得下去，不然怎么咽怎么吐出来……

很明显，两个老汉已经得了食道癌，即使酒，一滴也咽不下去了。

然而却极少有人醒悟，更没有人总结经验：这全是酒惹的祸！

也有知道戒酒的，但就像戒烟一样，无论如何戒不掉，一个姓陈的同学就在戒了又喝、喝了又戒的过程中，终于把自己喝出了脑溢血，喝成了半身不遂，也终于在五十六岁那年糊里糊涂地死去。

一般人对于酒的认识存在着一个很大的误区，以为酒既然可以舒筋活血，便同时能治许多的病，甚至认为酒是个治病的良方。殊不知，酒也可以导致“湿热”，湿热可以“闭阻经络”。我的一个邻居胳膊疼，便饮酒，以求疏通血脉、疏通经络，于是酒越喝越多，然而胳膊也越来越疼得厉害，最后不得不求医问诊。一位老中医告诉他，酒不能再喝了，再喝，不光胳膊疼，腿也要疼，左半身全要疼。他问为什么，老中医只一句：湿热闭阻经络。

有的人受了外伤，比如腿部，比如腰胯，于是也喝酒，因为喝了酒之后可以减轻、缓解伤处的疼痛。如果是阴雨天，疼痛感会明显加剧，于是酒也加了量、加了次数。结果又怎样呢？此人架起了拐，因为他的股骨部位坏死了。再后来，架起了双拐而不再是单拐，因为他两边的股骨头全坏死了。医生说，受了外伤如果再大量饮酒，便会是股骨头坏死的一个很重要的原因。

酒在一定程度上并不是个好东西，或者说，不完全是个好东西。因酒误事的有，误大事的也有；闯祸的有，闯大祸的也有；因酒致病的更多。

没有人能幸免过量饮酒给自身造成的伤害。无论你多能喝酒，无论你是“张八两”还是“王一斤”，过后总要受到报复，不过只是时间早晚罢了。我原来上班的工厂有个年轻的技术员，很瘦，皮肤很白，是一副清纯的知识分子模样，但他又很能喝酒。奇就奇在一般知识分子喝不了多少酒，更不能喝大酒：如果是个工程师，喝了大酒之后便很难再伏案画图，如果是个教师，喝了大酒之后便再不能如往常那样冷静地备课或者讲课，而这个技术员偏偏是个“千杯不醉”！于是每当厂里来了客户，每当业务科的人以及书记、厂长在席间都实在抵挡不住的时候，便把这个技术员唤了来，请他“救场”，挽救一下局面，他也不负众望，每每把对方喝得丢盔弃甲、狼狈不堪，他也就屡建奇功。而他自己，却坦坦然什么事也没有，面孔仍旧那么白，说话依旧慢条斯理，于是他声名大振，全厂人都朝他伸大拇哥，领导也格外喜欢他、器重他，每次立功后都表扬他。然而，两年以后，他却突然住进了医院，医生确诊他为肝肾大面积、高危度损伤，险些送了命。

这便是偿还，迟早要还的。别看他当时没事，过后也没事，到了一定的时间便有事了。

女人也不要以为自己都能成为“女汉子”，更不要以为“女汉子”都能喝酒，以为喝了酒显得更泼辣、更有魄力，更会受到男人的夸奖，于是往往比男人喝得更多！男人在这方面也缺少些道义，缺少了对女人应有的关怀。试问，你为什么不劝，也不赞成你的妻子、你的女儿或你的儿媳喝酒呢？而偏偏一味地夸赞女同事、女领导喝酒呢？而且鼓励尽量多喝，喝得越多越好，喝得越多便越证明你们女人比我们男人强，喝得越多便证明你是女中豪杰，可以和我们男人平起平坐，等等。于是，我们单位的一位主管公关的女副经理每逢拼酒的场合，便当仁不让，常常喝了大量的酒，显示出一种巾帼不让须眉的英雄本色，当然，也表现了她在工作上的一种责任感，或者一种集体荣誉感。其实，哪里是当仁不让？分明是大上其当！这位女副经理三十六岁，还没有结婚；后来结了婚，生了娃，然而那娃却是个畸形儿！严重的畸形，而且怎么治也没治好。

女人，难道你不明白？难道所有人都不明白？拼酒拼的不是勇气，不是责任，实际上拼的是你的身体，你的肝、肾、胃，还有你的遗传基因；你的基因就因为大量饮酒或长期饮酒，受损了，传给了下一代，所以才生了畸形儿。这是女人的一种悲哀，也是一种愚蠢，同样逃不开“算总账”，逃不开“迟早要还”的厄运。

对一般人来说，内脏器官基本是一样的，其功能也没什么不同。如果说男人的肝、肾、胃很娇贵，那么女人的肝肾胃也非铁打钢铸，喝了太多的酒，同样有伤害，甚至对女人的伤害更大。女人在酒上不要逞强、逞能，也不要听信男人的鼓励和夸奖，更不要迷醉掌声，要知道，那鼓励和掌声实际都是在怂恿，大多时候是替男人们招架。

无论男女，酒可以喝，但要适可而止。人拼的是什么？最后都拼的是身体，看的是健康，进而是寿命。不管你发多大的财，做多大的官，毕竟谁笑到最后，谁笑得最好。

“癌”字的研究

中国的汉字真乃奇妙又诡异，一个“癌”字，便道出了关于癌症的许多信息。

请看，癌字是病字旁里面三个口，下面一个山字，于是我们可以看成许多“口”在“吃”一个人，那食量、那消耗量，像“山”一般，迫使那“被吃”的人不得不长年辛苦劳作，于是可能喘，可能骨瘦如柴或心脏衰竭，但也可能得癌，例如骨癌、肝癌，甚至唇癌，等等。这些都是“穷”病，因长年营养亏损、身体透支所造成。

如果把人的身体比作一本经济账，那么就不应该透支，也就等同于身体不能亏损。你若身体透支了，而营养又得不到相应的补充，那么你的身体内部就要竭尽全力、倾其所有，以至把你身体中仅剩的一点养分调集出来，以维持生命，以保证继续劳作、继续养家糊口。如果你身体里完全没有了营养，那么就要把你身体中的器官所含的蛋白质调集出来，再不行，则搜刮你的骨头，榨取骨头中的养分；于是有用的、没用的全被你一股脑儿反吸收，也就等于第二次利用。这些好坏混杂的物质聚到一起，其中一部分是有毒的，也就是我们平日所说的“自由基”；这些自由基再聚到一起，则成了肿瘤；带毒的肿瘤便是癌。这样的癌均由“贫穷”所致，这样的贫穷指的是肌体内营养的贫穷。

肿瘤专家不要笑话，这些道理虽粗浅，却实实在在。

我原来居住的乡间有个社员，家里七口人，老婆身体羸弱，五个孩子上学的上学、乱跑的乱跑，承包的十亩地不但全靠了他一个人，他也常饥一顿饱一顿，或干脆吃不上饭，或没工夫吃饭。他干活儿的时候竭尽全力，饥饿却使他底气不足，那嘴便时常张着，也同时发出一种“吭吭”的声音，一滴口水总是垂在嘴边，湿润着他的下唇。后来，他的下唇起了一个黄豆粒大的泡儿，那泡儿被无意中咬破后便开始流脓水儿，再后来“开了花”，也终于连接到上唇和鼻骨，这便是唇癌。他的整张脸完全走了形，惨不忍睹。

我还见过一位来自外地的打工青年，他是个装修工，带领着一个小组，并以身作则，没日没夜地干。累了，他舍不得休息。饿了，他腾不出时间吃饭。但他有个恢复体力的妙招，那妙招便是去洗澡或桑拿。当他从桑拿间出来，大汗淋漓，便高兴地大声叫道：“好了，没事了，还可以接着干！”他可能真的感到清爽无比，可能真的觉得恢复了体力，于是他常常一个人干到深夜。然而，就在头年夏天，他忽然腿疼，续而疼痛难忍，才不得不去了医院。两个月后，他的一条腿从膝盖以下被锯掉了，因为他得了骨癌。

无论是那个社员还是这个小伙子，都是“穷”极了以后所致的病，也可说是对他们的一种惩罚，或者说是一种“奖赏”，因为他们太注重劳作、太注重挣钱了，完全不顾及自己的身体。

他们有遗传因素吗？没有。我问过，他们的上一代没有人患过癌症。

至于肝癌，则大都发生在知识分子身上，有的发生在“干部”们身上。

兰考县委书记焦裕禄死于肝癌，献身于科技工作的中年知识分子蒋筑英死于肝癌……事例很多，他们都因为操劳过度，都因为身心的付出与营养的纳入太不成正比，这也是“穷病”，有如前面所说的那个社员和那个外地来的装修工。诸葛亮可谓是个典型的知识分子，又怎样？“壮志未酬身先死，长使英雄泪满襟”！估计也死于肝癌。

司马懿曾与一个蜀兵对话，大意是：丞相在忙什么？

兵答：日理万机。（军事秘密，回答得很有原则。）

司马懿又问：丞相能饭否？

兵答：尚能饭。不过一顿只食半小碗。

诸葛亮不但“日理万机”，而且事必躬亲，看来透支了，肯定透支了，司马懿倒不失为一个营养学家，他高兴得捋髯大笑：诸葛孔明将不久于人世也！

再说“癌”字。

癌字一个病旁，里面三个“口”，下面一“山”字，我们同时也可以把这看成与前面相反，看成一个人吃，看成一个人大吃特吃、用三个口吃，于是吃成了“山”！奇妙，汉字就是这样的奇妙。

吃成了“山”，岂不营养丰富？岂不受益良多？免得亏损、免得透支了。非也，错！积少成多，营养过于丰富，也会得病。如果前面讲的是

“穷”病，那么现在说的是“富”病。会得什么样的富病？比如长脂肪瘤，得脂肪肝，可以长骨刺，可以骨质增生，也可能得高血压、糖尿病；高血压、糖尿病，也有人说是种不死的癌症。

什么人得什么病，什么样性格的人就容易得什么样的病。对于女人，若说癌症，多与乳腺癌脱不开干系。

乳腺癌众所周知，与女人的脾气秉性，与心情、情绪，甚至不客气地说，与女人的小心眼儿、好计较、好纠结、好赌气都有关。那么，乳腺癌与吃，与吃成了“山”，有没有关系呢？有，当然有。

大家都记得的，一位女演员……直到现在，公园里还有她的塑像。

当她演完了那个体弱多病、命运多舛的悲剧女主角以后，投身商业，开始兴办公司，也正在她的事业进入辉煌鼎盛的时候，却得了乳腺癌。这让所有的人为之叹息，为之扼腕，为之伤心落泪。一开始人们推测，就因为她把那个角色演得太好、太真、太感动人了，也太投入了，所以才让她自己长久地陷入了那个角色的不幸命运和哀伤的心境中，而不能自拔，而总跳不出来，最后当然要影响、以致损坏她的身体。

其实，这是好心的臆断。二十年后，当人们聚到一起，回顾当初拍摄这部电视剧的时候，也同时缅怀了那位女演员。当然，亡者为大，不可能说她的缺点，只会说她的优点。他们说，她的身体很棒，也有个强健的脾胃，很能吃，也很会吃、很懂得吃，吃起来也时常不拘小节，也常令男人瞠目、自愧不如。也就是说，她与她所饰演的那个角色的性格特征没什么关系，甚至可说有些相反，角色身体纤弱，而她身体很棒；角色多愁善感，而她却是个乐观豁达的人，很强势的人。

而她喜欢吃，也懂吃，以至用我们现在时兴的、又带有褒义的、很上档次的一个词来形容，那便是“吃货”。这本来都是好事，都对她表示了好感，可她为什么得了乳腺癌呢？“吃”怎么了？喜欢吃、吃得多些难道不好吗？“强势”怎么了？难道争强好胜不好吗？它们之间有着怎样的关系，“吃”与争强好胜、不达目的绝不罢休的性格特征存在着怎样的联系……也就是说，其实她与她所饰演的人物、人物的心境、情绪、命运根本没关系，只与她自己的脾气秉性有关，与吃有关；也就证明，她没有受到那个角色的影响。

网上流传过一篇文章，这篇文章曾轰动一时，曾被许多人欣赏和转载。文章的题目叫《凭什么是我》，讲了一位女士在患乳腺癌前前后后的一段心路历程。

与那位女演员所不同的是，这位女士在顽强打拼、艰苦奋斗过程中一向特别地、刻意地注意着自己的身体，关注着自己身体的营养和健康。她说她在吃上从不马虎，每顿不但按时吃，也力求让自己吃得好些、吃得多些；开夜车时，她每每还要加餐，那“餐”的质量也绝不含糊。总之，她的自我感觉良好，一直也没有病，无论大病小病全没有。然而，就在她一面上着班，一面终于拿到了博士学位以后，却被医生诊断出了乳腺癌。因此她向老天发出哀伤而又愤怒的质问：“凭什么是我?!”用了问号，也用了惊叹号。

凭什么又不是你呢？如果狠毒的命运非要从你们这样娇媚的族群中选一个倒霉鬼，也许你是最合适、理由最充分的一个。“吃”，实在是个复杂的问题，却没有人深入地研究、耐心地探讨，只频频褒扬那“吃货”，大肆宣扬“舌尖上的中国”，还有什么吃货辞典，只讲究表面的吃，只把所有一切能吃的东西道了个遍，道出了来龙去脉。然而，有的人根本还没得可吃呢，或者没工夫吃，或者舍不得吃，就如那个社员和那个装修工，却很少有人过问。

也有的人本来具备了丰富的条件和丰富的食物，本来可以吃得很多、可以随便吃、任意吃，但同时他们又很累、也很争，于是吃不下去，或者吃得很少，再或者也没工夫吃，就如诸葛亮，就如我们许多干部和知识分子。同时有的人很能吃，也很会吃，平时很注意身体，但同时也很争，也很累，就如那个演员和那位女士。他们或“穷”或“富”，都得了癌症；如果是乳腺癌，只好属于女性的专利了。

如今，那位女士不知状况如何，是凶是吉，大难不死必有后福也未可知。让我们祝愿她，为她祈祷。

相貌与体形

美国前总统罗斯福曾说过：人到四十岁，应该为自己的相貌负责。

这话说得有理。因为相貌虽是父母给的，好与不好均怪不着自己。但到了四十岁，你已经历了几十年的人生路，在这当中你都干了什么，从事了什么职业，怎么干的，成绩如何呢？也许你成为了一位富翁，且一直乐善好施；也许你在工作中始终恪守原则，无论对己还是对人都既严厉又冷酷；你也可能贪图便宜，处处先为自己打算，即使区区小事也要绞尽脑汁，以致纠结不已；你也可能偷盗，成了个小偷，于是贼眉鼠眼，心怀鬼胎，每天想的就是怎样偷……总之，“行善”也好，“严厉、冷酷”也好，“纠结”也好，“偷盗”也好，冥冥之中都毫无例外地写在了你的脸上，难道你自己不负责任吗？

传统戏曲中的生旦净末丑，好人、坏人均有脸谱，现代的影视剧中虽然没有脸谱，但其中的“好人”也须让那五官端正的、起码看上去让人不感觉讨厌的演员来演；“坏人”呢，通过化妆，丑化或夸大其相貌的缺点，再或者干脆让特型演员来演；演好人的尽力往好处演，演坏人的极力往坏处演，怎么“坏”就怎么演，实际上，这仍然有些脸谱化。脸谱化合理不合理呢？按罗斯福的说法，基本合理。因为好人必有好相，坏人必有坏相，只不过须到四十岁以后。

然而人的“相貌”也非一时一日所能“识出”，常常需要久而处之，更需明眼人以及富有相当经验、相当阅历的人方能很快“识出”。我们碰到过这样的人，其相貌无可挑剔，甚至堂堂然像个明星，但后来其人所行出的事、所说出的话，却与那相貌形成反差，甚至完全颠覆了我们对那相貌的好印象，让我们不但对那相貌不再有任何的恭维，反而觉得讨厌、可憎、可恶。另外一些人，其相貌实在谈不上好，甚可说有些丑陋，但相处久了，他的为人处世、他的一些善举，以及温和又诚恳的态度，便十分奇妙地迫使我们自然而然改变了由那相貌引起的不良看法，甚至爱屋及乌，觉得那人的口、眼、鼻、下巴，此时都无比的协调，都极富韵致，仿佛他这样的人就应该有这样一副长相，仿佛浑然天成，人与相貌融为了一体，于是我们相信那个人，觉得他可亲、可爱、可敬。总之，人品的好坏迟早都会被人们感觉到“写在了脸上”。

顺便说句题外话。如果你是个演员，你可以演相貌极丑的卡西莫多，可以演强盗，可以演杀手，可以演凶狠狡诈的敌人，但你千万不要轻易饰演那厚颜无耻的下流之徒，因为那样的货色实在为所有人所不齿，而且你越演得好、演得像，演得出神入化，人们越容易记住你。当你走在街上，人们便会自觉不自觉地朝你喊出你所饰演的那角色的名字，好像你就是那角色的化身。这时你便会感到一种羞辱，感到憋屈，进而影响你的情绪和心境；不良的心境会影响人的健康，进而影响寿命，这方面已有先例。如果你非要演那样卑鄙无耻的角色，不妨讨出天价，然后到一个没人认识你的地方去，直到时过境迁，再没人想起你，再没人记得那角色。

说完了相貌说体形。

高富帅、白富美，是不是各个体形都好？不见得，但也确实极少见到体形差的，因为他们或出身名门，或后来富贵，总之优裕的生活条件不可能让他们有很差的体形。

没有人不愿意自己有个美好的身材和体形，美好的身材和体形不光让自己感到愉悦，也让家人、亲人为之骄傲，让同事、同学、朋友也投来羡慕忌妒恨的目光，也会让毫不相干的路人回头多看几眼。如果你是个舞者，或者是个模特，魔鬼般的身材和体形毫无疑问会令所有人惊艳、倾倒。

可惜，相貌好、身材和体形也好的着实不多，但凡有那么三五个，不是进了娱乐圈，便是投身于时尚界，起码去了 KTV；学历够的，打死也要考北电、考中戏，学历不够的，便去影视拍摄基地死乞活磨地撞大运。没有办法，谁让眼前就是这样一个唯视觉享受、任视觉冲击的世界呢？

我们用不着笑话那些体形不好的人。体形不好，往往出身贫苦，起码出身平民，因为他们要每天上班，要坚持或体或脑、或轻或重的长年劳作，缺少时间修炼身体、修炼体形。春天来了，于是女人们穿上了紧身裤，名曰健美裤，直把粗壮、肥硕的大腿箍得几乎要暴开；夏天到了，不管多热，她们也要在上衣里面再额外加了长衫，也许是系在腰上的短褂，目的只有一个，便是把自己臀部以下的明显下垂部分掩盖住，以证明自己体形并不难看，起码适中。从哪儿学来的？不客气地说，是从 KTV 那里学来的。

姑娘们呢，十公分左右高的厚底鞋或者干脆就高跟鞋，远远看去，足以证明那是一副高挑的身材、婀娜的体形，还有那修长的腿！没有办法，谁让外表的美如今这么重要呢？谁让追求美乃人之天性呢。

男人们好说，体形上无所谓，关键在能力，在事业上的成功。女人们，偏偏许多行业、许多岗位第一眼看的便是你的相貌，然后是你的体形，搞得女人们常常为自己的“短板”发愁，于是想尽办法，或去整形，或去练身，或在服装化妆上尽量做些补救，以适应当前这种怪诞的视觉需要。

然而也有那女学者、女教授、女企业家，完全不顾及自己有没有“短板”，即使有，也不在乎。她们只注重自己的“长项”，乃至把那长项经营得风生水起，直达巅峰，其实，这比娱乐圈中的女明星更让人羡慕，更值得尊敬。

论表演

有句俗话，叫“好能耐不如好脾气”。

“能耐”俩字，从字面上讲，其实就是一种“能够忍耐的本事”，也就是说，能忍耐就是有能耐。而之所以能够忍耐，必先有个“好脾气”，否则你便“忍耐不住”，便会发脾气，甚至大发雷霆，于是再好的能耐也容易造成曲高和寡、知交零落，许多人不愿或发怵与你打交道。

能耐大、脾气也大的不乏其人。能耐大，脾气却好，也大有人在，这便透彻地诠释了“能耐”俩字的含义，那含义便是一种“能够忍耐的本事”。

举个演员的例子。比如葛优，当然，我们不能说葛优在表演上有多么了不起，但他脾气好是真的。脾气好乃天生，但也可以后天慢慢磨炼而成。其实，脾气好，说穿了，就是一种平常心，就是没觉得自己有什么了不起，或者有什么超强的本事，以及将来如何如何、怎样怎样，无论在现实生活中还是在纷繁忙乱的拍摄现场，均以普通人的心态安然处之。冯小刚曾说葛优为了去给父母买一块玻璃，竟然婉拒了一个国外媒体对他的采访。须知，这等于轻易放弃了让自己蜚声国际的一次大好机会，此种态度、此种抉择非一般人能有，非一般人能做到。因为葛优此时更看重的是自己的父母，而不是利益和名声。正因为此，葛优才有个好人缘儿、好人脉，导演和演员们也都愿意与他合作，他反而占了便宜。越不想出名越出名，越觉得出不出名无所谓，却越是大出其名；越觉得演戏拍片不过是谋生的手段，是养家糊口的一份工作而已，却越发成了家喻户晓的明星，成了影帝，身价也随之倍增。

相反的是，有些演员太着急了，太当回事儿了，太急于求成了，演了个小品，拍了个影视剧，就恨不能立时名满天下！于是他们在表演上过分夸张，过分用力，声音提高八度、大得刺耳，面部表情与肢体动作也往往弄得人眼花缭乱、目不暇接，几乎到了要猴、出洋相的地步。他们自己呢，大汗淋漓，自感得意，而观众受不了，感觉不舒服。我不笑，没有笑，你非要我笑，于是你好像把手伸向了我的腋窝儿，死乞白赖地“胳肢”我……如此这般，我不但不笑，反而觉得不胜其烦，进而觉得讨厌。

用不着提什么斯坦尼斯拉夫斯基体系，也用不着提以梅兰芳为代表的、同样为世界所公认的演技派，但大凡成功的演员，无不既有体验又有演技。更主要的，他们都有一颗平常心，决不把一次演出或拍摄当成十分了不得的、死活也要抓紧抓牢的、让自己可以大出其名的机会，因为你越是这样，就越怀了心事，也就越紧张，乃至啰里啰唆，戏反而演不好。不信，你可以访问一下那些已经成功了的人……他们与葛优基本一样，只是比葛优上了较多的舞台，演了更多的喜剧和小品。

冯小刚说喜剧比悲剧难演。依我看，只要是影视剧，无论悲剧还是喜剧都好演，起码比话剧好演。比如你是个保姆或者是个农民工，再或者你是个随便过路的，哪怕大字不识一个，只要年龄、体貌基本适合，于是你在拍影视剧时的“哭”，可等于“哭妈”，也可等于“失恋”；于是你的“笑”，便如同“考上了大学的兴奋”，便如同你的钱包“失而复得的喜悦”。因为把这些放在镜头上，基本都差不多，谁又看得出来你究竟为什么哭，为什么笑；就像飞机在天上飞，只要飞就可以了，谁又能看出往哪儿飞；也好像听交响乐，暴风骤雨和惊涛骇浪差不多，愁肠百转和思念故乡差不多，欣赏鲜花美景和晴朗的天空差不多。不说明、不解释，谁又能分得仔细、分得清？影视剧还可以配音，可以找替身，可以使用“威亚”，可以利用一切可能利用的科技手段。而话剧则不同了，话剧需要演员一连九十分钟甚至更长时间的、直接面对观众的现场表演，需要真的本事，需要真的声音和真的形体动作，也就是说，你要具备相当的功力才行。所以，有意于或有志于影视表演的年轻人用不着发怵，大可前去一试，即便演不上主角、配角，打打酱油也行，起码挣出饭钱。再说，谁又敢保证不再出现一个王宝强呢？

最不容易，也最可惜、最可同情的是那些戏曲演员，他们练就了一身唱、念、做、打的真功夫，而又常常无用武之地，只让那吸不溜吸不溜、浮浮夸夸，而出镜率又非常高、又始终突破不了自己的影视剧演员没完没了地赚银子。

实际上，主持人也是一种表演。主持人想幽默，可以，但千万要慎重、小心，因为幽默本身实在是个很高的境界，也是一个人的学识、修养、阅历及临阵之心态的集中体现。如果幽默不好，反而尴尬；常常看到主持人幽默的时候同时发窘，我们也为他或她感到窘，而不是囧。

相声的表演最能直接看出演员的修养及其心态了。看那几位屈指可数的大师，哪个不是平静地、娓娓地在讲一件事或一个故事？但到了关键时刻或最后，包袱一抖，全场大笑，甚而感到余味无穷，回家还要笑个没完。那些大师一点也不着急，一点也不用力，更不眉飞色舞、声嘶力竭，然而他们成了大师。一位年长者曾对我说，自侯宝林、马三立二位先后作古以后，他再没听过相声。我认为这是个代沟，但又觉得有一定道理。我还觉得，关键是“段子”，然而到哪里再找到如大师表演的那样的段子呵！难，实在难。

有的相声演员故意板起脸来作冷幽默状，却怎么看怎么别扭，总觉得是在“装”。也有那捧哏的，似乎不安于“捧”，不安于“寂寞”，也总想“逗”，于是不该插嘴的地方也插嘴，甚或插一两句还不行，把自己认为逗人的话也一股脑地借机发挥出来，弄得几乎分不出谁是“逗”谁是“捧”，其心态，不揣自知。其实这方面有不少好的榜样，老的不用说了，新的如郭德纲的搭档于谦，于谦虽“捧”，却捧得“节俭”，但又恰如其分，似乎多一句便多了，少一句又少了，然而他却成了几乎与郭齐名的相声大家。

那位年长者后来又对我说：不管怎么化妆，细皮嫩肉，笑起来带着一种现代的甜蜜和幸福，发怒的时候显出一双清澈透明、长睫毛的眼睛……他们居然演红军，演游击队，演逃难的老百姓！真乃荒唐透顶！

我仍然认为这是代沟。老先生也实在顽固不化。

接着，老先生又慨叹道：到哪里再去找于洋，再去找郭振清呵！

我说，于洋还健在。

他说：你根本没明白我的意思。

老先生，您既然不适应、看不下去，就不要看吧，不妨听听半导体，听听京剧，看看新闻联播，不也挺好？

夫妻是一对齿轮

夫妻，大致分为三种，第一种是“柴米夫妻”，即柴米油盐酱醋茶，反正过日子普普通通；第二种是“恩爱夫妻”，即结婚以前男女双方就有恩有爱，再白头到老，彼此始终不离不弃，海枯石烂也不变心，这是最好、最理想的夫妻关系；第三种是最要不得的夫妻，可叫它“荣贵夫妻”。夫贵妻荣，男人在飞黄腾达的时候女方嫁了他，而当他倒霉时、走下坡路时，女方便抛弃了他，还可能再杀个回马枪或叫反戈一击，道出那男人的许多“材料”，而当男人翻了身，又开始“贵”起来，女方则又回到了他的怀抱。当年“文革”的时候曾有过这样的事例。

第二种夫妻太少见了，第三种夫妻也比较少，我们只谈第一种，因为第一种是大多数，有代表性，也就是柴米油盐、普普通通的那种夫妻。

我首先把第一种的夫妻关系确定为一种“齿轮”关系。

既然是齿轮，那么齿轮上必有牙，那牙便是凸，没牙的地方便是凹，凸凹互相咬合，咬得嘎吱吱响，齿轮才能转动，机器才能工作，生活也才能正常进行下去，这便是夫妻关系中的“乒乒乓乓一辈子”。如果开始咬得很起劲，后来慢慢地平静下来，听不见声音了，也似乎和睦了，也便证明那齿轮的牙被磨平了，需要进行一次整修或者干脆更换齿轮，这便是离婚，便应了那句警言：和睦夫妻不长久。

其实，说穿了，夫妻只不过一起搭伙过日子，你看那老一辈的人，有几个是经过了三年两载的恋爱过程？非要确定只她不娶或非他不嫁然后才结婚？好也好，不好也好，反正就那么过来了，反正没有离婚。当然，老一辈的人即便想离婚也绝没现在那么容易。

你别指望夫妻一辈子不吵架、不抬杠拌嘴，也不要幻想影视剧和小说中所描绘的爱情，那与真实的生活相距甚远。比如一个人追呀，追呀，废寝忘食，昼思夜想，就为把他或她理想中的天使或男神追到手；然而一旦追到手，一旦结婚成了夫妻，便又定会如齿轮般的嘎吱吱咬出了声音。这时，你还换不换？如果不换，很可能又是“乒乒乓乓一辈子”；如果换，那么新换的这一个你又会觉得还不如前一个，因为人总是这山望了那山高；如果再换一次，那么往后真不知要换到何时为止，也不知你还有多少精力投入工作，还要不要正常地生活。过去的风月场中流行的“妻不如妾，妾不如偷，偷得着不如偷不着……”因为一旦偷到了手，便索然寡味，恰恰说明了人的欲望永无止境，没个满足的时候。

你也不要轻易相信那些光鲜靓丽的演艺明星，他们往往在镜头前大谈爱情、谈恋爱过程以及那爱如何来之不易和应该怎样地珍惜，然而也许一年半载，也许三年五年，他和她却突然宣布离婚！其缘由，其背后的酸甜苦辣，只有他们自己知道，一般人只如同看走马灯。

有那著书立说的专家、教授如果在书中提及他或她的老伴儿，说和老伴曾经多么恩爱、多么情投意合，多么怀念他、追思他，你也不要轻易相信。写这样书的大多为女性，也大多很强势，而她的老伴死得比她早，而她恁大岁数还能写书或者画画，可见这夫妻俩一强一弱，她的老伴肯定是弱的一方。也许就因为男专家不堪忍受女专家的那种强势，常常生了闷气，然后造成了病；也许男专家挨了批斗回来，女专家伙同子女不让他进门，让他去反省，甚至要和他划清界限，于是男专家的向人世告别倒成了一种自我解脱。我们只是不好说出真相，更不好说出谁和谁。

有人偏偏不信，难道这世上就没有从来不吵架、不拌嘴的夫妻？但是，这样的夫妻你见过吗？如果长时间不吵架、不拌嘴，便预示着危险，因为夫妻之间的意见不可能完全一致，不一致而又不说、不交流，而交流就会拌嘴，甚至吵架，这乃夫妻之间互不隐瞒、互不避讳的一种正常关系的表现，所以也就不存在从来不吵架、不拌嘴的夫妻。

难道这世上就没有志趣爱好、脾气秉性完全相投，完全一致的夫妻？我们反问，志趣爱好、脾气秉性完全相同的夫妻有吗？你见过吗？即便有，也等于“齿轮”，等于齿轮关系；但既然全一样、全相同，那齿轮关系便不是互相咬合，而是互相顶撞，要么相互“躲”，即你凸我也凸，你凹我也凹，既然全一样，凸的时候便把齿轮的牙撞得粉碎，凹的时候便等于相互躲、相互让、相互退缩。总之，不是彼此撞，就是互相躲，反正都不扛劲，这日子也就没法过下去了。

我的这个齿轮理论适应于所有标准的、正常的、普罗大众夫妻，是夫妻关系准确而又真实的描述。情感专家们、婚姻与爱情专家们，请不要见怪，下面再举几个实际的例子。

我的一个邻居，男的开出租车，女的在家操持家务；男的老实，女的厉害，男的没有任何嗜好，既不抽烟也不喝酒，连茶也不喝，夏天的时候只带一瓶冰箱里冻成的冰水，开出租挣的钱也每天一分不少地交给老婆，即使在外面出了交通事故或违犯了交通规则，也要他老婆出面为他解决。因此老婆常骂他窝囊、废物、没用，别人背地里也讲闲话，说那男的简直白长了那个东西！然而，他们的日子就那么过，而且过得比一般家庭强，后来房子重新装修、女儿出嫁，又购置了一辆私家车，别人又不得不竖起了大拇指。你看，这就是“齿轮”，有凸必有凹，一方强，另一方必弱。如此这般反而其乐融融。

即便两个人都强或者都弱，时间一长，也会自动变成“齿轮”，即一强一弱，也就是一凸一凹。我的邻居中另一对小两口儿一开始便违反了“齿轮定律”，两人都“强”，强到了一起。男的虽是个工人，但能力不低，脾气又大，总想说话算数；女的是个小学教员，自恃有文化、有知识，也想说了算，于是强对强，两人经常吵，经常干架。后来他们不吵了，也不干架了，我以为出现了危机，一打听，原来不是，是那女的让步了，不再与丈夫一争高下，不再抢先做主或者说了话就算数。那男的当然满意了，于是他的干劲更足，于是他们的日子平静地过下去，过得如行云流水，过得优哉游哉。这便是两人都“强”的害处，这便是变成一强一弱的好处，因为符合了齿轮定律。

如果两个人都“弱”，也同样不行。我们小区的另一对夫妻，男的呆呆傻傻，生理上似乎有些毛病；那女的是个外地人，结婚没几年，对一切都还陌生，都不敢随便讲话，她好不容易找了一份工作，也是工资最低的那种工种。这样的一对夫妻可谓是绝对的弱势群体了，人们也预言，他们的日子过不好、没法好，因为你弱我也弱，甚至我比你还弱。然而，后来起了变化，那女的慢慢变得很强，越来越强，成了个厉害的主儿，说别人都欺负她两口子，似乎“是可忍孰不可忍”！于是她经常和街坊四邻吵，且做好了随时准备大打出手的架式。与此同时，她在那个单位的工作却做得很出色，屡受褒奖，很快做了带班，后又当了车间主任。冥冥之中，似乎有种什么力量促使她变得强势，家里的丈夫既然弱，那么她就必须强，不强也得强，也就是一凸必有一凹，或者一凹必有一凸，仿佛老天爷在告诉她，不这样日子就没法过，就没法儿生存。

我们小区还住着一对年轻的法国夫妻。他们原来也吵、也抬杠拌嘴，然而这并不妨碍他们照样出双入对，照样一起坐公共汽车，一起上班，一起回家；回到家里，依旧可以听到他们抬杠拌嘴、吵吵闹闹的声音。这便是夫妻，如果咬合得好，便是乒乒乓乓一辈子。谁又能说“乒乒乓乓一辈子”不是一种幸福呢？难道只有离婚，只有反复地嫁、反复地娶才算幸福？

我为这个“齿轮理论”沾沾自喜，它不但适应于所有中国人，也适应于外国人，可谓放之四海而皆准。

人生就像一炉火

前些天的一个傍晚，饭后散步，在路上遇到了一位老先生，我不认识他，他却认识我，于是主动和我打招呼，然后攀谈起来，说他如何与我父熟悉，如何一起共过事。

隔了一天，我又出门散步，却在那条路上看到了沥沥拉拉的纸钱……我问路人：谁呀？路人往南一指：小庄的，姓刘。我又问：多大岁数？答：八十出头吧。

无须再问了，就是前天碰到的那位老先生；想不到只隔了一天，他便撒手西去了，去了所有人最后都会去的地方。于是我黯然，郁闷。

人到了一定年纪，就如太阳压在山顶，转瞬之间，不知不觉，也许就在你回头与别人说句话的工夫，那太阳就落下去了，即那人便走了。这样的情景常常有，于是我常常为此感到郁闷。

我想，人生如一炉火，真的如一炉火，这炉火燃烧到一定的时间便要熄灭……我又想，既然把人生比作一炉火，那么这炉火可以着得很冲、很旺，可以有炽烈的火苗，于是你必须抓紧时间炒菜，可以炒一大桌子菜；可以煮面、蒸馍、烧开水，甚至炖肉，可以做很多的事情。那么这就是一种辉煌，是一种灿烂，如果把它比作人生，那么这就是一种轰轰烈烈的人生，因为在那么短的时间内却做了那么多的事，有着那么大的贡献。

人生如一炉火，这炉火也可以是能爬得出耗子的一炉火，即说灭没灭，说“着”，却又“着”得不冲不旺，耗子可以从火中钻出来。这样的一炉火，你怎么炒菜、煮饭或是蒸馍？更不要说炖肉，烧开水。即使，烧开水，也只能听到水壶在炉子上嗞嗞地响，就是不开！如果炒菜，也绝对炒不熟，如果煮饭，也只能煮成了夹生饭。然而这炉火就那么“着”着，半灭不灭，半着不着，如果再覆盖上一层煤渣，它可以着一天一宿，甚至三天三宿。这也是一种人生，如果说前一种人生辉煌而短暂，那么这后一种人生则默默无闻、平淡无奇，然而持续得那么长久。这两种不同的人生，是不是应该做个选择？

然而这又不是选择的事，你选择不了，无法选择，因为你一生的命运非个人意志所能左右、所能决定，而是掺杂了太多的社会原因、文化背景以及你的性格因素。有人说能者多劳，又说多劳者命短。老舍先生则说：爱什么，就死在什么上。

无论是能者多劳还是“爱什么就死在什么上”，都能举出许多的实例。譬如李小龙，譬如邓丽君，譬如迈克尔·杰克逊，譬如英国大提琴演奏家杰奎琳·杜普蕾，以及科技领域等的许多人，他们或酷爱武术，或酷爱音乐，或酷爱科学研究，总之都似乎为他们之所爱而生，也都为他们之所爱切切实实付出了那么多辛苦的努力，同时也就彰显了他们特有的人生价值。也正因为此，他们才夭亡，才过早地离世，让后人寄予无限的同情、哀伤，以及深切的追悼和永远的怀念。一般人做得到吗？一般人对其专业或事业爱到如他们那样的程度吗？有他们爱专业爱到那样极致吗？有他们不顾一切、只知爱、为爱献出一切那样一种性格吗？这确是一炉辉煌而又短暂的火，是一炉为人类做出了常人无法超越的突出贡献的火。

“能爬出耗子的一炉火”，也是一炉火，同样可以举出实例，同样是一种人生。我的一个住在山区的远房亲戚，一家六口人，那老汉九十岁出头了，耳不聋，眼不花，牙口也好，能嚼花生米。然而当你问他：我们现在的国家领导人是谁？他脱口说出：伟大领袖毛主席！你再问：什么叫开放搞活？他摇摇头，说不知道。然后他又想了想，指指门外的羊：把羊放出去了，羊也活了，人也活了，这是不是就叫什么放、什么活？这真让人啼笑皆非，然而他回答不出你想要的回答。

他什么都不知道，什么都不懂，因为他无须知道、无须懂，只知道天气、羊、农活儿，以及每天干什么就可以了。但他已活到了九十多岁，看来仍可以继续健康地活下去。这样的一种人生，就好似那炉可以爬得出耗子的火，虽暗淡无光却燃烧得十分长久。

我们小区还住着一位九十八岁的老太太。这位老太太的一生更是常人无法比拟，任何人也学不来，只能羡慕，羡慕她的长生不老。老太太从嫁过来那天起就受婆婆的气，受丈夫的气，受小姑小婶的气；而她从来不生气，连一句嘴也不顶，因为她不懂得生气，也不知道怎样顶嘴。吃饭的时候，别人给她脸色看，她好像根本没看见，只低头吃她的饭，有什么吃什么，剩下什么吃什么；而她又很笨，既不会做针线活儿，也不会做饭，只会熬粥，只会烧开水。更称奇的是，她什么也不关心，什么也不过问，譬如谁家着火了，别人都大惊失色、大呼小叫，她却如同什么事也没发生，过后也不问。据她的孙女说，那年她的二儿子因病去世，她只掉了一滴眼泪；第三天出殡，她喊孙女儿：小胖儿，看出殡的去呀！

她的孙女儿哭也不是笑也不是：奶奶，那是您儿子，是您儿子呵！

她淡然地说：那怎么着，我还跟了他去？

这样的人，你学得了吗？是能学的吗？然而，这样的人却活到快一百岁，而且不显老，而且还能活下去，活到一百一十岁看来也没太大的问题。

这位老太和山区那位老汉同属于一种人生。因为他们都活得年纪很大，却又平淡无奇，但也不能用庸庸碌碌、无所作为来形容他们，因为他们不属于那样一个阶层，只能说他们活得有些窝囊，或者说太无知。然而，这又是一种令人羡慕的人生，因为长寿毕竟是一件好事，且是件难事，并非所有人都能长寿。当地政府也对老寿星一概给予奖赏，每到年节都给他们送来礼物，祝他们幸福，祝他们长命百岁。他们家里也都为有这么长寿的老人而感到骄傲、感到自豪。

是短暂而辉煌好，还是漫长而平淡好？抑或，我们既要漫长、又要辉煌……这样才能做更多的事情，实现更多的愿望，也才是最最理想的人生。

但辉煌与寿命并非完全成反比，并非完全对立。例如毕加索，画了那么多风格独特的好画，却也活了九十二岁；俄国的托尔斯泰，写了那么多令人感动的好书，却也活了八十二岁；还有那些获得过诺贝尔奖的，以及为我们国家的“两弹一星”做出了重大贡献的科学家们，不也照样寿命很长，年纪很大。

人类的生命质量既分质也分量，质便是“辉煌”，量便是“长久”。质与量相结合，甚至以量促质，或以质促量，以达到一定程度的两全其美、齐头并进。关键是，如何才能实现这样的人生，如何才能让自己的人生既辉煌又漫长，我想，其中必有道理，必有经验可总结。至于怎样的道理、怎样的经验，最好是留给人类学家、生命学家去研究、去探讨，我不懂，不能装懂，但我相信是可能的，是能够最终实现的。悠悠万世，只需慢慢来，慢慢来……

人往往死于无知

无知分两种，一种是社会的“无知”，一种属于个人的无知。

所谓社会的无知，系指社会的科学技术水平还没有发展到相当程度，许多问题仍处于无知状态，还没有得到很好的解决或没有正确的答案。如果说社会的无知归社会负责，那么社会如果“有知”了，就是说许多问题已然解决或正在解决，而唯你自己仍然无知，该解决、该懂的，你仍然不解决或解决不了、或根本还不懂，这便是个人的无知，当然就属于个人的问题，也只好归你个人负责。这时你就要想一想，你哪里出了问题？是什么问题？为什么别人知道得、了解得那么多，而只你自己仍旧那么无知？

再说一下贫穷，贫穷也分两种，一种是社会的贫穷，一种是个人的贫穷。社会的贫穷很好解释，便指的是社会的经济不发达；但如果社会发达了，富有了，而唯你自己仍处于贫穷状态，那么你就应该好好检讨自己，是懒惰？是畏难？是不肯努力还是能力差？抑或是社会给了你发展、发挥、展示的环境与条件，而你没有利用或没有利用好？再或者有了机会而你没有抓住？总之，是你个人的问题，你自己要总结，要负责。

但我们这里不说贫穷种种，只说“无知”，也姑且不论社会的“无知”，只论个人的无知。再论人往往便死于个人的无知。

每个人都生活在自己的世界里，每个人都认为自己最聪明。这是个铁律，概无例外，概莫如此，即便吵架，即便真的动了武，也都会认为自己最聪明、最有理、最有把握，于是也就最可能战胜对手、取得胜利。如果人人都认为自己不如别人聪明，别人都占了便宜，唯自己吃亏，那么这个世界也就永无宁日，都不会安分守己，而是争争吵吵、闹闹嚷嚷，永没个完。

幸亏人人都觉得自己最聪明，比所有人聪明。

倘如，你劝一个人：你太胖，应该减肥了。

他会很不屑，对你瞪眼说：怎么减？喝口凉水都长肉！

你再劝：你可以运动，多多运动。

他朝你摆了一下手，又很不以为然：越运动吃得越多！

他认为他最聪明、懂得最多，既知道怎样减肥，也知道减肥的艰难，甚至他试过了，结论是那肥根本减不了，没法儿减。

其实，他不知道减肥的方法多种多样。例如，减少睡眠、多读些书、多思考些问题，也同样可以达到瘦身的目的。有句话说得好：“读书，让安静的人不安静；读书，让不安静的人安静下来。”无论“不安静”，还是读书后的“安静下来”，都证明你开始在思考问题。实践也确实证明，用读书的方法，较之用节食和运动的方法对减肥更加有效。

你如果再对另一个人说：您太瘦，太瘦了也不好。

他以为他年龄大，知道的比你多，便显出得意的神情：你不懂吧，这叫有钱难买老来瘦！

后来怎样呢？他被查出了肚子里长了绦虫！五十岁的人还长绦虫，他根本没有想到。因为他无知。

有位退休干部，十分注意保养，一心要健康长寿，于是他谁的话都不听，只认为自己的对。在吃上，杂七杂八的东西他一概不吃，买来的也不吃，非要自己亲手做；菜也只吃自己亲手腌制的咸菜，而且那菜首先要经过反复的冲洗，再用仪器做几次消毒，直到他觉得再不会有一丝丝农药残留的可能，方才放心。

他就这样越吃越挑剔，同时也越吃越少，到后来索性连五谷杂粮也不吃了，只吃藕粉、只喝奶，而且奶和藕粉也要经过反复地熬。你若劝他，他便说出了常说的一句话：我干了几十年的工作，什么不懂？一边儿去！

的确，他在那一带比较出名，被公认为是个极聪明的人，也是个很会精打细算的人。结果，他七十岁不到，便因营养匮乏造成了心律不齐，后来心脏衰竭；在新春的爆竹声中，他不堪惊扰，悄然逝去。

正由于无知，才自以为是，也才自以为聪明，以致“聪明”得令人发笑。他们对一切有感而发的正当演讲，对一切颇有见地的正常讲座以及对身体健康十分有益的参考资料，都一概斥之以“宣传”，斥之以“洗脑”，斥之以别有用心，于是不屑一顾，唯恐避之不及，于是也就越发的无知。

如果你再和他提运动，他会说：运动，知道，我天天运动。

但他不知道，运动千万不要过力、过度，更不要做那复杂的、高难度的动作，因为你只是为了强身健体，并非想成个运动健将，更不是为了拿奥运金牌，所以要适可而止，所以要根据一定的年龄、一定的体质，争取做到恰到好处。否则，不但对身体无益，反而有害。

运动也须融入集体为好，看那些广场大妈，跳得多么起劲儿、多么快乐。如果你融入了这样的集体，便会自然感到一种吸引力，也感到一种约束力，便会自觉不自觉地每天必到、每天参加。俗话说："独行快，众行远。"如果只是你一个人，方便是方便了，"快"是快了，但无论做哪种运动你都会无可避免地感到孤独、感到寂寞，时间一长，你便不能坚持，而很容易放弃；如果你能坚持、没有放弃，请想一想，你一个人需要多大的毅力？你有那么强大的毅力吗？但有众人引领着你，同时也就约束了你，于是你和众人长久地坚持，这便是"众行远"的含义。

运动就是运动，对一般人来说，也无须你练这个"功"那个"功"，更不要提什么气功、什么禅功，一般人做不到，而很多情况下教你的人是在骗你，骗你的钱。你只需选定一项，哪怕很简单，比如随便哪一套广播体操，比如随便沿哪一条小路跑，比如跳绳、爬山，贵在坚持，如果你有极强的自我控制力和约束力，就一定能坚持下去。而坚持下去的结果是，有病祛病，无病强身，必得到相当的好处。

说到病，其实，许多病用不着去医院，在家里自己就可以治疗，如果你具备了一定的医学知识和保健知识的话。

说到"死"，特别是老人的死，不光往往由于老人本身的无知，也往往因为子女们的无知。

一位患了重感冒的老太躺在床上，准确地说，是被停在床上。老太的一只手在脸前摆来摆去，好像轰苍蝇；她的喉咙里发出呼噜呼噜的声音，那是一口痰，只是一口痰，如果把这口痰想办法吸出，老太的气儿就会缓上来，然后再活个三五年乃至七八年也说不定。然而，她的子女们却认为这绝对是一种死相，再无活过来的可能，于是也就不再想办法，于是开始请人，开始筹备丧事。而别人，谁又好意思插嘴呢？谁又好意思多事呢？第二天，那老太果然停止了呼吸、心脏停止了跳动，就那样被装入了棺材，去了火葬场。这是多么大的悲剧！怪谁呢？不能怪子女们不孝顺，只能怪他们无知。

另外一个老汉，与此老太情况相似，也是躺在床上，一只手在空中乱抓，不知在抓什么，他的儿女们便以为这是一种"回光返照"。幸亏邻居中有一位医生，当场喝道：送医院！这是脑亏氧。到了医院，果然是脑亏氧，便避免了这场悲剧。

所有这些，人人本应该知道，而你偏偏不知道，而你又认定自己全知道，没有你不知道的。于是你也可能认为，我在这里所说的全是胡聊八扯，或在卖弄，以显示自己有学问。

卖弄就卖弄，索性再说说保健品。有些人一味地、顽固地排斥一切保健品，对保健品统统嗤之以鼻，不但认为它们根本没用，更认为那不过是一种欺骗，为的是你口袋里的钱。

我无意推销保健品，也无义务替保健品做宣传，但我确实接触过并食用过不少保健品，不为别的，只为自己的身体健康，于是我应该具备了一定的发言权。

保健品通常分三类：一类是“清”，一类是“补”，一类是“调”。“清”即是清除你身体里的垃圾，也就是自由基，比如你很胖，比如你长了蝴蝶斑或长了痘痘，再或你吃得很好、睡得也很好，却只感到浑身无力，又总觉得睡不够、提不起精神，便证明你身体里储存的垃圾太多了，需要很好地清一下。“补”，很简单，便纯指对身体营养的补充，譬如你很瘦，可能胃动力不好，造成消化不良；譬如你很累、很忙，顾不上吃饭或吃得太少，甚或出现了某种症状，便足可证明你的身体亏欠了太多的营养，那么就要补充。而那些真正的保健品用不着消化，直接吸收就可以了。再打个比喻，如果把池塘里杂草、淤泥等不必要的、甚至是有害的东西清除了以后，不给它蓄水、补充水，那么池塘就要干涸，鱼也会死。鱼可比作人体里的细胞。“调”呢，便是给你的身体做恰当的调理，也就是说，此产品既清又补，既含了“清”的成分，也含了“补”的成分，清与补并举。联合国卫生组织早已颁布过关于保健品的例行标准，其中一条便是保健品都必须具有清和补的作用，缺一不可。

从电视屏幕上看，我敢保证，有的名人、有的演员肯定在食用保健品，因为以前看他们的时候他们说话的底气不足、形容也有些枯槁，后来再看见他们，他们的状态明显不一样，明显受益了，那精气神儿显得格外足，那戏演得也特别到位。我真想说出他们的名字，但又真的不好意思。

我周围有个别的平民百姓也用了保健品，就更不便说出他们的名字。

要选保健品也须选经过一二十年甚或二三十年考验的、历史悠久的大公司的产品，因为其产品真实可靠，且有专门人员予以热情周到的服务。可惜的是，我们绝大多数人并不接受保健品，不分青红皂白地一概排斥保健品，他们认为这世界既然充满了欺诈、谎言和忽悠，那么推销保健品当然也毫无例外地是在欺诈、在说谎、在忽悠，在想方设法掏你的腰包。于是，该病的病、该死的死，该亚健康仍然保持亚健康，该去医院的去医院，该大把花钱的大把花钱，却绝不肯在保健品上多花一分钱。

可怜呵，值得同情呵，那些没死赖活、苦口婆心推销保健品的人。只因为其中有她们或他们的利益，也正因为这利益，被绝大多数人所拒绝。

不能再说了，如果再说，我也要被怀疑其中有利益，或者不知拿了什么人的好处。

体质决定性格

这是个新论，抑或是个悖论？人们只听说“性格决定命运”，却没再听说什么体质决定性格……

注意，这里说的是“体质”，而非“体格”。体格光指身体壮不壮、结实不结实，而体质包括很广，其中不但包括体格、内在的五脏六腑及其结构，还包括“精神”，而精神又包括“心理”，联合国卫生组织曾颁发过关于健康人的十条标准，其中一条便是关于人的精神健康。这诸多因素综合起来才算一个人的体质。

体质决定性格，既非悖论，也非故作标新立异，而是有着它切实的理由。

比如，你脏器中的肾不好，你的性格就会常常表现出胆小，甚至软弱。

如果你脾胃不好，你会发懒，不爱动，而又常常优柔寡断。

如果你的肝不好，你会经常发脾气，甚至喜怒无常，而且爱走极端。

如果你的肺不好，你会常常感到委屈，感到己不如人。

如果你的心脏不好，不用说了，因为心脏是人体的发动机，是总开关，除了一些症状以外，你还会处处小心，待人谦和、客气，生怕惹是非，更怕得罪人。

如果你全好，只是大脑不好，那么你肯定是个思想的矮子、行动的巨人。

总之，你身上任何一个器官有了毛病，你都不会是生活中的强者，也就是说，它影响了你的性格。

若举实例，一不便多举，二今人不好举，只好以古人为例。

比如《水浒传》里的武松、李逵，他们的体质可谓超强、超好，也就是说，他们的五脏六腑都没有任何毛病。也正因为他们有了这种特殊的体质，也才有了敢杀敢打、冲锋陷阵、路见不平拔刀相助那样一种极其勇猛的特殊性格，也才有了武松“单臂擒方腊”，李逵与宋江同饮御赐毒酒、誓死效忠宋江那样一种悲壮的结局，也就是命运。没有那样特殊的体质就没有那样特殊的性格，也不会有那样的命运。

诸葛亮饱读诗书，足智多谋而又兼忧天下，是个典型而又优秀的知识分子。这样的人，其体质自然要受损，自然比不了那些舞枪弄棒的草莽之辈，最后只能积劳成疾，患肝病而死。周瑜有才，却气量狭小，又刚愎自用，最后因“既生瑜何生亮”妒忌而亡。周瑜这样的性格、这样的命运，恰恰说明他的体质不太好；他的气量之所以狭小，可证明他的心血管本身就狭窄，他的死说不定就因为突发了大面积心肌梗。从根源上说，总之都是“体质”惹的祸！

曹雪芹一开始就说林黛玉有病，来到贾府，她的病刚刚痊愈。林黛玉自己也承认说：“我自来是如此，从会吃饮食时就吃药，到今日未断，请了多少名医修方配药，皆不见效……”这便是体质，这便是体质相当的不好。因此，黛玉才弱不禁风，才那样多愁善感，才动辄伤心流泪，在飘忽的或偶尔的才气与诗文挥洒中，也才那样多疑，那样小心眼儿，动辄闹小脾气、使小性子，这便是一种性格，由体质带来并决定了的一种病态的性格。而黛玉的这种体质又具备了遗传因素，因为她的母亲死了，她才来到贾府，几年后，她的父亲林如海也死了，原来她父母的体质都不强！他们得的是什么病？黛玉得的是什么病？曹雪芹没有说，但正如红学家们推断的那样，那极可能是一种结核病，最大可能是肺结核。而黛玉与宝玉的关系总是不能令黛玉满意，父母又双亡，在这样的打击下，她的体质只能一天天不好，那种病态的性格也就随之愈加突出、愈加严重，索性葬起花来了，想到了“花落人亡两不知”。到了宝玉和宝钗结婚庆典的鼓乐之声响起的时候，黛玉这种由体质决定的性格才最终形成了命运，即咳血而亡。

假如黛玉是个健康的人，吃嘛嘛香，身体哪儿都没毛病，她还会有那样的性格吗？进而会有那样的悲剧命运吗？贾母也就早同意把她配给宝玉了！这里也就提出了另外一个问题，假如黛玉真的跟了宝玉，而不是宝钗跟了宝玉，黛玉的性格会不会有所变化？是大变化还是小变化？是彻底地变还是一般地变？

有所变化是肯定的，但不会有大变化，更不会是彻底地变。除非她身上的病起了大变化，或者彻底痊愈、永不再犯，否则，她改变不了她的性格和命运，纵然称心如意了，心情愉快了，但也恐怕是暂时的，她仍然会多愁善感，仍然会和宝玉闹小脾气，甚至如我们现代人那样逃不过那“七年之痒”，起码她的身体闯不过“生孩子”这一关，难道让她“绝育”不成？

体质决定性格，性格再决定命运。通论古今，没有哪一个成功人士不具有一副完备的体质，比如都经过了两万五千里长征，都经过战争的洗礼，也都没有被子弹击中、飞机炸死，有的却能享受到掌握政权、稳坐江山的喜悦，有的却没能熬到这一天，不是中途病死，便是后来病死了。这是命运，为什么同道中人却有这样不同的命运？其中很重要的原因就在于体质过硬还是不过硬。

体质是个总体，是个综合，如果你只是“体格”好，其他方面不行，充其量你只能成为个武夫、猛汉；如果你只是智力好，那么你只能辉煌一时或叫昙花一现，因为你很可能有病或者很快有了病，乃至夭亡。如果你的体质一般般、中不溜儿，那么你的性格也就一般般、中不溜儿，命运也一定是一般般、中不溜儿。若不信，你可以看看你周围的亲戚、朋友或者街坊四邻，再不然看看你自己……其实，我们绝大多数人的体质都中不溜儿，性格也中不溜儿，命运也中不溜儿。

有什么意义？难道就为证明“体质决定性格”是真理？真理要讲究有个实际利用价值，比如煤是黑的、白面是白的，不用说，是真理，但有什么用？如果你看过我前面的几篇短文，便不难发现，我不过强调的是体质，是身心的健康。而要让自己有个好的体质，无非是改掉不良嗜好，改掉不好的生活方式和饮食习惯，这也就是体质的重要性。

人学好不容易，学坏容易，人养成好的习惯不容易，养成坏的习惯非常容易。俗话说，吃惯了嘴儿，跑惯了腿儿，例如抽烟、喝酒、赌博，甚至吸毒，一旦上了瘾，便很难改掉。俗话又说，上山容易下山难。依我看，还是下山容易上山难，因为上山是学好，是求上进，而下山是在走“下坡路”，当然容易。这里还必须纠正一下，其实“上山容易下山难”指的是权位，人一旦有了权，便只能上不能下，如果让他下，难了，不要命也脱层皮。

好了，就让我们大家都争取有个好的体质。有了好的体质，才能有一个相应的、健全的性格，而一个好的、健全的性格可以改变以前你的许多想法和看法，以至改变你的行动。比如你以前认为不能干、干也干不好或根本就发怵干的，现在你不但认为可以干、可以干好可以胜任，而且你着手去干了；以前你觉得总不如人，乃至经常灰心丧气、蔫头耷脑，有了好的体质你则充满了信心、产生了勇气，于是你开始面对困难、战胜困难，因此你极可能做出令人瞩目的成绩，这便是命运了。如果说体质、性格都只是过渡、过程，都为了最终的命运，那么这过渡与过程何等重要，不但应该享受这一过程，更应该在这过程中集中全力争取为自己打造出一个好的体质。也只有好的体质才能形成一种好的性格，有了好的性格才能最终铸就一个好的命运，普天之下概莫能外。

男人应有的雄风

网上曾流传过一篇文章，题目叫《中国男人配不上中国女人》，说现在的中国男人仪表邋遢，气质猥琐；说现在的中国女人无论从穿着打扮、眼神、气质，直到身高，都远远超过了中国男人。

我只能承认，此文章的作者在一定程度上说对了。但是，不管中国男人还是中国女人，我们都应该从历史着眼，也就是说，中国男人之所以不如中国女人，有着诸多的，乃至深层次的历史原因。

请看，中国自清朝以后，发生了多少战争、战乱。首先去死的或叫充当炮灰的，是什么人？是男人，是中国男人；拖家带口、逃荒要饭、负担最重、压力最大的是什么人？是男人；而那些吸食大烟的，那些平日眠花宿柳的，以及清朝的那些遗老遗少依然占据着三妻四妾，从而造成肾亏肾虚的，是什么人？当然还是男人。新中国成立以后，又大宣特宣"男女平等"，大宣特宣"谁说女子不如男"以及"女人能顶半边天"大跃进的时候，出现了多少"铁姑娘"和"铁姑娘队"？"文化大革命"的时候，又是何等的"飒爽英姿五尺枪""不爱红妆爱武装"？于是女红卫兵最多，革命性最强，出手也最狠，当然，也最光荣、最值得炫耀、最值得表扬和发扬。这就难怪了，一九八四年洛杉矶奥运会，中国拿到的最重要、最令人羡慕的一块金牌便属于中国女排！

一代传一代，代代相传，从前的"铁姑娘"们、女红卫兵小将们，如今虽已都做了"奶奶""姥姥"，但我们现在诸多的影视剧中不照样把男人描绘成窝里窝囊，要么没用，要么"气管炎"，而女人不是"辣妈"就是女强人，起码是女汉子，你再看那些跳广场舞的大妈又是何等的天马行空、我行我素！这怪谁？难道今天的中国男人在女人面前显出了某种劣势就只怪他们自己不争气、不要强？难道今日的中国女人如此扬扬得意、自视甚高就全凭了她们自身的努力以及奋发图强？难道没有历史的原因，没有社会的责任？难道不是历史和社会造就了中国女人如此的强势？

社会提倡、鼓吹什么，什么就发达兴旺。反之，则不发达不兴旺，甚至萎缩，这是如我们中国这样统一指挥、统一步调国家的特点，也是其长处。况且，女人是最容易被鼓动、最容易被煽起的一群，也是最听话的一群，而煽起和鼓动女人的，又偏偏多半是男人。

那么应该做个怎样的男人？怎样迎头赶上？以不使别人再说三道四，不再说中国男人配不上中国女人？一千条，一万条，我认为，最重要的，还是男人要有个好身体。

什么叫好身体？好身体的标志在哪儿？当然，平时没病，有体力、有精力，乃至有智力，全是好身体的表现。但别忘了，作为男人，好身体最集中的体现，也可说是首要标志便是他的雄风；而雄风很主要的一点则表现在性能力方面，就是说，性能力一定要强。

看那些四十岁左右总爱闹头疼、闹失眠的女人了吗？她们自己或许说是更年期到了……

看那个别的、在外面喜欢和男人动手动脚、打打闹闹的女人了吗？她们自己说，甚至别人也说，那是性格的关系，是天性使然……

看那些把自己装扮得很性感的女人了吗？她们本来有个黄婆脸，或是个黄脸婆，但非要让自己很性感……

我敢保证，其实这些女人都是因为她们的男人性能力不好、不强，在这方面得不到满足，所以才看似无端地头疼、无端地失眠；才自觉不自觉地把自己弄出些性感，才自觉不自觉地张扬，就如花朵招蜂引蝶，求得些补充，也让心里能得到些平衡与安慰。从这个角度上讲，男人对不起女人，亏欠了女人。

为了强于女人，胜于女人，也为了展示对自己女人的爱，男人应该做到以下几条。

首先，还是那句老话，男人一定要改掉不良习惯，譬如抽烟喝酒。抽烟有百害无一利，酒喝多了，不但伤身，也能乱性。假如你酒气满身地进了家，直扑女人，纵然心肝宝贝儿地叫，再撕皮掳肉，然而完全没用，因为女人最讲实际，而此时你又来不了真格的，她便觉得烦、很烦，甚至觉得你讨厌！假如你再成个“酒腻子”，什么都不顾，只一心惦记着酒，喝起来又没完，其实又沾酒就醉，你想，此时你哪里还有什么仪表；要说有仪表，那仪表也只能是邋里邋遢。此时你还提得上什么尊严吗？你媳妇不一脚把你踹开就不错了。

如果你是个贫嘴油舌，也千万要改一改，不要以为那就是自己的性格，或以为是在表现自己多知多懂，又多能说，甚至觉得自己是在幽默。俗话讲，“蔫人出豹子”“叫唤鸟没肥的”，如果把一个蔫子、一个贫嘴放在一起同时让女人选，女人保证宁可选蔫人，也不会选那个贫嘴，因为贫嘴把精力、兴趣全放在了嘴上，实际用到他的时候他反而倒盯不住劲了。你应该养精蓄锐，争取做个沉稳而大气的人，用到你的时候，你应该做到召之即来，来之能战，战之能胜。平时你不要招猫递狗儿，不要黏黏糊糊，到时要做就做，要不做就不做；要做就不能拖泥带水，要做就干脆利落；就做它个彻彻底底、结结实实、淋漓尽致，对方不叫苦、不告饶不算完。你想，如此这般，谁还不服你？哪个还敢瞧不起你？坦白地说，你媳妇会更爱你！

你也不要花心；如非要花心，也要看自己能打多少粮食，如果打的粮食连自家都满足不了，还要援助别人，那你也太大公无私、大爱无疆了。其实，花心也和抽烟、喝酒、赌博等坏习惯差不多，一旦成瘾，便得空儿就想去，而次数一多，时间一长，身体肯定受损，而你又偷偷摸摸，不敢张扬、不敢公开，要说气质，那气质也只能是猥琐或叫萎靡不振。

如果你的消化功能好、经济条件允许，你不妨多吃些肉。肉里包含了人体需要的一切营养，当然，其中也包含了较多的胆固醇；胆固醇多了有害，大家都知道，而适量的胆固醇也不可缺少，因为它含有很高的热量和能量，武松武二郎之所以顷刻间有了那样的爆发力把老虎打死，不是因为他喝了那么多酒，而是因为他吃了那么多的肉。如果你像个老人似的整天稀粥烂饭，顶多再加点水果，平安是平安了，少病是少病了，但你肯定也缺少了男人应有的那种雄风。

如果有了一种雄风，你便能征服女人，无论工作、生活、床上、床下你都会无往而不胜。有了这种雄风，你的仪表、气质也就有了，也就会自然而然呈现出一种男性美。此时，女人也不会太计较你的穿着打扮以及个子高矮，甚至钱少点也没什么。你看那些家里闹矛盾的，无论是夫妻矛盾、婆媳矛盾，还是七姑八姨掺和进来一起闹矛盾，也无论那矛盾是因为钱、因为遗产、因为养老、因为子女教育，总之一句话，全怪男人，全怪这家的男人该顶却顶不起来，也就是说他不具备男人的那种雄风，不具备男人到一定的时候就应该有的一种霸气。男人应是一家之主，应该说了算，“牝鸡司晨”不管效果好不好，毕竟是极少数。男人应不使女人操心，应不使女人絮絮叨叨，陈谷子烂芝麻地生出许多闲事。而女人之所以不满意，之所以总爱生事，多半是因为你在“那方面”不太行，不能令她满意；而她又不说，因为不好意思说或者连她自己也没能意识到，于是她只好有意识或无意识地找碴儿生事，矛头又总是对准你，想想，有没有这么回事？是不是这么回事？

纸上谈兵，你写文章等于站着说话不腰疼。有人会这样指责我。

的确，男人的性能力不是说提高就能提高的，那样一种雄风不是说有就能有的。但如果你改掉了不良习惯，养成了良好的习惯，再加强锻炼身体、增强体质，进而改变性格，便极有可能呈现出那样一种雄风；一旦具备了这种雄风，便没人再敢说“中国男人配不上中国女人”，就没人再说中国男人“仪表邋遢”“气质猥琐”；如果再说，就成了一种谬论，中国人民不会答应，中国女人就更不答应，说你污蔑了她的丈夫。

男人与性

再谈男人与性。

其实，性学专家在这方面已经说过许多了，但站在我的角度，仍认为有必要说一说。

性，性生活，毋庸置疑的，是维系夫妻关系及家庭和睦非常重要的保证。有文章称，当婚姻登记处的工作人员问及一对夫妻究竟为什么离婚的时候，他或她往往吞吞吐吐、欲言又止，最后才不得不回答，因为性生活不和谐；而回答这话的又往往是女人，也就是说，多数是女方在这方面感到“不和谐”。

如果是男方感到了“不和谐”，他不会说出口，也不致于离婚，因为无论从前还是现在，男人都有足够的办法、诸多的可能，为自己弥补这种不和谐。而女人却难了，因为无论从前还是现在，女人的不轨行为依然会受到众人的谴责，不似男人那般见怪不怪、习以为常。假如男方非要提出“不和谐”，非离婚不可，那么这只是个借口，证明那男人早就想离婚，证明他早就有了“目标”也说不定。

男人主动，女人被动，这是规律，乃千万年来早就有的、应该有的自然规律的一种。而男人一般不会承认自己在这方面不行，或者说不够充分、不够彻底，女人更不会承认自己在这方面有所要求或者要求得太多、太高。总之，关键在男人而不在女人，男人当然要担当主要责任。

至于男人在性生活上究竟应该怎样做、做到什么程度、再具体做多少次数，对方才能满意、才算满足，这要因人而异，因年龄、体质、工作环境与生活环境而定。但是男人，一定要把持好一个“度”。

古籍上说，皇上“夜御十女”，我认为是瞎扯，不过是在讨好主子，夸大主子的性能力罢了，充其量是玩弄、猥亵，而不是来真的。

清末有一位大学问家，买了一个丫头，让这个丫头充当小妾。然而一连几年，大学问家总是疾病缠身，或感冒咳嗽，或没来由地腰疼腿疼。后来，他把丫头卖了，怎么买来怎么卖，结果呢，病也没了，人也精神了，他在学问上的研究也有了长足的进展。

皇帝有娘娘，有妃子，后宫还有“佳丽三千”，然而皇上有几个是长寿的？难怪我们视为国粹的京剧里面的皇帝老儿总是迈着四方步，臀部一摆一摆，软绵绵、颤悠悠，显得那般无力。有人说，那是一种“范儿”，一种京范儿！拜托，还是不要这种范儿的好。

老中医、老大夫，本来德高望重，却在收音机里大言不惭地宣称“一周三到四次不算多……”请问，多少次才算多？请问，身体还要不要了？还要不要工作了？除非吃饱了喝足了什么也不干，光等着夜晚来临，光为了那事。我们不妨再问问大夫本人，您一周几次？如果您回答出“我就三到四次”，那可要朝您伸大拇哥了，您真乃天下无敌，男人中的极品！但是，年轻人千万不要上当，那其实就为了推销他或他们研制出的一种壮阳产品，吃吧，吃吧，多多益善。

如果说年纪轻的人还有其身体、精力作为优越条件，那么上了年纪的人，优越条件又在哪里？我们很遗憾地常常看到，有人带着嘲讽的心态、恶作剧式的嬉笑的表情，在说着关于“老牛吃嫩草”的故事。“老牛吃嫩草”，本来很美，应该算不错的一道佳景，却也难免预示着一场悲剧的发生。

我们小区的一位邻居，五十多岁丧偶，过了两年，他再也耐不住寂寞，便经人介绍，和比他小了二十五岁的一个女人结了婚。那女人有孩子，对她的这个老丈夫很好，实心实意和他过日子，然而，又两年以后，我们这位五十多岁的邻居却突然中风，口歪眼斜，一只胳膊不能动，一条腿也只能拖拉着……人们慨叹、惋惜，这是怎么说的，本来好端端的一个人！按理呢，这“草”还算不上太嫩，他和她只不过差了二十五岁，也只不过一起生活了两年。

我在搬入这个小区以前还认识一位离休了的老干部。他老伴儿怎么没的不知道，只知道他在六十四岁那年娶了一个二十七岁的外地姑娘填补了前妻留下的空缺，他俩相处得挺亲密，一起逛市场，一起看电影，一起打羽毛球，老干部对比他还小的岳父岳母也很尊敬。就这么过了三年，这位老干部却突然坐上了轮椅；又过了三年，他便撒手西去了，留下了不少存款及一处大三居。他的儿孙们便为这存款和那大三居与那个守了寡的、已是三十多岁的女人争争吵吵、打打闹闹，直闹到法院。须知，我们这位老干部一直吃着大旱龟呢，每隔四五天就吃一只，而且有“冬虫夏草”，还有“六味地黄丸”，那可全是大补！然而又全都没起到什么作用。

有个会拉二胡的老光棍儿，已经七十岁，就因为看上了村里的一个小媳妇，而那小媳妇恰好又嫌自己丈夫个子矮，其貌不扬，便想方设法离了婚。这位七十岁按说已经做了爷爷的人觉得机会来临，便动用了他的积蓄，也用了一切可以利用的时间，抓空便去，而那个离了婚的女人图的是钱财，从来也不拒绝……便宜吗？便宜；高兴吗？高兴；然而太贪便宜了，也高兴得昏了头了，就在这位老光棍儿给村里的老年活动站再次拉二胡的时候，突觉头晕目眩，下肢发软，想站站不起来；然后，便躺到了床上，接着躺了四年。最后的结果当然也是呜呼哀哉。

如此这般的例子不用再举，再举还有很多，可谓举不胜举。若不信，可以看看你周围的人，回想一下你曾经认识的人，以及在电视屏幕上见过的名人，这样的事发生过，而且还在发生。

男人，在任何情况下都要把握好“度”，在任何情况下都不要忘乎所以，只图那一时之快，只图满足作为人的最原始欲望。记住，你是男人，男人有男人的责任，而男人又与女人不一样；女人无论多么激情、多么快乐，或者要求得多么迫切，也只是被动承受，顶多很好地配合，而男人不但主动，其付出也货真价实，更何况是个上了年纪的男人！

有没有例外？当然有。看那些学者、专家、高级知识分子，同样结识了鲜花嫩草，却没有在鲜花嫩草面前晕头转向、迷失自我，更没有沉溺于一时之快，因为他们有较高的人文修养，有丰富的学识和善于思考的大脑，同时也就有了相当强的自律能力和一种自我约束力。他们或低调、隐秘，也有的公开，甚至炫耀，但却未见有悲剧发生。人们往往羡慕忌妒恨，但也不得不把他们的奇异良缘视为一段佳话。

一般人都爱在厅堂上悬挂一条“厚德载物”。这里的“德”，不光指一般意义的“道德”，也更指的是“道”；道即方式方法，即客观规律，即你的学识修养和你的资格、资历，也就是说，你是否有了这样的道，你是否配得上“载物”。如果你没有相当的学识修养，没有相当的资格、资历，便等于你还没有掌握“道”，于是应该配不上“载物”，更配不上载那么多，那么珍贵的、稀有的“物”，这种情况下如果你非要“载物”，那么肯定出事，不出事才怪。如果你出身名门，只因为继承，便没来由地也载了那么多的“物”（当然包括金钱和权力），希望你好好珍惜，希望你补足你的学识和修养，希望你不要出事。

许多人并非人品一开始就不好，最初就不好，而是他们后来没有学好“道”，没有掌握或者说不具备那样一种“德”和“道”。但他们却“载”了那么多或那么大的“物”，于是悲剧屡有发生。

男人的“性”也一样，必须具有“厚德”，也就是应该具有一定的学识、修养，具有一定的自我控制力和约束力，才能让自己有个不败之身，也才能不让好事变成坏事，才能不让喜剧变成悲剧，关键就在一个“度”和一个“道”。

论行不论心

记得上中学的时候，在舅舅家住的村里曾见过一副楹联，上联是：“百行孝当先，论心不论行，论行天下无孝子。”下联是：“万恶淫为首，论行不论心，论心世上无好人。”当时虽不太懂，但我把它抄在了本子上。

一天，忽把那本子翻出来，又看到了这句话，现在怎么琢磨怎么觉得这话有道理。

我又在“百度”上查，发现真有这句话，只是出处不同，有的说出自清咸丰年间一个叫王永彬的《围炉夜话》，有的说出自清王之春写的《椒生随笔》，还有的说只是来自清梁章钜的《楹联丛话》。个别的字词也略有不同，有的写作“论迹”，有的写作“论事”，也有的写作“论心来论迹”，总之，我对照了一下，发现其实根本意思及其道理与我抄在本子上的完全一样，即百行孝当先，论心不论行，论行天下无孝子；万恶淫为首，论行不论心，论心世上无好人。

当然了，前面的半句，“百行孝当先”和“万恶淫为首”，都系旧理念、旧传统，不能再拿来作今天衡量道德的准则。但后面半句，“孝”论心而不论行；“淫”论行而不论心，却仍有它确实的道理和现实的意义。我们不妨稍作剖析。

假如孝论“行”，那么做儿女的就应该时时刻刻守在父母身边，伺候茶饭，嘘寒问暖，有病了，无论大病小病，都应该寸步不离，即使工资，也要一分不少地交给父母，这才叫孝，然而这种孝几近荒唐。假如孝论“心”呢，则只要心里装着父母，惦记着父母，正如一首歌里所唱的，“常回家看看”，帮“洗洗碗”“替妈妈揉揉肩”，再和父亲聊一会儿，听父亲母亲絮叨，再看家里有什么需要解决的，帮助解决一下；实在没空儿，打个电话，报个平安，让父母放心，也就可以了，便算尽了孝。这并不难，每个儿女都应该做，也完全能做得到。

再说“淫”。淫正好相反，论的是“行”而不是“心”。假如“淫”也论心，那么街上过来个美女，抑或过来个帅男，男人则不许看美女，女人也不能看帅男；如果看了，如果再禁不住多看几眼，不得了，便证明你走了心、动了心，说不定你心生邪念，此时，你岂不就成了个流氓？成了个坏人？这么衡量下去流氓、坏人何其多！上哪儿再去找好人呢？幸亏论的是“行”。

爱美之心人皆有，正如人人都爱看花，不爱看屎，都爱闻花香，不爱闻屎臭。女同胞们更应该明白，男人的爱美，大多注重于内在、内涵，不似女人那般注重自身的打扮。但他们对女人的美，又有种特殊的敏感，比如姣好的面容，模特般的身材；比如行为举止娴雅、协调，或大方得体，对男人都有极强的吸引力。此时，女人不要多疑，不要猜忌，更不要因此生出是非；请换位想一想，女同胞们在观赏韩剧的时候，是不是更多地在关注什么“都教授”，什么金秀贤、李敏镐？对那些明星的欣赏是不是早已超过了对电视剧内容的欣赏？假如男人也多疑，也为此生气，以至关了电视机或是换了频道，女人怎么办？恐怕要大发雷霆了，恐怕要大闹一场了。所以，无论男人女人，在谈到彼此关系的时候，都应该“论行”而不应该“论心”，也就是说，只要都“生乎情而止乎礼”，只要都没有把那份爱美之心变成一种“实际行动”，去骚扰，去夺取，或千里迢迢去追寻，去勾引、去诱惑，也就可以了，便证明都没有出轨，便证明不是个坏男人或不是个坏女人。否则，这世上真的没有好人了。

我们不妨就此引申一下，把“论行不论心”引申到社会治理层面。

人人都有贪心。弗洛伊德也承认人有两欲，第一是淫欲，第二是攻击欲。攻击欲不光是为了破坏，也为了获取或是叫占有，获取和占有便是贪，也无论是贪土地、贪金钱，还是贪物质、贪美女，总之在人性上都属于贪。

如今的法治国家大都立足于人性恶，立足于任何人都有贪心，所以才把权力关进笼子里，所以才不要人治，要法治特别要健全法制。如此这般，让想贪的人，有心贪、有欲望贪的人怎么也贪不成，因为他没机会贪，没缝子可钻，权力被关进笼子，限制不了他们的贪心却限制了他们贪的行动，实际等于没有贪。况且他们要忧虑，万一贪了，他要倾家荡产、名声扫地，还要坐万年牢，又无一幸免，那要命的后果也就让他自觉自愿地收起了贪心。

没机会贪也好，不敢贪也好，总之他没有贪。或者说有贪心，却没有贪成，没有成为现实，于是便证明他是个清白人，便证明他不是个贪官。法律向来是论行不论心的，至于你怎么想，怎么盘算或怎么纠结，法律不管，也不照顾，因为没人知道你想的究竟是什么，更不知道你的所思所想是真是假。只有把所想的付诸行动，让心中所想变成事实，才能成为犯罪的证据，立功也一样，论的是“行”而不是“心”。

假如社会的行为准则也像孝敬父母那样，“论心不论行”，我们则要好好修炼，也只能好好修炼，把自己修炼出一副善心，修炼得品行端正、道德高尚，“非礼勿视”“非礼勿听”“己所不欲勿施于人”，等等，然而，想想吧，自春秋战国开始，自孔子、孟子、老子、庄子开始，我们已经修炼了两千多年，如今又修炼得如何？

不要人治，要法治，要“论行不论心”，不管你怎么想，不管你怎么申辩，说你本无贪腐之心，一向清正廉洁，只是一时糊涂或一念之差；也不管你多高的权位，多深的背景，只要你在行动上做出了触犯法律的事，就该受到应有的惩罚！我们不寄希望于你怎么想，只寄希望于你怎么做；我们不把希望寄托在“清官”和贤明的“君主”身上，只寄托在法律和法制上，因为无论是“君主”还是大臣都靠不住，不管他们开会的时候怎样讲、讲了什么，不管他们怎样表达自己的襟怀。如果君主和大臣靠不住，那么平民百姓也就随之靠不住。

只要在真正意义上实行了法治，成为了一个真正的法治社会，百姓们便只有一种可能，做个守法的、合格的国家公民。也只有把权力牢牢关进笼子里，让官员们也只有一种可能，那便是既然当了官，就只能按照法律法则规定好好地履行职责，用实际行动为民众办事，而不是靠嘴说，凭宣传。

男人的寿命

大家都公认这样一个事实，即男人的寿命一般比女人短，也就是说，女人一般比男人活得长。

男人去世了，可是他的老伴还活着；再过十几二十年，他的老伴依然活着，甚至可能活得更好；儿孙们簇拥着她，有说有笑，高高兴兴地行走在大街小巷。这不但是事实，更呈现出一种特别的、温馨可人的风景。

也许有人会这样解释说，男人的寿命之所以比女人短，是因为男人抽烟喝酒；而抽烟喝酒又因为男人所承受的生活压力、工作压力比女人大。可是，女人一般不喝酒、不抽烟，更很少去夜店释放所谓的压力，不也照样承担了家务、胜任了许多工作吗？可见这种解释是为男人找借口，甚至是为了自己，为自己抽烟喝酒等不良习惯开脱，是为自己根本不想戒烟戒酒或想戒终于没有戒成，今后可以照常喝、照常抽所寻找到的理由。男人们也似乎在证明，抽烟喝酒乃男人的标志，不抽烟不喝酒简直就不算个男人。

于是，病来了，不是酒精肝就是气管炎（是真的气管炎而非妻管严），要么就是“三高”——血脂高、血压高、血糖高。说是男人，却头大脖细，要么就成了个大腹便便的死胖子，寿命长？难了，确实难了。

然而我们也不得不承认另一个事实，即女人比男人更具有一种柔韧性，就是说，比男人更耐压、更耐劳，甚至更经得起折腾。比如同样熬了一天一夜，男人往往龇牙咧嘴，大呼上当、受罪，而女人默默承受，往往一声不吭地、按部就班地继续工作。

好容易熬到了退休，再看看退休之后男人与女人有哪些不同。

女人退休之后不少选择了健身，有条件的去了健身房，没条件或不愿去的便搭帮结伙，来到某个广场，热热闹闹地跳起了广场舞；好痛快呵，既享受了退休后的自由自在，又似乎重温了以前的集体生活，何乐而不为？

男人呢？也不是不想健身，也不是不想加入那热闹的集体，只是男人的尊严，男人的架子，让他们放不下。再说，那跳广场舞的女人群里可有男人的影子？没有，一个也没有；谁又肯做那头一个，加入女人群。因为谁去谁会感到不自在，谁去谁会感到孤独、感到尴尬。因此，男人们只是看，从广场旁边经过的时候看，看……边看边觉得脸红，而又边看边满脸的不屑；不屑的是与女人为伍，何况是和自己差不多年纪的那么老的女人，而又说不定其中就有自己的老伴儿。

于是男人们走开，夕阳下，暮色中，伴随着他们孤独的影子，也不知往哪儿走，往哪儿去，反正走到哪儿算哪儿，反正无事可干，左不过再折返回来。

女人天性爱干净整洁，这方面也比男人讲究得多。女人退休以后有了充裕的时间和精力，就更加让自己干净整洁；如果男人过世，女人守了寡，不知为什么，女人却出奇的整洁，甚至可说比以前显出了些许靓丽。也因此才有“邋遢光棍利落寡妇”之说。

男人们退休以后，便往往认为一切都结束了，从形体到精神，都完全松懈下来。他们往往靠回忆，回忆过往，回忆曾经有过的辉煌以及恩恩怨怨、是是非非；如果丧偶成了鳏夫，又极可能灰头土脸、邋里邋遢，可见“邋遢光棍”并非虚传；他们还可能垂头丧气，不愿见人，不愿出来，只愿待在家里，直到感觉身体不适，腿脚发笨，才幽灵般地晃荡着，重新出现在小区或者某条路上。这时，他们也有可能拄起了拐杖。

女人好逛街，三三两两，说说笑笑，即便不买什么东西，也图那走出家门的快乐，图那商店里的琳琅满目。而且无论你怎样坐公共汽车，六十五岁以后都不用再花钱买票。男人呢，专专地不爱逛街，更不爱搭帮结伙；特别是退休以后的老男人，见有几个是结伴而行的？很少，即便有，也只是一时一事，过后散伙，无须再见。因为老男人的人生观、价值观早已形成，对一切事物也早有了自己一套固定的看法和一套自以为是的理论，于是他们到了一起便经常各说各话，你想表达、我也想表达，你说你的对、我说我的对，谁也不服谁，而且脾气都倔得要命。总之，他们都想把结伴在一起当作抒发个人经历、经验或者满腹牢骚的一个平台，于是只好抬杠，抬得脸红脖子粗。那么，明天干吗还要在一起呢？干吗还要见面呢？还不如一个人踽踽独行的好，即便寂寞，即便自己吞噬自己的寂寞，也好歹避免了别人再给自己增加不愉快。

真有些学识的，也有些条件的，便另外为自己寻找表达的平台，那便是写书、出书。于是眼前则进入了一个全民出书的时代。

女人一般不太关心政治，因此也就很少议论社会上的是是非非，更不要说什么叙利亚问题、阿富汗问题、朝核六方会谈问题，这些对她们来说简直无异于天方夜谭。她们更关心的是柴米油盐酱醋茶、日常的家庭生活，退休了一身轻松，除去适当关心照顾一下孙子或孙女之外，余下的便怎么快乐怎么来，怎么健康怎么做。

男人则不同，他们很关心政治，对政治颇感兴趣；特别是退了休的男人，即便聚到一起，谈论的也大都是政治，以至于谈论最多的是腐败，官员的腐败和社会上出现的其他腐败现象。他们义愤填膺地对自己曾经的上级或者下级发泄着不满，表达着自己的失落，夸张地长吁短叹，令人同情地垂头丧气。他们往往成了愤青，老愤青！

这些老男人也就成了带点儿社会问题的群体，他们那种不良的、非正能量情绪大约对社会的和谐稳定没有好处而有坏处，起码也应该算作某些不那么和谐稳定的因素之一。旅游、出书、学画、学书法，等等，毕竟是极少数人，他们中的绝大多数无所事事，失去了重心或在现实生活中不知道自己应处在一种什么样的位置上。有关部门应该想办法把老男人组织起来，也应该有专门的人为他们负责，让他们有自己独特的娱乐方式和休闲方式，或者想办法让他们融入到女人群中去，让他们和她们一同跳舞唱歌，一同释放退休后的快乐，让他们和她们一同享受轻轻松松的晚年。

救救这些老男人吧，对他们来说也是一种救赎。孩子们很少回家，即使回家，也是舍钱舍物不舍工夫；即使舍些工夫，也绝大部分时间坐在那里看手机。老男人又不爱讲话，当着儿媳的面儿尤其不爱讲话，即使讲话，也多出口教训，要么讲些过去，讲些从前……哪个儿女又愿意听呢？

救救他们，让他们活得更快乐一些，寿命更长一些。

享受了就要付出代价

你享受了一顿美食；真美，不光美食美，心情也美，特别是那氛围，比如暗紫色或橘黄色氤氲般的烛光，比如轻轻飘荡的音乐，都让你感到心旷神怡。但你也不得不摸摸自己的钱包或口袋，发现瘪了一大块，于是你又得盘算，下次要不要再吃美食？以及要不要再到这里来吃？还有，你怎样将这顿美食所花的钱节约出来，以使这个月的生活成本不会大大地超支。

你又享受了一顿美食，这次是朋友请的，不用自己掏腰包。而且这次吃的基本全是海鲜，你很喜欢吃海鲜，也经常吃海鲜，不过这次既丰盛又高级，有闸蟹、海贝，也有龙虾、鲍鱼及其他珍贵的海产物，于是你美美地吃，敞开肚皮吃，还喝了大量啤酒。然而，就在当天夜里，你突然感到头晕，感到四肢疼痛、腿抽筋，于是你不得不第二天早早地去了医院，于是医生诊断你是酸中毒；酸中毒，也叫高蛋白中毒，就因为你摄取了太多的高蛋白，同时又喝了那么多啤酒的缘故。于是从此以后你不得不和海鲜、啤酒说声再见，或者吃海鲜就别喝啤酒、喝啤酒就别吃海鲜。医生更嘱咐说，你最好连海鲜想也别想、动也不要再动！

孩子放了暑假，去了姥姥家，把这一宽绰的两居室独独地留给了你们夫妻俩；细想想，好长时间没有放肆过了、没有好好享受一下了，那就下定决心，不妨放肆一下、享受一下，即使怎么折腾、怎么享受，乃至喊出了声音，也不会有人听到，更没有人干扰。然而，你这样做了以后的第二天早晨，却不想睁眼，只想睡、继续睡，同时感到腰酸、浑身发懒，实实地不打算再上班。但你又不得不强打精神去上班，因为无故缺勤不但要被罚款，同时也耽误了属于你自己的工作，使得你不得不一连几天都要加班加点。

孩子回来了，同时从姥姥家带回了一桶咖啡，是上好的咖啡。你明明知道自己不适合喝咖啡，喝了咖啡便影响你的睡眠，但你偏要品尝一下，忍不住要品尝一下，于是你给自己沏了一杯。就享受了那么一杯，而且是一小杯，结果到了晚上你翻来覆去睡不着，到后半夜两三点钟才勉强入睡。

你明知道电脑上有不少黄色网站，却鬼使神差地手指那么一动，点开了；不用说别的，只那网页的开头，也就是片花儿，已足使你赏心悦目、大开眼界，继而激动不已。然而你没有料到，此时你的妻子就站在你的身后，怒眼圆睁，接着朝你大发脾气，骂你臭不要脸，骂你厚颜无耻，骂你四十不惑却还惑！于是一连多天你不得不像犯了罪一般老老实实、规规矩矩，以至对妻子百依百顺。

你享受了没有？你得承认你享受了。你享受了美食，享受了咖啡，享受了性生活的快感，享受了视觉冲击，那么享受了就要付出代价，哪怕你只享受了那么一点点，只看了那么几眼，也同样要为那“一点点儿”和那么“几眼”付出相应的代价。打个不太恰当的比方：“不是不报，时机未到；时机一到，一切全报。”那报，便是付出，便是代价，只是那代价的付出有时间的早晚罢了。

老子也说："福兮祸所伏，祸兮福所倚。"福与祸互为因果，又相互转化，福可转成祸，祸也可转成福。福，便是享受；祸，便是付出，便是代价，没有祸便没有福，享了福就必然付出代价。美国老太太为买房先从银行贷款，而中国老太太先攒钱，等钱攒够了再买房，然而中国老太太自有回旋的余地，如果钱攒不够可以暂不买房，可依旧住在自己的旧居，什么时候钱够什么时候买房。而美国老太太因为要还贷，便等于提前把压力放在了自己肩上，于是不挣也得挣、不攒也得攒；福与祸只是有先有后，美国老太太比中国老太太其实一点也没轻松。

退休了，总可以踏踏实实地享受了吧？

你可以享受、踏踏实实享受，比如你可以搓麻将，比如你就喜欢搓麻将，而以前你没有那么多时间搓麻将，现在退休了可以整天搓麻将。但是，你千万要小心，就因为你长时间搓麻将而极有可能得了颈椎病，或者腰间盘突出或者坐骨神经痛，有没有？谁敢说没有？

你退休了可以去旅游，于是你去了"新马泰"、去了日本、去了韩国、去了欧洲。然而你发现，经济上有些支撑不住，同时觉出来，旅游不过是"从自己住厌了的地方去了别人住厌了的地方"，却那样累，很累，简直比上班还累。于是你改弦更张，不再旅游，而改作了养鸟，但你又发现，养鸟原来也是个活儿、不折不扣的活儿，因为你要伺候鸟，每天给它喂食喂水，还要清除粪便；那鸟食也需花钱，买来还要加工，稍有不慎或不周，那鸟儿不是死就是飞走，要么叫唤出来的声音就极不好听，让你在人前丢尽了面子。

你也可以摆弄石头或者摆弄树根，别人出门为了看风景，你出门则专门为了寻找石头或者树根；别人轻松地走、轻松地回来，你回来的时候却背了一大包的树根或者石头。然后你动刀动铲动刷子，想尽办法把那石头或者树根雕出一种花样，再争取让它成为一件艺术品。此时，你称心是称心了，高兴是高兴了，但你不得不承认，你确确实实在付出一种劳动，这种劳动的费力费神，其辛苦程度实际上一点儿也不亚于上班时你所担负的工作的辛苦程度。但是你愿意，因为你明白，明白只有通过再一次的劳动才能再次享受到劳动果实，也才品尝到了再一次创造的快乐。谁有这样的心态，谁就对了。

当然，你也可以什么都不干，我的一个在果林公司做技术员的朋友退休之后便什么都不干。他带着牢骚发誓说：实在干烦了，干腻了，甭打算再让我干，丫的我什么都不干！好容易退了休！

我说：即便你退了休，总得干点儿什么吧。

他不屑地朝我瞪了瞪眼，理直气壮：干点儿什么？告诉你，吃饱了遛弯儿，坐着、躺着，看蚂蚁上树！

他说到做到，果然见他遛弯儿，果然见他坐在树下，似乎真的在看蚂蚁上树。人也明显地胖了起来。

然而，半年以后，他忽然朝我掀开了衣襟，让我看他的前胸，说“这儿，这儿，搭了一个桥儿……”

我没有细问，也没必要细问，因为无论是“搭桥还是支架”都很普通，已不是什么新鲜事。

但我没有料到，又过了三个月，在果树林里我却见到了他；他正挥汗如雨，用铁锹挖着树坑。

我想了想，便问：是返聘，还是主动找了人家？

他很不好意思地朝我笑了笑，承认是主动找了人家。

我又问：你那病恢复得怎么样？行吗？经得住体力劳动吗？

他说：技术员人家已经另外安排了人，没办法，只好在地里干活儿。

我不禁揶揄他：退休了嘛，就应该完全休息，什么也不干，彻底享福！

他急急地说：你哪知道？受不了，实在受不了！闲得浑身难受，闲得饭也吃不下，觉也睡不香。

我默然，不再说话。想必他的病恢复得差不多或已恢复得很好，于是正如他所说的，主动找了人家，然后回到地里，不得不干起了体力活儿。我又想，也许他早就应该后悔，后悔不该那样闲，不该把退休当成了一劳永逸，什么也不想、什么也不干。否则，他也不会得了那样的病。

人呵，真是个贱骨头，难道非要劳动、非要吃苦受累不可吗？难道非要享受与付出互为因果、相互转换，或先享受后付出，或先付出后享受，总之享受了就要付出，如此这般才可以吗？难道一味地享受，专专地、甘心地去享受，享受那轻闲，同时享受那美食，享受那舒服，享受那自由自在、无拘无束，想躺就躺、想卧就卧，难道就不行吗？

事实证明，不行、不可以。因为无论什么人、无论何时何地，一旦完全、彻底地享受，完全放松下来享受，其所要付出的代价又往往让你承受不起，甚至得不偿失。

人即便有了充裕的时间，即便退休了，也不要涣散了精神，也不要死心塌地地去享受。你可以重塑自己的人生，发展个性，完善自我；当然，那又是一种劳动，等于又开始了一段新的旅程。

总之你不能闲，你不能吃饱了喝足了什么也不干，否则便是自毁，便是慢慢自灭。即使你去爬山，去跑步，去锻炼身体，出一身臭汗，实际也是一种劳动，也是一种付出，便也是一种累和一种辛苦。消失了辛苦和累，便等于消失了自身，因为只有劳动才是伟大的，才是永恒的，才是不朽的。婴儿嗷嗷啼哭，是在要奶，这就更提醒了我们，人生来就是劳动的命！

人物篇

老 胡

我们小区里有个人叫老胡。

老胡原本是城里人。他二十多岁的时候就当“菜伢子”，那是二十世纪七十年代，还是计划经济，他骑着辆自行车，光着头，披了件黑色大棉袄，里面是整齐的咔叽布中山装，来到地里，看看大白菜的质量和产量，估估价钱，因此和队干部们都很熟悉。老胡所在的单位叫菜蔬公司，菜蔬公司设了好多处磅站，也就是收菜点儿，马车或汽车把大白菜拉到这里，由老胡过磅，然后，他挺起肚子，用北京人特有的京戏嗓音高喊一声：“好嘞！”年纪轻轻的老胡就有肚子。

大约三十岁的时候，人不知鬼不觉，也不知是别人介绍的还是自己认识的，老胡忽然和我们村里的一个姑娘结了婚，但做的是倒插门女婿。那家也姓胡，家境却殷实，有很大的院子，房子也有八九间。而老胡家里还有什么人？父母是否还健在？没人知晓，也从没听老胡说过。

于是老胡就成了我们村里的一员。他依旧骑了自行车，依旧光着头，冬天穿了那件黑色大棉袄去上班。但老胡仍然是居民户。

到了八十年代，老胡忽然宣布说他不是汉人，而是满人，甚至说自己是旗人；又说他本不姓胡，而姓“哈”。八四年实行“身份证”的时候，他便去了派出所，要把民族“汉”改成“满”，也要把姓氏的“胡”改成“哈”。但光说不行，得有证据，老胡又拿不出充分的、具体的证据，所以派出所警察说什么也不给他改，所以直到现在老胡仍然是汉族人，也仍然姓胡。

此时，四十岁出头的老胡不再做“菜伢子”，因为菜蔬公司已解散，他另调了工作，给一个单位看起了大门；看到五十岁，他提前退休。

后来拆迁了，住了楼房，胡家房子多，院子又大，于是分了一套三居室，两套两居室，还有一个一居室。

老胡动员家里人，卖了其中的一个两居室，另一两居室出租；儿子儿媳住三居室，他和老伴儿住那一居室。而从打退休，老胡什么也不干；冬天，他穿了呢子大衣，手提拐杖，夏天，是一身中式的白色裤褂，但拐杖对他来说不过是充样子，或者说是个装饰品，因为他才六十出头，不算老，身体也还结实，小肚子也依然凸出。他一个人出门，踽踽独行，去干吗呢？坐公共汽车，进城，去东来顺，去同和居、砂锅居，去丰泽园、便宜坊、庆丰楼，当然也去全聚德，也去烤肉宛，还有这个庄、那个庄，反正都是北京有名的饭馆，有名的吃食，也都是老字号。至于隆福寺和护国寺的小吃街，据他说，不知去过多少次。

他回来后便显摆，便大谈特谈，说东来顺的涮羊肉如何了得，那肉片儿是纯刀功，切得如何薄，薄得透亮，能照见人，又说光佐料就七八种，吃起来和他小的时候吃过的基本是一个味儿。他说“都一处”的烧麦外焦里嫩；说葱烧海参和烤馒头除了“丰泽园”谁也做不出那样儿、做不了那么好吃；说“鸿宾楼”的红烧牛尾、炖蹄筋儿、砂锅羊头简直绝了，色、香、味俱佳，不愧是百年老店！老胡还夸赞炒肝、爆肚、灌肠、褡裢火烧、艾窝窝，说他只是尝一尝，并没拿它当饭吃；尝一尝的目的是为了比一比，看这些小吃比从前的味道怎么样。

老胡显摆完了，又往往带着一种自嘲式的炫耀，补充说：“吃货，我就是个吃货。”

吃货，早已成了一句流行语，也成了在吃这方面足可令人羡慕、带有褒义的代名词，仿佛什么也不讲究，只讲究吃，在吃上是个内行，是个人才，必须在吃上下功夫，吃出花样、吃出名堂，吃得让别人难以企及，仿佛这才是我们如今应该具有的甚或应该提倡的、值得效仿的一种模范行为。

于是人们在发生争论的时候，便说：“有本事你学人家老胡呵，也当个吃货。”

那人反讥：“我当不了，你就当得了？”

一时间，老胡成了人们眼中的佼佼者，人们用一种欣赏与赞佩的目光看待老胡。

然而后来，人们慢慢发现老胡这个人存在不小的毛病。比如小区里无论哪家有个婚丧嫁娶、红事白事，他向来不出份子，一块钱也不出，乃至连面也不露，权当无知无觉。再比如，我们小区里有个保安，叫良子，外地人，是个好小伙儿，但家境贫寒。有一次，良子的父亲来了，走的时候，这家送了衣服，那家送了钱，也有的送馒头、送烙饼，让良子的父亲在路上当干粮，而良子住的地方和老胡是同一个楼门儿，老胡却什么也没送，又一切当作不知。

有一次，也是因缘巧合，我竟和老胡碰到一起，共同参加了一个朋友组织的生日会餐。我不知道老胡是怎样认识我这位朋友的，更不知他与我这朋友有多深的交情，只知在吃得差不多的时候，老胡主动、并抢先朝服务员要来了快餐盒，说：“打包、打包，我带走，剩在这儿实在可惜!”打包可以，也应该，但凭什么你打包？你出钱了吗？是你做东吗？即便你打包，也应由主人发话或大家提议才行。其中有两只烤鸭，烤鸭吃净以后，老胡又吵吵着要鸭架子；这家餐厅也有些抠门儿，每副鸭架子竟然还另需交八元钱，于是老胡又到处找我那个朋友，那朋友因为忙，忙于招待其他客人，便只好掏出了十六元钱给了老胡。老胡就那么提了两副鸭架子，还有一共七八个装得满满的快餐盒，坦坦然然地走了出去。这让在场的所有人都为之侧目，甚至有人撇嘴。

更让人瞧不起的是，老胡迟迟不肯交小区的物业费，使得小区的物业管理人员每个季度都不得不去他家催讨。区区几十元钱，老胡每次就和抽他的肋骨一样，掏得要多费劲有多费劲，于是前去讨要的人后来便每每当众奚落、嘲讽他，而他也就那么受了，也依旧不肯轻易拿出物业费。老胡还居然放胆说：“你们再像黄世仁似的讨账，我就在屋里生炉子、烧匹柴，让它往上冒烟，四楼五楼爱谁谁!”

现在，老胡七十岁了，四五十岁的人应该称他大叔了。此时他体态臃肿，手上、脸上也起了老年斑。他很寂寞，也很孤独；他不愿动弹，便不再去城里吃“老字号”，只坐在自家住的楼门旁，摆弄着手里的拐杖，不时哼出几句京戏，不时用拐杖在眼前的地面敲出哒哒的、空寂的响声。他知道自己没什么人缘儿，许多人不爱理他，不愿和他说话……他就那么瞪眼看着从他身边经过的每一个人。

良　子

小区里的保安良子，就在本小区住，租住的是一户居民的地下室；那地下室我去过，又打出三四个隔断，良子住了其中的一间。那一间大约有六七平方米，只够放下一张床，良子进了屋便等于上了床，然后或躺或坐；床是铁架床，床底下，放了许多居民们送给他的衣物。墙上钉了一个钉，挂着他平时可以换洗的两身工作服。良子出身贫苦，他不得不这样俭省，不得不艰苦奋斗。

然而良子有个好人缘儿，因为无论谁家遇到了点困难，当然，不是经济上的困难，而是一些费工费事的、需要卖些力气的活茬儿的困难，这时，都愿意让良子来帮忙。比如搬家，比如挪动大型家具，诸如床、柜子、冰箱或洗衣机之类，只要良子不在班上，他便欣然前往。我们这个小区的楼房只有五层高，因此没有电梯，有的人家买回来的东西多了，也喜欢找良子，让良子帮助把东西沿楼梯一层一层地送上去；即便住在一层的人在外面晾晒衣服、被褥，或因拴在两树之间的绳子、铁丝太高，或因那绳子、铁丝突然断了，也要找良子，让良子把绳子或铁丝重新拴好，再踹起脚来把衣服被褥晾上去或摘下来。当然，需要帮这些忙的人多半是妇女，也因此平时最喜欢帮助良子的，也多是女人。

但良子绝非女里女气，也绝非只有女人缘儿，小区里的男人们也都艳羡良子，因为良子有一副好身板儿，那好身板儿又非“强壮”俩字可以形容，而是细腰大背，又有些含胸，夏天的时候，见他脱了上衣，前胸一点肌肉也没有，但他的裆很宽，臀部也圆实而突出，走起路来又翻蹄亮掌。大凡这个样子的男人都极具爆发力，一般地说，也不是个省油的灯！

然而怪了，女人们偏偏喜欢这样的男人，偏偏对这样的男人感兴趣。良子说，自打他来这个小区当保安，从没自己买过衣服，那些衣服全是大嫂、大姐甚至大妈捐赠来的。他也很少自己开火做饭，更没到外面吃过馆子，因为不是这家给他送来了米饭、馒头，就是那家给送来了烙饼、面条，要么干脆，就请他到家里去吃，良子说这话的时候带着感恩的心情。他又说，自己也不是个白眼儿狼，吃完了饭，必定要帮人家干许多的活儿，比如打扫卫生或帮忙送孩子去上特长班，有时也去银行，代人家交个煤水电费，求他帮忙的人没有对他不信任的。我也确实看到，那些女人们只要碰见良子，不管有事没事，总要和良子搭讪几句，有的甚至就站在小区门口，公然地和良子聊起了天儿。

说良子有力气或说有爆发力，也能举出不少实证。比如，有一次，半夜里我们这个小区进来了小偷，那小偷事先踩好了道儿，这户人家没人，都出去旅游了，可是，正当小偷刚刚拨开了这户人家的屋门，还没进屋，值夜班的良子便跟踪而至，接着一个抱脖摔，把小偷摔倒在地，然后又用一只手攥住了小偷的两只手，以防小偷身带家伙、掏出家伙伤人，而小偷动弹不得，两只手就那么被良子死死地攥着，怎么挣脱也挣脱不开；良子又用另一只手掏出手机，打给了附近的驻地民警。当民警到达的时候，小偷气喘吁吁，老老实实坐在了地上。

头年的九月中旬，我们这一带下了一场大雨。谁也没有想到这个季节还下这么大的雨，瓢泼似的，下了整整半天儿，下得沟满壕平，小区北门外的马路都积了很深的水，用根竹竿试了试，竟然有二尺深，足足没过了膝盖。于是人们等着、盼着，盼着、等着，盼那雨停，盼那积水落下去，也有人夸张地喊：“看海喽！来北京看海喽！”然后，找了小区物业，物业说小区外面的路不归我们管，找环卫局，找路桥公司，要么去找镇里，总之谁修的路找谁去！此时大雨变成了小雨，但还在淅淅沥沥地下，小区门外的积水也仍旧那么深。

我们这个小区共有三个门儿，东门儿、北门儿、西门儿。正在大家对着那积水一筹莫展的时候，良子也恰巧在北门儿值班，这时，只见他高高地挽起了裤腿儿，挽到了大腿根儿，然后下到水里去了；又见他沿着马路牙子，一面趟着水，一面用脚在水底下寻摸……寻摸到了，他便弯下腰去，头也触到了水面；接着，他捞上来一把一把的乱七八糟的东西，有柴草，有树棍儿，有纸屑，也有破衣烂鞋，原来这些东西堵住了下水口的铁箅，致使雨水无法流通；良子就这样清理了一个又一个的下水口。

九月中旬已有些冷，又是阴天，虽然变成了小雨，但良子的全身已经湿透。小区门口的人，有的已穿上了冬衣，甚至披上了羽绒服，年轻的也双臂交叉或双手抱肩，似乎他们都冷得很。这叫有衣的多寒，无衣的不寒。

但谁也想不到，起码我没有想到，这件事情过去以后，一个姑娘竟然私下里找了良子，要和良子交好；又据说，那个姑娘也曾请良子去她家里吃过饭，也曾送了良子衣物。这个姑娘就是我们小区里的人，我见过她，虽然胖一些，但模样一点不难看。

又听说，一个离了婚的女人，也是我们小区的，带了一个孩子，那孩子三四岁；她也曾送给良子衣物，也请良子吃过饭；良子也曾帮她干过许多活儿。这年轻女人竟然也去找良子，但是，她晚了一步，被那个姑娘抢了先。

至于良子究竟喜欢这个女人，还是喜欢那个姑娘，便无人知晓了。我只知道，当我出了一段时间的差，当我回到家里的时候，我看见了一场婚礼。那婚礼就在小区里的一个空场上举行，空场不大，四周又有健身器，喜棚便只好把健身器也圈了进来；棚里棚外都是人，也摆了几桌，同时也有老年活动站的叔叔阿姨们表演了节目，于是熙熙攘攘，欢声笑语，倒也十分热闹。我发现人们并不真吃，只喝茶水，只吃块儿糖，只有良子的父母以及女方的父母和亲戚，坐在那餐桌边，说着悄悄话。

妻也出了份子，和我一同站在旁边看。妻说，那个女人为此很是伤心，伤心得哭了好几次。我问，那个姑娘是不是很得意？妻说当然。我又问，这个婚礼是谁操办的？妻回答，物业，小区里的物业。我再问，谁出钱？妻瞪了我一眼：还用问？谁操办谁出钱嘛。我还想问，难道小区的居民就没有意见？但我没有问出口，因为我推断居民们一个也不会有意见。

良子，一个外地人，一个只有初中文化、皮肤又比较黑的外地人……其实也没什么特殊，不过是个好人好事，你可以说是“小清新”，甚至可以说是“心灵鸡汤”，但它在我们小区却是真实存在。

任何图谋对妻这样的人也没办法

妻和一个同伴进城买东西，走到半路，一个骑自行车的、车后架上带个孩子的男人忽然拦住她俩，急急地问：“你们是不是打西边来？”

妻和同伴点头，说是从西面来，又问，怎么了？

那男人指着身后的孩子诉苦：“嗐，别提了，这孩子闹、不听话，我打了他两下子，没想到，这一打把我手上的金戒指打丢了，怎么找也找不着，不知甩到哪儿去了。”

妻和同伴都埋怨那人：“不能打孩子，有话好好说。”

那男人痛心疾首：“谁愿意打呀，可这孩子实在不听话。可惜了，我那大金戒指，两千八买的，整整十克。我就怕丢，还特意在戒指的接口绑了一根红线儿当记号。求求你们了，如果捡着了，千万还给我，我对你们感激不尽。”

妻和同伴都茫然地摇头，说根本没看见什么金戒指，上哪儿捡去呀！于是继续赶路。

大约走出了一百米，忽然又从后面蹿过来另一个骑车的，而且哈腰便在她俩面前的马路牙子底下捡起了一个金戒指。这个骑车的对她俩说：“我捡着了，后面那人正找呢。”

妻和同伴相互看了一眼，又看看那金戒指，发现金戒指与刚才那人所说的基本一样，大约确有十克重，接口处也确实绑了红线儿。捡到戒指的男人又说："我也不能独吞。既然你们也看到了，就算咱们一同捡到的吧。"接着，他说出了一个"分赃"的办法，即要么你出钱，戒指归你；要么我出钱，戒指归我；不过要快，千万别等那人赶上来，不然就麻烦了。

妻的同伴动了心，但也留了一手，说："我只带了一千块钱。再说我们俩还要买东西，就给你五百吧，戒指归我。"

这骑车的一脸的为难："五百元？太便宜了吧，这么大的戒指起码也值三千元！"

妻的同伴说："不值，那人明明说两千八买的。"

"快快快，五百元就五百元。"说完，这男人像夺似的，从妻的同伴手里拿过了五百元钱，转瞬间便没了踪影。

妻的同伴得到了金戒指，等不及到家就进了路边的厕所，然后把戒指在厕所的墙上划了一下；这一划，便露出了真相，假的，是铁的，只不过在外表镀了一层铜。也就是说，妻的同伴花五百元钱买了一个小铁环儿！

妻在向我叙述这件事的时候既不幽默，也毫无笑意，好像被骗的不是她的同伴，而是她自己。

我问："你当时怎么没动心？"

妻仍然不笑："可说呢，我就是不动心。"

……

同样的伎俩，在立交桥上，妻碰到了一个寻找首饰盒的，说首饰盒里有金项链，有耳环，还有一副翡翠手镯，足足值两万块！妻走不多远，又是一个人，又和妻几乎同时看见了首饰盒；但妻首先拾起了那盒，立即朝后面喊："喂！喂！你的首饰盒找到了！"那人简直要去捂妻的嘴："别喊呵，咱们赶快分！要么你出钱，首饰盒归你；要么……"

妻听也不再听，便走掉了，边走边说："全归你吧，我没钱。"

这时，妻才朝我笑了一下，说即使没有上次的经验，她也不会动心。因为不想贪便宜，就谁也骗不了她。

妻又叮嘱我，凡是不知名的电话，一律不接；凡是让你领奖的、让你去领包裹的，或者说你欠了话费、电费，要你赶快交的，都一律不予回答。

即便妻子的手机，功能也极简单，只是通话，只是发短信、储存和删除，她说这就够了，就可以了，其他的全没用！

所以，我们家的水杯、保温杯极少，因为妻几次提出了警告，说如果有人拦住你，要你第二天早晨去某某地方领水杯、保温杯或者洗头水、香精、味精之类，你千万别去；但凡去了，你就走不了，起码听半天儿的课，然后还要邀约你，于是你的电话不断，于是不光耗了电话费，也白搭了许多时间。

我觉得妻有些过分，有些一把死拿，很像固守城池，好像害怕被攻破，有时候也着实让我感到尴尬，感到啼笑皆非。于是，我便产生了带妻子出去旅游的念头，让她多见些世面，多开阔些眼界和心胸。

我记得第一次借着出差的机会带她去了泰山。爬泰山，泰山十八盘，玉皇顶，看日出。然而一路上，十八盘的层层台阶，每隔不远，路边便有一个小小的石洞，洞口处，或坐了一个女人，或坐了一个男的，他们身旁也总有一个小孩，面前也总有一个小笸箩或一个碗，目的是让你往里面放钱，而我每每都往里放个三块两块或三角五角。但是，妻子一次也不放，一分一角也不放，她说那是骗人。

十八盘的路上也有卖黄纸的，我不顾妻的反对，买了两捆。到了玉皇顶，我恭恭敬敬地把黄纸呈献在供桌前，并向佛深鞠一躬。然而没有人让你点火烧那黄纸，我又不抽烟，但也没人递你火柴或打火机。过了一会儿，一位道士把那黄纸收走了，拿到后面去了；又过了一会儿，只见一个人从里面出来，怀里抱着好大一捆黄纸，然后，只见那人又在人群中开始售卖，再一次卖掉那些黄纸。

你说妻没见过世面？不能那么讲，因为她提醒过我，让我不要买那黄纸。结果未出她所料，不知怎么回事，她心里很清楚。

我记得第二次也是借了出差的机会，去的是太原。（请别误会我，有关妻的花费我是不报销的。）在太原城里办完了事，我带妻游了晋祠，然后，忽闻听太原城里有个小神仙，那小神仙据说是个十八九岁的姑娘，能看病，会相面，能说出你的凶吉祸福，也能为你破解，告诉你怎样化险为夷、转危为安，轰动一时，红极一时。于是我和妻又返回太原城里了。

小神仙坐科的地方据说是个老干部修养所，果然，人很多，很轰动，来找小神仙的络绎不绝。我和妻按次序进入了小神仙的工作室，又按次序坐在了一排长条椅上，对面就是小神仙，看上去确实是个不满二十岁的姑娘，而且眉清目秀，也显得温文尔雅。她的身后还站了三四个男女，据说是她的家人，其中包括她的父亲，他们的表情都很严肃，或也可说有些紧张。

小神仙正在给一对农民模样的夫妻看病。但小神仙看病既没有听诊器，也不号脉，只凭眼看，只凭嘴说；我们进去不多一会儿，那两个农民夫妻便站起身来，从兜里掏出三十元钱，然后，小神仙从她家人手里接过一个红色的小纸包，递给了那对农民夫妻，并叮嘱道："一定得压在枕头底下，不许打开，不许看，病好了才能看。病没好，再来找我。"

两位农民夫妻诺诺点着头，满脸虔诚地走了出去。

我转头看妻。妻的表情很特别，说不清像是小神仙家人那样严肃紧张，还是一种怀疑甚至气愤，总之是用专注的、又像警察审犯人般的那样的目光，一直在盯着那个小神仙。

其实小神仙在与别人说话的时候也时而一眼一眼地看我们，特别是看妻。

我碰了一下妻，让她别这样，别呈现这种表情，不要表现出这种态度。我又伏到妻的耳边，轻声说了一句："不就三十块钱嘛。"

等了好半天，才轮到我们。然而小神仙却对我们很客气，然后又诚恳地说："大叔，你们就别看了，看了也没用。"

我问："为什么？"

"因为即便我说了，你们也不相信。"

我露出笑容："你只管说，信不信在我们。"

小神仙又专门看了一眼妻："这位大婶儿是您什么人？"

我回答："当然是我爱人。"

小神仙立刻站起身来："你们还是走吧。求求你们了，走吧。"

她身后的家人也走过来，催促我和妻，让我们离开，她的父亲甚至请我们"出去"。

我们出来了。我本想听听小神仙说得准不准、灵不灵，实际也是凑个热闹，这个想法只好作罢。

但我佩服妻，她的那种表情、那种眼神、那种态度，任何人也受不了。

说到这儿，还有一件事，我必须提一下。

那年，我们单位的一位女职工和她丈夫闹翻了。因为她的丈夫出轨，她很悲伤、很痛苦，几次寻死觅活；她也曾向我诉说了她的不幸，我也说了些安慰的话。后来，有一次下了班，我又应邀去了她家，听她仔细说了事情的来龙去脉……却想不到，我对这个女职工的同情和接近被好事者传了出去，又竟然传到妻的耳朵里。从此，妻对我百般防护，甚至跟踪；我虽然问心无愧，但在妻的眼里，我似乎被罩上了一层经不起诱惑的、危险的面纱。

一次，我在傍晚散步的时候碰到了原来村里的一个邻居，是个女邻居，年龄和我相仿；我们在路边聊了一会儿，她听说我写了一本书，提出来要看一看，看我写得好不好，写得动人不动人。我答应了，说改天拿给她。

我心里一点鬼也没有，回到家，便随口和妻说了。

然而，我的天……我虽不知道妻和人家说了什么以及怎么说的，但我敢保证，妻去找了人家；也许，装作碰见，无意间碰到了人家。于是，我再遇到那位女邻居，人家朝我笑笑，一句话也没说便走了过去，也不再提看书的事。

我们小区只有个很小的空场，那些大妈大婶们每天傍晚就在这小空场跳广场舞。在距我们小区大约一千米的地方，却有一个较大的广场，那里人很多，有男有女，也大都是青年人和中年人，跳的也都是交际舞，甚至还有街舞。吃过了晚饭，我和妻打了招呼，也去了那个广场，也加入了跳舞的行列。当然，跳交际舞都是男女搭伴，我的舞伴儿自然也是个女的。

但我只跳了三天，妻便跟踪而至。她不会跳舞，只站在旁边看，就那么专注地、不错眼神地看，一直看到跳舞结束、音乐停止，所有人都回了家。

后来，我居然在广场边大约有十多天没有看见妻子。

想得到吗？妻找了别人，找了她中学时的一位老同学（当然是女同学），竟然暗暗地向那位老同学学起了跳舞。

然后，她又出现了，但不再站在一边看，而是进了场子，不容分说，便拽过我的手，揽起我的腰，和我跳起了舞……表情是严肃的，步履是生硬的。

也是好事。不管严肃不严肃，不管生硬不生硬，总之夫妻出双入对，同来同走，一起跳舞又互为舞伴儿，虽少见了些，但也无伤大雅，没什么可指摘的。

总之，我佩服妻子，觉得妻子有时候可笑，有时候可气，有时候可爱，但可爱的时候多。夫妻间就是这么回事。

孤独的身影

在我们搬入楼房以前，村庄北面有一片树林子，林中有曲曲弯弯的小路。村里人经常到这里游玩，在这里散步，特别是早晨，人很多。

我也是在早晨，来到这树林子，先跑上个一两千米，再回家吃早点，然后上班。

在散步的人们中，我发现了一个孤独的身影，一开始我没有特别留意，因此没有认出他是谁。后来，我见他实在孤独，遛弯儿的人仨一群俩一伙儿，有说有笑，但他身旁没有人、没有伴儿，更没人跟随他，也没人和他说话。他一个人背着手，就那么在林中的小道上慢慢地遛，慢慢地遛……当我认出他来的时候，知道他是我们村中很早的一位老干部。据说他年轻时就在生产队，当队长，当书记，干了十多年，又调到乡里去，当了副乡长、副书记；五十岁以后，调到了区农林局，从区农林局退休。他姓韦，当然，我不便说出他的名字，不妨就叫他老韦或者韦大叔，因为他已是七十多岁的人了。

我之所以一开始没有认出他、没有特别留意，也因为从衣着上，从行为举止上，他与在这里散步的老年人没什么不同。当然，除了孤独。人一旦退了休，等于褪去了光环，又到了这个林子里，如别人一样地遛弯儿、散步，此时你能认出谁是官儿，谁是百姓，谁是大款，谁是打工的？也像进了浴池、澡堂，一旦脱去了衣服，大家基本一样，都差不多。

“大叔，遛弯儿呵！”我着实对他有些同情，有些怜悯，便边跑步边朝他打了声招呼。

“遛弯儿。”他简单回答了一句。

“您慢着点儿。”我跑过去。他本来就很慢，我纯是没话找话，无非对他起个安慰作用。

如此这般一连好几天，每当我遇到他，每当我从他身旁经过，都和他打声招呼，让他“慢着点儿”。

忽然一次，他叫住了我，问我姓什么，叫什么，是谁家的后生。

我如实做了回答。

然后，他露出了笑容。接着，他说和我父亲是发小，从小一起长大，又说那时候如何苦如何累，如何吃不上穿不上；这一套我听烦了，听腻了，父亲无数次地说过。但我不好意思走开，觉得他既然与我父亲是发小，就应该对他更亲近一些才对。于是我随同着他，和他一起慢慢走路，觉得这样可以缓解一些他的孤独，如果他心中有话，也好让他吐露出来。但到了一定时间，我必须回家，因为我还要上班。

“不该呀……”他开始向我说了，没头没脑，有些无厘头，“不该天那么冷，又下着小雨，已经是十一月份，我还让社员撕撸白菜……因为，就因为上面来人检查。”

我知道他说的是生产队，也知道所谓“撕撸白菜”是把已经砍倒的大白菜去除掉外层的烂叶破帮，好供应市民。

“你知道有多冷吗？”他继续说，带着懊悔的口气，“那小雨下到地上就成了冰，好几个社员的手都冻裂了。就因为检查，我强迫命令。”

我宽慰他：“听说生产队的活儿，就是很苦。”

“那也不该！”他瞪了我一眼。

这时候，我想走开了，凭什么瞪我一眼？

“你不知道……”他又说，我也只好继续听，“那时候都缺粮，粮食很困难。但是那孩子多的，我不该不借他粮呵……比如老刘家，六个孩子，你越不借，他就越出不了勤、干不了活儿，越不出勤干活儿就越没工分儿，越没粮食。你说我那么做还算个人嘛！”

我虽不知细情，也没经历过，但却被韦大叔的诚恳以及他的那种忏悔态度感动了。于是我说：“也不全怪您，那时候可能都这样。”

“那也不该！”他又瞪我，“政策是死的，人是活的，应该活学活用。”

我真的想走了，但他拽了我一把，又仰起头，叹息一声：“唉……那年，我不该把警察叫来；也真是的，警察就那么听话，我一叫就来，来了就把他带走了，拘押了好几天。”

我问：“他是谁？把谁拘押了好几天？”

他摇了摇头：“你不用问，反正他不正经干活儿，调皮捣蛋。可是不应该呀，不应该……我也纳闷儿，那时候的警察怎就听我的？”他再次抱怨警察。

我则看了看手机上的时间。

这时，他忽然问我：“你在哪儿工作？什么单位？”

我快速回答了他。

“告诉你，年轻人。”他正颜厉色，居然用了教训的口吻，“无论你干什么工作，也无论你当了多大的官，千万记住，不能脱离群众，特别不能脱离家乡的群众，那都是一起泥里爬水里滚的父老乡亲呵。”

他说得对，我匆忙点头。

“有一次，我病了，是累病的。”他深情地、几乎是乞求地望着我。那目光使我无法离开，便再一次看了看手机。

“你知道，那时候我们白天抓生产，晚上抓革命，要开会，几乎每晚都要开会，我就这么给累病了。我病了以后在家休息，后来又去了医院，一共十来天吧。”

老年人大概都这样，陈谷子烂芝麻。于是我说：“大叔，我得走了，得上班。”

“可是，队里照样给我记了工分！”他说，“那一次，社员们不干了，闹起来，给我提意见，说为什么社员有了病、歇了工，就没人给记工分，凭什么干部有病还照样记工分？难道只有干部累，社员就不累吗？你说这话有没有理？”

我点头，说有理。但我仍然补充了一句安慰的话，说干部很难断定什么时候在工作，什么时候不在工作，即便休息在家，恐怕大脑也没有停止思考吧。

“你这么想？”他忽然站住了，不再往前走，死死地盯着我看。

“证明你的思想也有问题！”他指着我的鼻子说。

我被吓了一跳，但又不得不问：“我有什么问题？”

他摆了摆手，让我不要和他争论。于是他沿着自己的思路，继续说下去：“更不应该的是，到了年底，我命令会计，把那个带头闹事、带头给我提意见的……反正扣了他的工分。”

我脱口而出：“这就是您的不对了，这属于打击报复。”

他脸上出现痛苦又哀伤的表情，点头承认：“是，那时候，我是打击报复……”

我真得走，否则要迟到了，但韦大叔竟然牵起了我的衣袖……我想，路上千万不要堵车，我再把车开得快一些，希望不要迟到。

于是我随同韦大叔继续往前走，他也就接着说：“后来，我调到乡里去了，再后来，我调到区农林局去了。我盘算，这下好了，咱们谁也碍不着谁，我不理你们，你们也不用理我……所以，我每天下班回家，进了村，就如同谁也不认识，如同谁也没看见。”

我仍然对他作些宽解：“恐怕也不全是，因为您升职了，肩上的担子更重了，脑子里考虑的事情也比以前多了，顾不过来和别人说话也有可能。”

“你这么想？”他又停住了脚步，再一次看着我。

我不再客气，说：“对，我这么想。”

他脸上又出现了那种严厉的表情，进而问我：“你叫什么？在哪儿工作？”

好笑，很好笑，我说：“刚才我告诉了您。”

“你的思想真的有问题！”他不但严厉，声音也提高了，脸也拉长了，像是在审问。这不禁让我想到从前他工作的时候对待下属的情景。路边有个仿木质的长条椅，他坐下，并点头叫我：“咱们俩好好谈一谈。”

我站着不动，因为我想走。他又过来拉我，我迟疑了一下，甩开他，与其说是走，不如说是赶快逃开！

何苦呢？本来是好心，本想陪伴你一下以缓解你的寂寞，却落得个思想有问题，还要和我谈一谈，平白无故干吗听你教训我？

从此，我再到那个林子里跑步，便不再陪伴他，不再和他一起走路。但我又不想伤他的心，也就是说，也要考虑到他的感受，因为他毕竟是个七十多岁的人。于是，每当我凑巧经过他的身边，依旧和他打声招呼：“大叔，遛弯儿呵！”

他也一如从前，仍好像不认识我，也依然简单回答一句：“遛弯儿。”

就这样，还是他一个人，还是那样一个孤独的身影……其实，我很为他不平，因为许多事情他分明已悔悟了，悔悟了。但是，他依旧让人不容易接近，或者说，不愿意和他接近。

老吴三

我喜欢说老人，不妨再说一位，他姓吴，是原来我们村里有名的老吴三。他活了九十多岁。

莫里哀有一出喜剧，叫《悭吝人》，里面的主角叫阿巴贡，此人既俭省又吝啬，老吴三便很像这个阿巴贡，只是他不是个财主，但也不穷。他有好几间房子，院子也不小，他还有两儿三女，后来又有孙子孙女，而且他有退休费。他死的时候，他的儿女们从一个又脏又破的被套里翻出了三个存折，还有现金，一共十四万多元。都知道他有钱，只不知具体他有多少钱，也不知他藏在了哪里。这些钱，他活着的时候谁也不给，要也不给，因为据说他很清楚，他的那些儿孙们无论哪个都不缺钱。他死后，儿孙们拿到了这笔钱，简直不知是哭好还是笑好。

老吴三挑过“八根绳”，走街串巷做过小买卖，也开过小铺，解放以后则一心一意在家种地。后来退休了，他却一刻不闲，不是去捡破烂儿，就是去拾柴禾，总之他认为什么都是好的，觉得什么都有用；捡来的那些破烂儿就堆放在院里，再分门别类，然后挑起架筐，走出六七里路，到一个废品收购点去卖。拾来的柴禾，堆放在门口，但根本没用，因为现在没人再烧柴。但他就是捡，大约就因为那些柴禾丢在路边或丢在田间地头他觉得十分可惜！

他个子不高，又干又瘦。他就这样每天捡，不停地捡，从六十多岁捡到八十多岁；中间有过两次病，但很快好转，于是又接着捡，便从八十多岁捡到了九十多岁。

其实他的儿女们以及孙辈们哪个让他捡？哪个同意他捡或支持他捡？但是没办法，都管不了他，因为他一旦发起脾气来，瘦小的个子一蹦三尺高，并且骂人，或说出很难听的话。于是，孩子们也就任他去，捡就捡吧，反正顺者为孝，反正他高兴、他愿意就行。但是，趁他不在的时候，他们也会把实在看不下去的一些破破烂烂扔了出去，也把根本没用的柴草再散回到地边儿。然而老吴三心中是有数的，一旦发现，他便到处找，又总会把那些他认为十分可惜的东西再找回来，然后，照旧放回原处，再然后，站在院子里开骂。柴禾多了怎么办？他把其中的树条、树棍儿专门捆绑起来，再摞成垛，就那样垛在街门口，真不知他终归干什么用。但这很危险，一旦失火，便是天大的灾难，于是家里人无不提心吊胆，无不时刻做着预防，提高警惕。

他单独住一间屋。他的屋子简直就是个杂七杂八的库房，里面什么都有，比如钉子、铁丝，比如比较规矩成形的板条儿，也有人家使剩下的或者丢弃了的各种工具把儿，以及破旧的榔头、破旧的刀刀铲铲之类。这些东西他是不准备卖的，也都码放整齐，谁也不知他将来要派什么用场。他的床下就更别提了，大包小包，挤得严严实实，不知里面装的是些什么；后来人们才发现，包里是衣裳，是儿孙们给他的衣裳，穿旧了，或不时髦、不想穿了，便送给了他，有的还崭新，中式的、西式的，棉袄、上衣、裤子，样样有！

然而老吴三成年累月只穿他自己的一身，冬天是家做的棉袄棉裤，夏天是家做的裤子汗衫，春秋两季，再套一件，便正好不冷不热。更奇特的是，如果他的儿媳不急赤白脸地、几乎是强迫地让他把衣服脱下来，给他洗，他自己从来不主张洗。他说衣服穿不坏，全是洗坏的。

他的被褥倒比较干净，因为他去捡破烂，他的儿媳便乘机把那被褥拆了，洗了。有一年冬天，他的一个孙子说冷，说没衣服穿，老吴三便从床下抻出一个包，打开来，说全给你们留着呢！你拣样儿挑吧，爱穿哪件穿哪件。他孙子撇了撇嘴说，爷爷，这全是我给您的。我要的是新衣裳，要去新买一件衣裳，您没听明白吗？

他的老伴儿活着的时候，有一次，为了向他了解一些废品收购的情况，以充实我的写作素材，便去了他家。只见他坐在炕上靠窗的地方，阳光透过玻璃，照着他，又见他枯瘦的脸上那没了牙的嘴里在咀嚼着什么，腮帮在上下左右地蠕动。我问："您晌午吃的什么呀？"

他以他天生的尖细嗓音说："今儿可耗费啦！老婆子做的是羊肉汆儿面。"

他的儿媳笑着走过来告诉我："从晌午就嚼，嚼到这会儿了。"

我不禁暗笑，也许就指甲盖儿那么大块儿羊肉，嚼不烂，又舍不得吐，就那么在嘴里捣鼓，到现在已咀嚼了两个小时。

我也曾在路上碰到过老吴三。那时他已挑不动架筐，便只好背了一个背筐；筐里装得很满，当然还是些杂七杂八的破烂儿。他跪在那里，两手扶地，背上的筐对他来说已经很沉，他艰难地想让自己站起来，但努力了几次，都没有成功，此时我不得不帮助他，帮他站了起来。他没说声谢，连看也没看我一眼，但我看着他，他就那么一步一步，背着那个筐，筐里装着他认为应该珍惜的东西，就那样慢慢地，朝村子的方向走去。

后来，他的家人实在急了，儿子儿媳打架似的再也不许他去捡、去拾，他的三个女儿也约好了一齐来家，就专门为劝他改掉这个让所有人都笑话、都瞧不起，甚至有点讨厌的习惯。老吴三一开始还以沉默抗拒，但架不住对他轮番地说、轮番地劝，而且三个女儿也发了脾气，最后他只好点头，听从了儿女们的劝告。与此同时，家人已经为他预备了一副拐杖，而且是那种带了一个腿儿、又带了一个小圆凳的拐杖，从此让他不但可以像村里其他老人那样每天去遛弯儿，遛累了，还可以把拐杖上的小圆凳放下来，坐下休息一会儿。

但是，他只遛了三天，便忽然找不着家了，到天黑都没有回来，把家里人急得什么似的。据说，是路人发现了他，便报告了交警，交警又联系了派出所，是派出所警察把他送回家来的。人们都奇怪，老吴三拾破烂儿捡柴禾哪儿都去，有时出去得很远，从来没听说他找不着家，但是遛弯儿、像别人一样地遛弯儿，他为什么反倒找不着家了呢？

从那以后，家里再也不许老吴三一个人出去了，而由他的大儿媳陪伴着他。大儿媳也已六十多岁，但身体很好，又闲着没事，成天打麻将。

有一天，大儿媳带领老吴三到了一处山清水秀的地方。那山，便是我们村子西面一千米远的翠山；那水，便是从翠山山根下的泉眼里冒出来的水，又汇成了一条静静流淌的小河。大儿媳指着那山说："爸，您看这儿好不好？"又指着那河："您说这儿清静不清静？"

然而老吴三眯缝起昏花的两眼，又用手指着西面更远的地方；其实，那地方什么也没有，什么也看不出来，只不过是收割后的庄稼地，但老吴三用尖细而又沙哑了的嗓音说："那儿，那儿……有一间小屋。"

大儿媳便笑，以为老公公糊涂了，或者在说梦话。

而老吴三坚持往那指："那儿，就有一间小屋。"

"好好好，有一间小屋，有一间小屋。"

"我爸爸逃荒……盖的那间小屋！"

"好好好，盖的那间小屋。"

"我妈也逃荒，来了……我就是在那儿生的！"老吴三有些急，声音更加尖细，也更加沙哑。

"您说得都对，在那儿生的。"大儿媳虽然搪塞，但和颜悦色，"爸，我只问您，这儿有山有水，到底好不好？"

"好。"

"那咱们就天天来，天天来这儿遛弯儿。您可不许再想捡破烂儿的事啦，听清了没有？"

"不想了，不捡了，什么都不捡啦。"老吴三低下头，似乎在喃喃自语。

后来，据他的大儿媳说，老吴三在自语了那句"什么都不捡啦"以后，便在拐杖上的那个小圆凳上坐下来，然后闭上了眼……大儿媳当然以为老公公累了，或者困了，应该让他休息一会儿，于是便不再打搅他，不再与他说话。而且大儿媳多带了一件衣服，又把那衣服轻轻披在了老公公的身上，再挨近他，防止他真的睡着，防止他歪倒下来。然后，大儿媳说她万万想不到，老公公就那么睡过去了，也就是说，死了，纹丝没动，就跟泥像一般。那年，老吴三九十四岁。

老吴三可说独树一帜，村里的其他老人没一个像他。老人们有的养鸟儿，有的种花儿，有的不管上过几年学也练习书法，吃饱了遛弯儿的是大多数，却没有人拾破烂儿。而他们又都证明，老吴三在临死前的那一刻所说的话是真的，全是真的，比如“小屋”，比如“逃荒”，比如他的父亲、母亲，没一句是假话。老吴三真的那么苦。

接着，对老吴三的一生也出现了不同的评价，有的说他冤，说他舍不得吃舍不得穿，这辈子白来一趟！

有的褒扬老吴三，说都像老吴三那样倒好了，不管自己屋里多破、多旧、多不干净利落，但凡他到过的地方，就干净利落了……但这是表扬老吴三呢，还是嘲笑老吴三呢？有的还说，相比有些人，光为了自己家里干净整洁，装修得又时髦又漂亮，就什么都不顾，就什么都往外扔！

我想，扔吧，如果有了老吴三这样的人，不管你往外扔多少，他也会全捡回来。我又想，老吴三已经去世多年，假如当初不阻拦他，继续由他的性儿，让他捡破烂去，他也许活得更长，活到一百多岁也说不定。

陶　姐

四五年前，妻的腰忽然闪了一下，不知是累的还是那个冬天着了凉；闪了一下以后便疼痛不止，胯骨也有点歪，而妻又不肯吃药，更不肯去看医生，怎么办呢？我便劝她去按摩，推一推、揉一揉，也许管用。

我们小区的前牌坊便有一家“盲人按摩”。那里有三个盲人，全经过专门训练，据说技术很好，生意也很红火。妻听从了我的建议，便去那里按摩，几天以后，果然见到了效果，不似以前那样疼了，胯骨也正了过来。我让她坚持到底，以免留下病根儿。但妻再一次去的时候，却带回来一个人，这个人是位女性，看上去五十二三岁的年纪。妻介绍说，这是陶姐。

我寒暄了几句，便仔细打量这个人。她是个瓜子脸，颧骨有些突出，但鼻梁挺直，前额很宽，也可能是年龄的缘故，她的额头和眼角都出现了浅浅的皱纹。而无论怎样，我觉得这位陶姐一点不难看，更可以想象得出，她年轻的时候肯定是个美女。

妻带这个人来，原来有她的目的，因为她接着说，你听听陶姐的经历吧，对你的写作有好处。

我问，你们是怎么认识的？又问陶姐，您在哪儿工作？

陶姐说，她就在那个“盲人按摩”；那里的三个盲人技师全是女性，她给她们打扫卫生、洗洗衣服、做做饭，工作不累，也不算闲，每月可以挣到两千元工资。妻搭腔说，那里的顾客不少，每次去都要等一会儿；去的次数多了便熟悉了，便和陶姐聊起来，也就知道了陶姐的一些情况。

陶姐略带河北口音，可知她是河北人。陶姐又说，她请了一会儿假，要抓紧时间，说完了，她还要回去给她们做饭。

那就说吧！我很愿意听。

妻为陶姐沏了一杯茶。陶姐吮了几口，又谦和地笑了笑，便开始说正题。

她说她叫陶凤云，是河北省邯郸市远郊区县一个农村里的普通农民。她上过小学，上过初中，但因家庭条件不太好，上完初中便不上了，参加了生产队里的劳动。大约一九七四年吧，还是七三年，记不清了，她们村里来了一批知青。这些知青大部分是邯郸市里人，也有少部分是省城人，就是说，是石家庄人。知青们有的住在社员家，有的住在生产队办公室。无论住在哪儿，他们都和社员一样按时出工，到地里干活儿。其中有一位知青，他姓尚，叫尚文志（陶姐说的是真名，而我不能说出真名，只不过随便取了个名字，但姓是真的）。尚文志就是石家庄人，他也就住在生产队办公室，但尚文志又有许多和其他知青不同的地方。比如，他很勤恳，也特别能吃苦；他又很爱学习，收工以后不像其他知青那样打打闹闹或躺着，胡聊八扯。另外，尚文志还有个很好的特长，就是喜欢写……说到这儿，陶姐看了我一眼，指指我，对妻说“就像他，你老公，不是也爱写吗？”

我问：这个尚文志都写些什么？

陶姐说，他写稿子，为大队广播站写稿子，表扬好人好事，也批评一些不良现象，比如偷懒，比如消极怠工，比如浪费。春耕大忙的时候，秋收的时候，他也写生产进度，写热火朝天，所有他写的这些稿子全在大队广播站广播了，也都受到了大家的好评。我们村里的领导就更高兴，不但表扬了尚文志，还号召全体青年向他学习。可是我们这些青年也真是的，一点不羡慕知青，光羡慕尚文志。可尚文志也是知青呵，那不管，反正都喜欢他，愿意和他一起干活儿，更愿意教他、指导他怎样把活儿干得更好。你知道，尚文志个儿不算高，但是文文静静，不爱说也不爱闹，他笑起来的时候露出一颗虎牙，虎牙不知怎地，很好看，你们觉得呢?

我点头。确实，人长了虎牙，说不清为什么，那嘴巴以至那张脸，甚至整个人，都让人看着顺眼，也讨人喜欢。

然而陶姐又说，尚文志也有缺点，那缺点你说是缺点又不应该算缺点，他只是干活儿比较笨，往往要教他好几遍他才会；有时其他知青全会干了，只他还不会，于是我就耐下心来，再一遍一遍地教，把着他的手教……说到这儿，陶姐笑了，是种甜蜜的笑，是带着点得意的笑。

陶姐接着说，尚文志的另一个优点也很突出，可是那优点又常常让人不能接受，那便是他自己不肯吃饱，起码不肯多吃，而把节省下来的粮票……干吗呢？送给了陶姐，硬塞在陶姐手里……此时，陶姐的脸又红了，是那种羞涩的、带着点愧疚的红。陶姐说，那时她十七八岁，与知青们的年龄相当，比尚文志小了一岁。

我不知道妻怎样想，反正此时我想到了许多，比如想象着陶姐和那个叫尚文志的青年一起干活，又一遍一遍地教他，他俩的音容笑貌、内心活动；当尚文志想方设法寻到陶姐，然后把粮票强塞到陶姐手里，他们又是怎样具体的言谈举止；还有他俩会不会在另外的时间相约，会不会在另外的时间在一起，又说了什么、做了什么。当然，陶姐如今一把年纪了，不可能说得更多。但从陶姐的话语间，她喜欢那个尚文志是无疑的，尚文志喜欢陶姐也是无疑的，而陶姐的喜欢近似于崇拜，崇拜那个知青的人品和写文章的才华。

爱慕也好，崇拜也好，当年的农村女孩儿与知青相恋，乃至结婚、生孩子，并非少见，有的还见诸报端，更有那电影、电视剧描述了他们的青春爱情以及那一段难以忘怀的时光，然而，其中绝大部分是悲剧！于是，我忽然想起了一首歌，那首歌叫《小芳》，唱的便是一个农村女孩儿对一个知青恋恋不舍，那知青又如何感谢她，感谢她给他的爱、给他的温柔，感谢她伴他度过了那个年代。

陶姐忽然站起身，说得走了，得赶快回去做饭。

陶姐走了以后，我问妻，她和那个尚文志究竟结婚了没有？妻说没有，你想，如果结了婚，陶姐还会说吗？还有必要说吗？

我想也是，人一旦结了婚，彼此成了夫妻，哪里还有那么多说的？根本没必要再说。

然而出乎意料，陶姐再一次来的时候，便说起了她的婚姻、她的丈夫，以及她的不幸。

那是晚上，陶姐自动来，并没有妻的带领，可见陶姐也急于想表达，也有一吐为快的欲望。这之前，她告诉妻，她从来没和任何人讲过，这还是第一次讲，因为看妻老实、嘴严，不是那种长舌妇。

这一次，陶姐仍然从那个叫尚文志的知青讲起，说尚文志后来又写了一篇很长的稿子。那稿子具体什么内容，陶姐不记得了，只记得很长、很精彩、很轰动，于是大队把尚文志和他写的稿子一同推荐给了公社，公社便也大张旗鼓地播送了他的稿子，一连播了好几天。再后来，尚文志写了一篇小说，那小说描写了一个英雄模范人物，同样精彩，同样很轰动；于是县里来了人，专门和尚文志谈了话，要把他调到县里去，说他在这方面很有才能，是个搞宣传的好苗子，应该着力培养。

“他去没去呢？”我问。

“去了，他去了。”陶姐黯然神伤。她没有点头，而是轻轻摇着头。

也就在尚文志去县里当天的傍晚，陶姐和他一同来到了村外的小河旁……真的是小河旁！我又想起了那首歌，“村里有个姑娘叫小芳，长得好看又善良，一双美丽的大眼睛，辫子粗又长。在回城之前的那个晚上，你和我来到小河旁……”我几乎要唱出来，几乎要对陶姐说出来。

尚文志，你不要像王路遥笔下的小说，就是那篇《人生》里面的主人公，不要背叛了清纯而又美丽的陶姐。

果然，陶姐流下了眼泪，说从那以后，她再也没有见过尚文志，也没去县城找过尚文志。因为她每天要出工劳动，要挣工分儿，因为家里还有父母，还有妹妹，妹妹还在上学。

那时的陶姐已经十九岁了，在农村来讲，已到了嫁人的年龄。然后，陶姐便开始说她的婚姻、她的丈夫。

距她们村大约十里远，有另外一个村子。那村里有个杀猪的，二十四五岁，姓李，叫李柱。那时，县里有个副食公司，这个副食公司在方圆几十里设了几个杀猪点儿，杀猪这个行当在当时绝对是个肥缺！另外，李柱杀完了猪，所剩的猪蹄、猪尾巴以及猪下水，他常常据为己有，起码揩油，不是自己吃了，就是送人；自己吃的时候同时喝酒，非常得意，非常开怀；把那些下脚货送人，便交了许多朋友。于是有人托媒，来到陶姐家里，向陶姐的父母说嫁给这个杀猪的李柱保证没错，又说别看李柱眼下也是农民，但时间长了肯定能转成居民，还极有可能成为国家屠宰厂里一名正式职工。陶姐说，那时流行一句话，叫“听诊器，方向盘，百货公司售货员”。他们说即使李柱当不了屠宰厂的职工，做个卖肉的售货员也很好，也非常吃香。陶姐的父母便点了头，便这样答应了。陶姐也就嫁到了那个村，嫁给了李柱，成为了李柱的妻子。陶姐说：“没办法，没办法……父亲强迫命令，母亲又哭又闹，真是没办法。”

婚后一年，他们有了孩子，是个女儿，又过了两年，又有了一个孩子，还是女儿。也就在这二三年中，陶姐越看李柱越不像话，因为李柱不但喝酒，啃猪蹄，吃下水，而且喝起酒来没完，往往喝得酩酊大醉，于是耍酒疯，没碴找碴儿，不是说陶姐伺候不周，便是说陶姐光顾了出勤干活儿而忘了丈夫，要么就骂为什么不生儿子，光生女儿！陶姐若顶撞两句，李柱便拳脚相加！

陶姐便这么忍，忍，忍。她也曾想提出离婚，但她又舍不得孩子，况且，李柱不光把那些猪的下脚料经常送人，也常把人请到家里一同喝酒；

来家里喝酒的有生产队干部，有大队干部，甚至有时派出所警察也来，若提出离婚，这些人肯定向着李柱，而绝不会向着她！

陶姐只能忍，依旧忍下去，直忍到三十多岁，也就到八十年代了，接着又忍到八十年代后期了。这时，公社不再叫公社，而叫乡；大队也不再叫大队，而叫村，叫村委会。陶姐作为一个普通社员，向来表现得非常好，干活的时候总抢在头里，又总拣脏的、累的干；她也乐于助人，如果有谁干活干不上去，她宁可让自己晚点儿回家，也要帮那人把活儿干好、干完；同时，陶姐把在家里受的欺辱、委屈，只咽到肚里，从没向外说过，每天就那么没事儿人似的出工劳动。所以，在她三十六岁那年，社员们（坐在我家的陶姐仍称‘社员们’，虽然‘社员’这一身份称呼那时已不应存在。）提出让她当干部，村委会的干部们也都同意，于是陶姐便当了一名村委会的副主任，主管妇女和计划生育。

然而，李柱才不管那一套，说别以为你当了干部我就不敢打你了、不敢骂你了，休想！李柱便照样耍酒疯，照样又打又骂，陶姐身上也依旧常常青一块紫一块……她每每含着眼泪出门，到了街上，又改作一副笑脸，如同什么事也没发生。陶姐说，这时候，她就更不能提出离婚了，因为她是干部，是村委会副主任，如果提出离婚，岂不让人笑话？让人嘲讽？人家会问，你这个管妇女的主任是怎么当的？为什么不起好作用，而起坏作用，竟然带头离婚！

我插嘴问陶姐："十多年了，你思念没思念过尚文志？"

陶姐笑了笑，是那种苦笑，然后叹口气："思念呵，怎么没思念过？夜深人静了想他，一个人哭的时候想他……"

陶姐接着说下去。

因为经济转型，李柱没有变成居民户，更别提当什么屠宰厂职工，他的杀猪活计也告吹了。于是李柱整天在家闲着没事，也就变本加厉，借酒浇愁，酒喝得更勤、更多，然后把一腔怒气和怨气统统撒在陶姐身上，陶姐挨打受骂也就更频繁。然而她还是忍，忍，只盼孩子快些长大。一面忍，一面打起精神干工作……孩子，榜样，舆论，全是她的心结，全是她的顾虑。

到了九十年代中期，忽然一天，陶姐娘家的村里来了一伙当年的知青，他们是来寻旧的，是来追怀自己逝去的青春的。陶姐听说了此事，便特意回了娘家，见到了那些知青；都老喽，都一把年纪喽，都从少年变成了中年，知青们也都能认出陶姐，陶姐也能叫出他们大部分人的名字。然后，他们畅谈往事，游历曾经洒过汗水的田间地头，访问曾经居住过的农户家庭。中午的时候，村委会专门为他们预备了饭。陶姐虽然嫁到了外村，但仍应该算是其中的东道主，于是帮村委会忙碌，又搬桌子又搬椅子，给这个盛饭给那个布菜……只是，她没有见到尚文志。她问知青们，尚文志为什么没来？他们回答她说，尚文志早就成作家了，忙得很，最近又写了不少小说，那些小说全登在了省级刊物上。

陶姐又对我说，知青们走的时候，她和其他乡亲一起把他们送出村子，然后，她一个人站在村口，对，她说就是那个小河边，依然是那条小河，她站在那里不动，久久地望着通向远处的小路，迟迟不肯离去。

我想，陶姐在等什么呢？在望或者说在盼什么呢？她肯定在等尚文志，企盼着或者说幻想着尚文志的影子从那条小路上匆匆走来，甚至尚文志会大喊一声："小陶！"

然而这只是她的幻想，只是奢望。尚文志，那时你在哪里？具体在干什么？当了作家也好，升官了也好，飞黄腾达了也好，你就真有那么忙？为什么不和大家一起回来看一看？如果你都不想看，难道就不想看看你的小陶？如果你都不惦记，难道你连小陶也不惦记吗？

你不惦记她，她却惦记你，始终没有忘掉你。在你离开或者说与小陶分别的那个晚上，在小河旁，你们说了什么，怎样的缠绵、难分难舍，这之后陶姐又怎样受着心灵的煎熬、怎样饱受相思之苦，但你确实就那么拍拍屁股走人了，接着是回城大潮，陶姐再也没能见到你。你又想得到吗？你走了以后，陶姐的人生遭遇了不幸，她嫁给了一个酒鬼，受着欺凌，遭受着家庭暴力。你更不会想到，她可能不止一次地站在村口，站在那个小河旁，她多么想念你呵，多么企盼见到你呵……当年的小陶，如今的陶姐，已经五十多岁了，她怎好意思说？怎好意思都讲出来？比如，你们相爱，那爱具体又是怎样的，她给了你温柔，那温柔又是怎样的温柔。所有这一切，又绝不是一首歌曲《小芳》所唱的“谢谢你”和“今生今世我不忘怀”所能了结的，所能解释得清楚的！告诉你，尚文志，我对这首歌曲的作者有意见！

我又想，假如当年知青不回城，假如当年没有这个政策，知青们留在了村里，那么，农村的精神文明和物质文明是不是建设得更好一些、更快一些？陶姐这个女孩儿，还会有那样的遭遇、那样的命运吗？因为知青不但年轻，而且有一定的知识，而在当时的农村，特别是边远农村，即便一个初中毕业生也很罕见。

但是打住吧，我这想法肯定得罪人，不光得罪知青，更得罪的是知青们的家属。

陶姐站起身来，说行了，到这儿就算讲完了，也没什么可讲的了。

但陶姐还没有说她是怎么到这里来的，怎么到北京来的。于是我继续问。

“那很简单。”陶姐边说边往出走，“孩子们大了，都结了婚，有了家庭，有了孩子。我没什么可牵挂的了，没什么不放心的了，所以我就出来了，出来打工。我得找我自己的出路，不能再和李柱在一起，过那种半阴间半阳间的日子。”

“村干部呢？不当了？”

“不当了。出来之前辞了职。”

妻补充说：“陶姐干过不少行业，当过保姆，做过小时工，也在饭馆当过服务员。”

紧接着，春节来临。

听妻说，陶姐和许多打工者一样，春节回了老家。八九天以后，妻又告诉我说，陶姐回来了，碰见陶姐了！妻去买菜，陶姐也正好买菜，两人又开始聊。然后，妻张大了眼睛，看着我：“你说怪不怪？怪不怪？”

我问什么怪不怪。

“陶姐遇见那个尚文志了!”

我吃惊，问怎么遇到的。

于是，妻便转述了陶姐向她说的经过。陶姐乘火车回邯郸老家，路过石家庄站，大约停了二十分钟，因为石家庄是个大站，下车、上车的人很多。而陶姐坐在车窗边，只看着车外人来人往，看着做小买卖的，听着他们的招呼声和吆喝声。这时候，她忽然发现了一个人，那人五十多岁，裹着一件黄色的大棉袄，肩上挎了一个包，手里拿着一摞地图，一面叫卖，一面把地图伸到每个人的眼前……陶姐说，更主要的是，那人张开嘴巴的时候露出了虎牙！从而她更加认定，这个人便是尚文志。他卖地图，在车站卖地图……卖了地图，他买了两个烧饼，一面啃，一面吆喝。陶姐说这话的时候又掉下了眼泪。

陶姐下车了，当然下车了，站到了尚文志的面前，而尚文志问：“大姐，买地图吗?”又说，“便宜，十元钱一份，全国的，世界的，都有。”

陶姐抹着眼泪，大声地又说又问：“你是尚文志！我是陶凤云，认出我没有?”

然而尚文志发愣，只发愣，愣了好久好久，终也没有认出陶姐；陶姐说，他忘了，全忘了，把我也忘了。

“后来又怎样呢?”我问妻。

“还能怎样。”妻说，“陶姐一直喊，我是陶凤云，我是陶凤云，你怎就想不起来？怎就想不起来!”

“到底想起来没有？认出来没有?”

妻的脸也出现了黯然的神色，又凄然地摇了摇头。

我不肯罢休，仍然追问结果。

妻最后说，陶姐买了尚文志五份地图，说到家给孩子们一份，给村委会一份，再给娘家一份，回来给“盲人按摩”一份，还剩一份留给我们，当作纪念。说完，妻从随身携带的包里拿出一张地图，是一张世界地图，打开来大约一米见方。妻又说：“尚文志不是作家吗？怎会落到这地步?”

我对妻解释说，作家，即便是知名作家，落到怎样的地步都不算稀奇。况且我没有听说河北有那样一位作家，他大概用了笔名，也未可知，我孤陋寡闻而已。

这是四五年前的事了。后来，妻有一天又对我说，陶姐走了，不见了，那个“盲人按摩”又另外雇了一个洗衣做饭打扫卫生的临时工。

我问：“陶姐去了哪儿？”

“谁知道呢。”妻说，“我猜想，她也许回了老家，也许又到别处打工去了，也许呢……”妻不说了，但有潜台词。

我替妻说了潜台词：“你是不是认为她有可能去找尚文志？”

果然，妻点了头：“很有可能。”

“为什么？”

“因为后来我再碰到她的时候，她闷闷的，一句话也不再说。”

闷闷的，妻的意思是郁闷，或者叫忧郁。

“就是闷闷的。”妻强调说。

再后来，从“盲人按摩”那里证实了这个消息，陶姐去了石家庄，买的是到石家庄的火车票。也就是说，她真的去找尚文志了。

陶姐，希望你能找到那个叫尚文志的人，那个人也能认出你、想起你。我在写这篇短文的时候，你应该有六十岁了，如果在这花甲之年你立志要寻找属于自己的幸福，如果你仍然毫不泯灭你那坚韧不拔、忍辱负重的天性，那么我未免替你担心，比如，你怎样离婚，怎样说服你的女儿，而尚文志结过婚没有？他肯不肯离婚，他有没有儿女，他的儿女又会是什么态度？要和尚文志终成眷属，这一连串的问题可怎么解决？

妻说：“谁像你？前拉后扯的！”

我说：“陶姐这个人，就够前拉后扯的了。孩子，工作，舆论，影响，哪样她不顾及？”

妻说：“那是从前。”

对，那是从前。

“林子里的鸟儿”

俗话说，树林子大，什么鸟儿都有。这句话含有贬义，是说有的人很各色，行为举止特殊，往往不被人理解，甚或嘲笑，被人看不起，认为匪夷所思。

这样的人，若论起来，也挺有意思。

譬如，原来我们村有个李××，暂且叫他李哥吧。此人既胆小又精打细算，针尖儿大点儿事，在利益上也要像个女人似的计较个没完。但他又安分守己，从不惹是生非，看有人在吵架，他躲得远远的，别人在争论问题，他从不插嘴，然而过后他又常常做贼似的对我说：兄弟，咱明白谁对谁不对。在树荫下乘凉，他往往朝上看，看树上有没有虫子，看树叶会不会掉下来砸了他的脑袋。

李哥还曾经神秘又得意地告诉我，如果买馒头，你一定要到××地去买，别看那儿的门脸儿小，馒头却个儿大，而一块钱照样给你两个，两块钱给你四个。

我建议妻，按照李哥的话，去了那个小门脸儿，也买了馒头。但后来不去了，我和妻都认为，为了馒头大那么一点点儿，就多跑出六七里路很不值得。但李哥认为很值得。

他还告诉过我关于买火柴的事。我不抽烟，无须买火柴或打火机，但他抽烟，抽的是旱烟，也就是未经加工的烟叶儿。他说，兄弟，买火柴比买打火机划算，一块钱一个打火机是次品，爱出毛病，两块钱的打火机虽是正品但也用不了一月俩月。如果买火柴，一盒火柴才一毛钱，能用三四天，那么十盒火柴才一块钱，就能用三四十天了。你想想，哪个划算？我说：现在哪儿还有卖火柴的呵！他说有，附近有两个地方卖火柴，一个是往东，大概七八里地，那儿有个早市，进了早市，再往里走，一个小个体户，卖打火机、香烟，也卖火柴。他又说，不过那儿的火柴装得不满，我数过，一盒火柴才装了八十多根，也就是多半盒。如果你到北面、十多里地外的那个集市上去买火柴，就划算多了，那儿有个背旱烟叶子的，同时也卖火柴，他的火柴给得足，我也数过，每盒装了一百二十根！

春天的时候，许多人都挖野菜，李哥当然也挖野菜。他挖野菜既不是为了尝鲜儿，也不是为了回归原始或者因为什么绿色食品，而是为了省钱。他提了个大号的塑料袋，里面装得很满，除了荠菜、苋菜，还有苦蔓儿和车前草，反正他认为可以吃的都要、都挖，然后，他坐在自家街门口，一棵一棵地细心地择、洗。

“行了，这下不用买菜了！”路过的人每每这样打趣他、嘲笑他，而他一点儿不在乎，照样细心地择他的野菜，也绝不说半句反驳的话。

有一天傍晚，我出门散步，碰到了李哥，他说他也散步，于是我们一同走。中途，他忽然想起，说要买一双鞋，并且邀我随他一起去。

反正是散步，反正他要去的那个超市也不远，去就去吧。

这个超市不大，是外地小夫妻俩租了别人的房子开的，商品倒也不少，夜晚逛超市的人也很多。我随同李哥在里面转了两圈，然后，李哥到了一处鞋档跟前，拿起一双平底布鞋，问那个女老板：“这鞋怎卖？”

女老板是个小媳妇，回答道：“十块钱一双。”

李哥使劲儿咧嘴：“多少？十块？这鞋哪值十块？”

小媳妇老板满脸赔笑地解释：“大叔您看，这鞋是千层底儿，手工纳的，鞋帮鞋底全结实。”

“那也不值！”李哥说，“顶多顶多，给你六块。”

小媳妇摇头：“不行不行，我们进价就八块呢。”

“别蒙人，蒙得了别人蒙不了我。”李哥很自负，“你这鞋，进价也就五块。”

小媳妇老板不理他了，去张罗别的顾客。

李哥就站在那儿等。我也只好站在一旁等。

男老板也就是小媳妇的丈夫，过来了问怎么回事。

小媳妇向丈夫说了情况，男老板则显出不耐烦：“六块钱卖不了。不买就算了，我们又不是卖不出去。”

“小伙子，你这态度可成问题。”未料，李哥的耐心和耐力是惊人的，仍一口咬定只给六块钱，而且，向人家做起了思想工作，“你们哪，应该讲究薄利多销，不能指望一口就吃成个胖子。再说，要注意回头客，回头客比什么都重要，比如你卖给我的是物美价廉，那么下次我肯定还到你这儿来买，想想，你的生意是不是就火了？赚钱是不是就多了？”

然而那小两口根本没听他讲，只在忙别的。

李哥拽了我一把：“走，咱走。”

我以为李哥生气了，以为他真要走，便率先出了门。未料李哥并不想走，他仍然在里面转；我也只好再回来，又同他一起在这个小超市里转了两圈。然后，只见李哥又奔了那个鞋档前，开口问：“你们考虑得怎样了？”

小媳妇面露愠色，从愠色又转成苦色，表现出了十分的无奈。

李哥再次强调，然而又很和气：“想过我说的话没有？我说薄利多销，有没有道理？”

小媳妇大概想，若再把丈夫叫过来，恐怕不值得，便噘着嘴说：“算了，认赔。您拿走吧。”

就这样，李哥花六元钱买了一双千层底布鞋。他既满意又得意，嘿嘿地笑出了声。我也笑，见过砍价儿的，没见过这么砍价儿的。

李哥如此算计，他老婆也很会算计，他家的日子便过得很殷实，没一点儿洒汤漏水。但也非一般人所能学得来。

有没有不算计的？有没有不计较的？有，当然有，树林子大了什么“鸟”都有。但凡不计较、不算计，也就满不在乎，也就任性，即便没钱也任性。

和我在同一个单位工作过的、一个外号叫杨老五的人，便概不算计，便任起性来不管不顾。

杨老五原本是个钳工，忽觉自己本事很大，未免有些屈才，便辞了工作，召集了几个在外面打游飞的青年，组成了一个小个体户，开始寻找业务，做一些通风管道、板筋结构之类的活计。他自己什么都没有，一旦有了业务，便只能租借别人的厂房和设备。

杨老五永远是西服领带、锃亮的皮鞋，大背头也永远梳得那么整齐。未曾进门，他总是咳嗽一声，以昭示自己大驾光临。

杨老五又很仗义，也很好交。但凡他有了钱，便请朋友们下馆子，吃喝完后再去洗澡、桑拿，也许再打打台球。如果他没有钱，便挨着、忍着，可以几天不出家门。

杨老五也很好吹。如果在外省外地，他便和一起喝了酒吃了饭的人显摆："到了北京，有事找我。"

那人问："就打听杨老五？"

杨老五很不屑地一摇头："没必要！你只提两个字，五哥。全北京没有人不知道五哥是谁。"

那人佩服得几乎五体投地，频频竖起大拇指。

如果在北京，杨老五便改了口，说："出了西直门，有事找我。"

那人若问就找杨老五？杨老五便瞪起眼珠子："怎地？杨老五这三字也是你叫的？"

"那应该叫什么……"那人几乎被他唬得口吃。

杨老五斩钉截铁："就提五哥！听见没有？"

如果在西直门外，杨老五又会说："白石桥往西，有事找我。到了我那一亩三分地儿，没有解决不了的问题。"

真的到了四环外，再真的到了所谓的一亩三分地儿，如果也真找到了他，实际上他什么问题也解决不了。如果他有钱，他的解决办法便是请人家吃饭、喝酒、泡桑拿。

不管怎样，杨老五在钱财上大大方方、毫不吝啬。于是他身边总有朋友出现，那些朋友也都帮助他，让他的小个体户有活儿可干。

那年，他一连干了四五笔活儿，而且活儿量不小。当然，也免不了袖口里的"规则"，总之让他赚了三四十万元的纯利。谁也想不到，杨老五用这笔钱首先买了一辆车，而且是辆奥迪 A6。

奥迪，够档次，象征着一定的身份和地位。从此，杨老五开着奥迪A6，整天穿梭于朋友圈，大显特显他创业以来的辉煌成就。

后来，再有了业务，人家再给了预付款，他便用那预付款去消费了，还是请朋友吃、喝、打台球，有一次，竟然进入了富人圈，打起了高尔夫。

还有一次，他与别人比赛车速，结果他的“奥迪A6”没有比过一辆吉普，因为他把车开到沟里去了。而家里的伙计们呢，正等着他用预付款把所需的材料买来，好赶快给甲方加工制作。他回来之后，便过去了三四天，甚至五六天，怎么办呢？伙计们着急，他也着急。他便只好再赶快东掏西借，凑够了钱，再去买材料，此时，已经延误了工期，再赶、再加班，产品质量便得不到保证。

这样的事情多了，业务便渐渐稀少，没有人再把活茬儿给他。接着，伙计们一哄而散，杨老五的个体事业也就宣告结束。

现在，杨老五只剩了那辆奥迪，但他仍然每天开；出了小区的大门，东看看西看看，不知往哪儿开，不知干什么去。如果有人问他：“老五！有事没事？”他便回答：“我没事，你有事你说。”

那人便上了他的车：“去丰台。”要么，“去顺义。”

杨老五也不管那人去干什么，更不问有什么报酬，到了目的地只混个酒足饭饱，再寻个地方睡一觉，这一天便算过了。用他车的，顶多给他加一箱油。

杨老五初干个体的时候，回到家，每每让媳妇给他端洗脚水，再让媳妇给他洗脚，因为他挣了钱，挣了许多的钱。而现在，他给媳妇端洗脚水、给媳妇洗脚了，因为他挣的钱都那么扑腾光了。媳妇开始和他吵架，说光顾了你在外面胡吃海喝、混个肚圆，家里怎么办？家里还有女儿，女儿还在上学！

后来，杨老五的奥迪再也开不出去，因为没有人找他，便没人再给他加油。他自己兜里一分钱也没有，连小区的车位费他也迟迟未交，那辆车便只好今天偷了这家的空，明天偷了那家的空，得停哪儿便停哪儿，有时干脆就撂在附近的一个商店门口，惹得人家三番五次地催他、赶他，让他把车挪走。

于是杨老五要卖车了。他的车只开了三年，据说五万元他就卖。

有一天，他忽然找到我，问："兄弟，你想不想买车？"

我说我有车。

他很牛地一仰脸："我那可是奥迪 A6。"

我回绝，说"买不起。"

没想到，他忽然可怜巴巴、乞求般地望着我，说出了一句让我十分吃惊的话："兄弟，那你行行好，借我点钱吧。"

我知道，杨老五这样的人是不会有人借钱给他的。我与杨老五又没什么交情，本也不想借钱给他，但我又不愿乘人之危，买他的奥迪 A6，怎么办呢？借不借他钱？如果和妻商量，妻肯定说不借。于是我想出了一个招儿，那招儿便是向我的朋友借了三万元钱，再转借给杨老五，并对他说明钱不是我的，是我朝别人借的，人家让我立了字据，这钱必须在两年内还清。如果过期不还或还不清，就加利息，利息是百分之十五，君子一言，快马一鞭，我说话算数。老五，你要答应，也得说话算数！

杨老五乖乖地答应，乖乖地"说话算数"。

这样做，既没有得罪杨老五，又可以吓唬吓唬他，让他保证把钱还给我。同时，也让杨老五正视自己，促他积极上进，防止他光吹牛皮，防止再去干他干不了的事。即便他过期不还，我也不会要那"百分之十五"。

十多天以后，我在单位又看见杨老五了。他回来了，又来上班，又开始老老实实做他的钳工。我觉得我真正帮助了他，因为他不是自主创业的料儿，因为他太任性，必须得有人管，因为他是个撒手不由人的家伙。

可怜之人

傻子，笨人，过于老实的人，可怜不可怜？他们都可怜。因为他们往往受歧视、挨欺负，家人、亲人也因为恨铁不成钢而常常责骂他们。

这样的人，也挺有意思。

原来我们村里就有一个傻子。说他傻，其实并不傻，只是缺个心眼儿，但人们偏偏就叫他傻子。又因为他姓于，也因为他属狗，人们便叫全了，叫他于傻狗子。

于傻狗子个头不小，算是个傻大个儿。他一年四季总光着脑袋，从不戴帽子，也不留平头或分头。他走路的时候总显得很费劲，两只脚落地的时候啪唧啪唧地响，那声音好像踩了水一样。他确实很笨，干什么都干不好，或者说干什么都不行。比如，有一次他媳妇让他把一捆柴禾带回家，他便问媳妇是驮好还是背好？他媳妇说，你是牲口怎地？非得驮或是背？你那自行车是干什么用的？于是，傻狗子便用自行车带了，但是，他没有把柴禾在自行车后架上绑好，到了半路，那捆柴禾哗啦啦散落了一地。媳妇赶来，把他骂了一顿。再比如，媳妇让他把从早市买的一个铸铁小节煤炉带回家，傻狗子也确实用自行车带了，但又是半路，那炉子掉下来，摔到地上，磕掉了一个角。媳妇当然又臭骂了他一顿，而他连大气儿也不敢出，更别提顶嘴。

于傻狗子可怜不可怜？但若说他可怜，却又有可笑、可气之处。比如，他从三十六七岁那么年轻，便给人家看门儿，然而这似乎倒成了他的资本，成了他的一种荣誉，他常常炫耀地对人说："要提看大门儿，谁也甭跟我吹，我看十多年大门了！"

有人嘲讽他，借用了一句名人名言："什么叫伟大？坚持不懈地、孜孜不倦地反复干同一件事情，那就是伟大！"

"可不是嘛。"傻狗子也不管听懂没听懂，居然脸上现出了得意的神情。他也就活得挺滋润，过得挺坦然。

于傻狗子的可气之处还在于，他常常欺负外地人，朝外地人大发脾气，大展威风。

我看见过，他叉着腰，虎视眈眈地站在早点摊儿前，眼睛瞪得很大，盯着早点摊儿老板手里的一碗馄饨，看到底往他的那碗馄饨里滴儿滴香油。

我还曾见过，他朝开早点摊儿的外地人暴躁地喊："还想干不想干了？不想干了就滚！"

那老板赶快到他面前赔笑脸儿："今天人多。您别着急，一会儿就好。"

又只见傻狗子拍案而起："再不给我端上来，我就把你这桌子掀了！"

不过稍晚了一些，而于傻狗子就这样见着㞞人压不住火。早点摊儿老板只好抛开了别人，先把他的那碗馄饨端到了他的面前。

傻狗子就这样在村里晃悠，走路依然"啪唧啪唧"，也依然光着头、光着脊梁，冬天依旧是一身很脏的棉袄棉裤，也依然时常遭媳妇的骂。

我们村原来还有个姓龚的，也很笨，也好像少了个心眼儿。另外，此人还有个缺点，便是懒，什么都不愿意干。但是，这个人更有意思。

他长得很白净，也显得有些文雅，说话的时候总带一丝谦和的笑意。他在城里一家事业单位上班，干的是统计工作，但他的工资与他的同事们相比是最低的。他下班回到家以后，唯一愿意干的便是下棋，这也是他唯一的喜好，也可说是他的特长。他先找别人下，后来儿子有了电脑，他便对着电脑，和电脑下棋。

家里的房是新盖的。盖房的时候，他一概不管，所有的操劳全交给了媳妇，他自己只去上班。两年以后，房子重新装修，他仍然不管，大事小事全由媳妇承担。他的媳妇居然也原谅他，或者说已习惯了他的懒惰，比如茶来伸手饭来张口，比如肩不担担手不提篮，比如油瓶倒了都不扶，均已引不起媳妇的反感，于是从未听媳妇对他发过一句怨言。

房子装修完了，需要重新归置家具，于是媳妇让他帮忙搬桌子，而他却说："这是个工程，等等吧，等找几个人，一块儿搬桌子。"却未料，他媳妇这次可生了气，也开始赌气。结果他媳妇一个人哧啦啦、嘎吱吱，便把那张桌子移了过来，放回了原处。其实，那费不了多少劲儿，绝非"龚先生"所说的是个"工程"。

第二天，媳妇又让他抬柜子。他犹豫片刻，为难地咧嘴，然后又告诉媳妇说，这柜子太沉，你去找根杠子，再找绳子，咱们俩，再加上儿子帮忙……他媳妇听到这儿再也忍不住，便打断了他，开始大发雷霆，骂他㞞骨头，废物点心，甚至“问候”了他的爹娘，然后说，你看我一个女人的吧，老娘一个人就能扛起那柜子！

结果，他媳妇拼足了劲儿，便真的把那柜子扛了起来，并扛进了屋，放在了应该放的地方。而“龚先生”既不较劲儿，也不还嘴，只不声不响地走了，又去找别人下棋。

有一次，睡到半夜，龚先生想上厕所，因为白天吃得比较撑，也因为是平房，家里没厕所。可是，当他刚走到院里的时候，却猛然发现自家的墙头上站了一个人。那人细细的个儿，站在那儿纹丝不动，也好像在看着他。于是龚先生一面往回跑，一面朝那墙头呵斥：“下去！下去！谁让你上来的?”

他进了屋，关上了屋门，又透过门缝，见那人依旧站在墙头上，依旧纹丝未动，他便喊了起来：“你走不走？不走我就报警啦！”

惊动了媳妇，问：“深更半夜的，你在跟谁说话？什么报警?”

龚先生顾不上回答，赶快跑进里屋，嘴里只说“有人，有人”，便钻进被窝，又用被子蒙住了头。

媳妇觉得奇怪，便起身，披上衣服，再拿出手电筒，来到院子里，用手电筒逐个地方照：先照街门，街门好好的；再照房顶，房顶上什么也没有；最后，她发现墙头上似乎有个人，然后再挨近墙头，细照，才看清了，那所谓的人原来是一根烟囱。

那是邻居家的烟囱，从烧暖气的炉子间的房顶钻出来，那炉子间紧挨着院墙，而两家的院墙又紧挨，同时又一般高……不用说了，丈夫迷迷糊糊，半醒不醒，肯定是看花了眼，错把墙头上露出的烟囱当成了人。但也没见你这么胆小的，㞞包，胆小鬼，可惜也让你披了男子汉的皮！当天夜里，媳妇便把龚先生好一顿嘲讽、责骂。她能不骂吗?

房子装修完了，门口剩了一堆垃圾。按理说，装修工应该做到人走场净，清理渣土也应属于他们的工作范围，但媳妇太忙，又要上班、又要管孩子、又要洗衣做饭，便疏漏了监督管理，让装修工钻了空子。这一天，媳妇也是由于积怨太久，由于隐忍了对丈夫太多的愤怒，便强迫命令般地把清除门口这堆渣土的任务交给了龚先生，并且说你如果不干，就别想上班；你如果不干下班回来就别想吃，我什么都不做，你吃个屁！你如果到外面吃，我就把门锁了，不让你进家！

龚先生，龚某人，看到媳妇着实生了气，动了真格的。他大约也觉得自己应该干点活了，再不干实在说不过去，于是便决定推那垃圾。他平生大概还是第一次卖这么大力气，而且，媳妇为他专门借来了一辆双轮手推车，他便一车一车地推，把渣土推到二百米以外的一个垃圾坑里。星期六没有推完，星期日接着推，又一直推到太阳下了山，黑影子罩下来，汗水滴答，衣服湿透，实在不容易，实在应该受到表扬。

推完了，竟然推完了，媳妇喜不自禁。为了奖励丈夫，为了给丈夫庆功，她不但做了可口的饭菜，也特意从超市为丈夫买来了啤酒、花生米和其他一些熟食。她高兴，自然应该让丈夫更感到高兴。

媳妇在院子里洗衣服，受了大累的龚先生在屋里咕咚一口啤酒，啐儿地一口菜，吃得津津有味、非常开心。但他也只那一瓶啤酒下肚，脸便红，说话也有些不利落。忽然，他朝外面喊起媳妇的名字：“丽珍！丽珍！”

媳妇说：“我洗衣服哪。”

“你进来，和你商量个事。”

媳妇又问商量什么事。

龚某说：“叫你进来你就进来嘛。这可不是小事！”

媳妇只好进到屋里。然后，龚先生用手指了指房子的前槽窗户上的一根柱子：“你看，那根柱子是不是有点歪？要不就是斜。”

媳妇一听，赶忙走过去看。那还了得？窗户的柱子如果歪了或是斜了，窗户就会倒下来；窗户一倒，房子也就保不住，说不定要垮塌！

龚某人又紧接着说：“还没看出来？那柱子和白灰都离股了，都有缝儿了，那不是歪是什么？丽珍，得赶快找人，找人修一修。”

龚某人只管这么说，说完就完了。过了一会儿，他酒足饭饱，洗了洗，便上床睡觉。而且他很快打起了鼾。

媳妇呢，却辗转反侧，怎么也睡不着。她毕竟是个女人，对房子的结构不是很懂，更闹不清那根柱子到底是歪没歪、斜没斜，不知丈夫究竟说得对还是不对。她一会儿坐起身，拉着了灯，两眼直直地盯着那柱子看，一会儿索性下地，用手抚摸，又去抠那柱子与白灰之间的缝儿，几乎折磨了她整整一夜。

第二天一早，那媳妇竟然打了我家的座机，并且找我，说："麻烦您大哥，快来看看吧，我们家的一根柱子歪了！"

我爱人与龚先生的爱人在一个单位上班，所以她家的事我不好意思不管。于是一大早我便去了。

结果是什么情况呢？那根柱子根本没歪也没斜，还直直的、正正的、好好的；那所谓白灰与柱子离了股，是因为白灰干了，收缩了，当然不能再和柱子紧紧相连，自然有了缝儿。这纯属正常现象，也因为龚某人平时懒，什么都不愿意干，也就缺知少懂。女人呢，就更不懂了。

此时，龚先生没事儿人似的，正推着自行车出门上班，我指着他的背影，不知斥他几句好，还是取笑他几句好："你呀，你可真是个先生，让我怎么说你呢？"

他媳妇则大喊："龚废物！回来！你回来！怪我骂？往后我还骂你！"

我劝慰他媳妇："行了，到此为止，他又不是诚心故意，他确实什么也不懂。再说，他这人老实巴交，有时候也挺可怜的。"

"他没事了，可搞得我一夜没睡，可恶！"她媳妇狠狠地骂道。她否认可怜，说是可恶。

但我仍然认为龚先生可怜，因为作为一个男人，根本不应该受女人那么骂。

又一个可怜之人

我高中时候的一位老同学，也可算个可怜之人。

这位老同学姓宁，叫宁强（当然是化名）。他的智力不太好，在学校读书时他的功课总是跟不上，每逢考试，他也往往不及格。他不是农民，是居民，但却有个与农业沾边儿的爱好，那爱好便是喜欢种植，喜欢禾苗，凡是从土壤里生长出来的东西他都喜欢。于是，毕业以后，他便选择了农村，去哪儿呢？他既没有农村里的亲戚，也没有农村的背景，于是他求到我，让我为他找一个村子，向农民学习栽培技术，学习种菜、种庄稼，这也是他的志愿。

我给他找了距我们村子不远的一个绿化公司的苗圃场，那里虽然不属于农业，但一年四季都培育树种、禾苗，也种植花花草草。宁强便很高兴地去了，那里有老师傅，也很愿意教他、指导他。

宁强的家在三环路以里，每天去那个苗圃上班要走三十多里路，因此他只能吃住在苗圃，苗圃的领导也专门为他腾出了一间小屋。作为同学，我的义务也算尽到了，任务算完成了。

大约过了两三个月，宁强忽然出了事。出了什么事？原来，他的铺盖，家里新给他置的一床被子、褥子，还有钱，也就是两个月的工资，全丢了，全被人偷走了。当我听说了这个消息以后，便立刻赶往了那个苗圃，见到了宁强。他正在干活儿，正在用花铲一株一株地栽种着我叫不出名字的花卉。我问他怎么回事，他说丢了东西。我说我知道你丢了东西，问的是你怎么丢的，为什么丢？他说，他也许睡得太死，也许白天没有锁门。说这些话的时候他并没有停止手中的活儿，而又说得很淡然，说得根本不算一回事。

我不免有些生气，又问："领导打算怎么处理？你打算怎么办？"

他回答："谁也不知道是谁偷的，能有什么办法？我嘛，现在是夏天，又不是冬天。”

他的意思是夏天可以不需要被褥，到了冬天再说！

我愈加生气：“难道你就不报告派出所？不报给警察？”

“算了。”他说，“那个人肯定比我穷。他要不穷，就不会偷。”

哦！我简直无语，便悻悻地走了，离开了他。

但毕竟同学一场，毕竟又是我给他介绍的这份工作，万般无奈，我只好拿出了几百元钱，再次去了苗圃，把钱送给了他。他也就那么接在手里，连句谢谢也没说。从此，我也下决心不再管宁强的事。

大约又过了两年，那个苗圃解散了，据说供大于求。于是只剩下绿化公司，而绿化公司只管绿化，与种植和培育全然两码事。结果宁强又没了工作，也就等于失了业，然而我不再管他，他也没再找我。后来许多年他去了哪儿，又干了什么工作，情况如何，我均一无所知，也没有再打听。

我们之中有一位当警察的同学，原来在南郊的一个派出所，后来调到了远郊区，做了派出所的副所长。有一次，我偶然碰到了这位警察同学，据他讲，宁强早就去了他们那里的农村，而且改了户口，就地当了一名农民。他又接着说，想不到吧，宁强结婚了，搞的就是村子里的一个姑娘；你更想不到，只结婚六个月，就有了孩子。

我听了不禁嘎嘎大笑，宁强当了农民不足为奇，他结婚也是早晚的事，但未婚先孕，先把人家姑娘肚子搞大了，迫使人家不得不与他结婚，这倒证明宁强同学还行，还算有两下子。

警察同学也在笑，然后对我说：你大错特错，肚子不是宁强搞大的，是别人搞大的。可是那人又死不认账，全推给了宁强，那个姑娘也说全赖宁强。不过，那姑娘也确实喜欢宁强，说宁强又忠厚又老实，她曾经多次到宁强住的那间房子里去，至于干了什么，姑娘没有说。

我问：“那么宁强喜不喜欢那个姑娘呢？”

“问题就在这儿！”警察同学摊了摊两手，“宁强他说不清楚喜欢还是不喜欢，反正那个人赖他，姑娘也赖他，幸好还没告他强奸。怎么办？我们当警察的有什么办法？反正宁强就那么糊里糊涂地认了。我们也只好息事宁人。”

我还是问：“那个姑娘，到底跟宁强有没有过那种事呢？”

“据宁强交代，有过一次事，但是没成。”

“什么叫没成？”

“你也是结了婚的人，还不明白怎么叫没成？没成就是没进去嘛。”

“怎么会进不去？”

“不是进不去，是因为紧张，没进去。”警察同学纠正。

我明白了，便骂了一句“丫的真废物！”紧接着又为宁强申辩，“既然没进去，就等于没事。”

“我相信宁强的话，你当然也相信，因为他向来不说谎。”老同学毕竟是老同学，老同学很无奈地叹了口气，“总之，大事化小、小事化了吧，一切都要以和谐稳定为前提。”

我还想说什么，但说不出，也不知再说什么好。

然后，我和警察同学都只好为宁强庆幸，庆幸他结了婚，总之又有了孩子。否则，真不知他何年何月才能自己搞上对象，才能成立家庭。

时光荏苒，距这次和警察同学见面又过去了三四年。在那年秋天，我们搞了一次高中同学的聚会。

来了二十多个同学，我们选了一家饭店，实行 AA 制，摆了几桌。宁强呢，不知他来还是不来，反正迟迟未见到他的踪影。

大家一面吃一面聊天儿、侃山、闲说话，谁人背后不说人？说的大都是没来参加的人。当然，有关宁强的话题必在其中。

有一个同学说，你们知道不知道？宁强又出事了，他家包了五亩地，其中两亩种菜，另三亩种了麦子；可是那麦苗子刚刚返青，就被他们村里一户养羊的人家放了羊，也就是说，让羊给啃了，十多只羊，一个下午就啃了个乱七八糟，可说净光净！

大家说不知道，没听说。但大家说这话的同时，又都把目光齐刷刷集中在了那个警察同学身上。也就是说，大家认为警察同学是宁强所在的那一地区的派出所警察，而且又是副所长，当然地、肯定地知晓宁强的事，同时，也一定会出面干预。

然而警察同学却闷声不语，只低头吃饭。

这时候，宁强来了。他手中提了好大一包糖果，进门便散给大家，一面兴高采烈地宣称："我又有孩子了！这回是个儿子，也是我亲生的，与别人没一点关系！"

他说得那么公开，那么坦荡，毫无愧色与羞色。

大家与宁强简单地打了招呼，然后那目光重新在警察同学身上聚拢，大约是企盼警察同学能讲出什么有趣的故事来。

警察同学先是仰头叹了口气，又低头思忖了一会儿，接着点着了一支烟。此时全场肃静，只等待着警察说。

"宁强，今天就当着老同学的面……"警察同学把手里的烟重重地吸了一口，便一面说一面问宁强，"你那三亩麦子被人家的羊吃了，啃了，是不是？你媳妇不答应，找了村委会，是不是？可村委会解决不了，说让那家赔偿损失，但那家坚决不赔。为什么不赔？因为那家说不是故意的，是没看住，羊自己跑到麦田里去了，是不是？后来你媳妇就到我们派出所来了，来告，是不是？"

宁强不停地点着头，但忽然又朝大家使劲儿摆手："过去好多日子了，别提，没必要再提！"

警察同学继续说："我能不管吗？你是我的老同学，况且那家人真的很不讲理，吃了人家的麦苗子，凭什么不赔？后来我就把你们两家聚到一块儿，商量怎么个赔法，是赔钱还是赔粮食，赔多少合适。总之一定要赔，不赔不公平，不赔不合理，也不合法。"

警察同学说到这儿，气愤地用手一指宁强，却面朝大家："你们猜猜，宁强当众是怎么表示的！怎么说的！"

大家异口同声地追问："怎么表示？怎么说？"

警察又重重地叹气："他说算了。那家的孩子实在多，放羊的孩子又才十岁，你叫他家怎么赔？赔什么？吃饭穿衣还勉强凑合呢！算了吧，算了。"

“算了”，这句话很熟悉，若干年前在那个苗圃，从宁强的嘴里我曾听到过。

大家无言，都只看着宁强。宁强反倒显出了理直气壮：“他家比我家苦，这是事实。如果你再让他赔，不是苦上加苦吗？”

“可是我呢？我成了什么？”大概是习惯的缘故，警察同学拍了桌子，“我成了个大傻瓜，成了大没脸儿，我等于坐了一回蜡，弄得里外不是人！看我这个副所长当的。”

这一次，大家都把同情的目光投向了警察同学。

宁强从座位上站起来，又说出了几句更令人吃惊的话：“你们哪，都没有怜悯心，都不讲人道主义。吃了就吃了，啃了就啃了，你们再看我那三亩地，早又都种上晚玉米了！”他甚至显出了兴奋的心情。

而警察同学重复了多年前我说过的一句话：“宁强，从今往后，我绝不再管你的事。”然后又补充一句，冲着大家，“你们说气人不气人？可气不可气？嗯？”

有的笑，有的半认真、半起哄：“气人！可气！”

毕竟是同学聚会，仍然要以热闹、开心为主，于是大家再次举起杯。其中一位同学说：“咱就为宁强喜得贵子，痛痛快快干一杯吧！”

又一个同学说：“为他的怜悯心，为他的人道主义，干杯！”

后来，包括我，我们许多同学仍然与宁强保持着来往，但同时也对他保持着高度警惕。他是个好人，是个善良的人，但同时又是个迂腐的人。他很容易受骗上当，于是你也很容易随着他受骗上当，更主要的是他不管别人的感受，往往就那么挖了坑，让你不知不觉地跳了进去。

记一位网友

电视被妻和女儿霸占着。妻看家庭伦理剧，女儿看青春偶像剧、韩剧，我怎么办？亏得我有电脑，便开通了 QQ 空间，从网上寻找一些图片，再选择一些不用付费的歌曲，然后我用颇具文学色彩的语言，加上必要的说明，或者发出些感慨，于是就成了自以为得意的一篇篇日志。下班以后，欣赏日志里的那些照片和图片，听着那些动听的歌曲，也算是一种休闲，甚至是一种享受。

我的QQ网友中，男网友少。我也想加男网友，但即便加了，也同意了，然后很快也会被删除。我遍观其他网友，也是女人的空间里男网友多，男人的空间里几乎全是女网友，这大概便是俗话所说的同性相斥、异性相吸吧。

然而我一直“隐身”，因为我没有那么多时间聊天儿。但凡有了较多的时间，我还想正正经经写些东西呢。但忽然一天，显示屏右下角的小企鹅吱吱地响，说明有人要和我对话了。我隐了身，怎会有人如此冒昧?

于是我只好点开了对话框，那是个女网友，框里出现了两个字：“在吗?”

我敲出了一个字：“在。”

女网友：“晚上好!”

我：“晚上好。”

她：“你为什么总隐身?”

我不好意思说我没时间聊天，便发上去一个“憨笑”的表情。

她又问：“你是干什么工作的?”

这倒无所谓。于是我告诉她，我是个技术人员，干的是环保工作。

她几乎在追问：“什么样的环保工作?”

我回答：“比如，噪声污染、水污染，我们负责治理。”又加了一句，“如果你有这方面的业务，我一定大力帮忙。”

她不说话了，沉寂了好一会儿，我刚要转换网页，她又问道：“你是不是经常出差?”

我先回答“是”，接着又问：“你怎么知道?”

她说：“从你的日志里看得出来。”

哦，从我日志里看出来的，可见是个浏览过我日志的人，也是个较仔细的人。于是我敲出两个字：“谢谢。”

她忽然又问：“你出差都去哪里？”

我告诉她，一般是去二三线城市。如上海、天津、广州这样的大城市，基本已不存在噪声污染，因为都不再用锅炉而用煤气或电，其他的污染也都治理得差不多了。

她：“你会不会来我们××？”（请原谅，我不能写出那地名，只好用××代表，怕有暴露朋友隐私之嫌。）

我回答：“也许会。”

她：“那你什么时候来？”

我：“这可没有时间表，一切听从领导的安排。”

又沉寂了一会儿，对话框里出现了一句带有省略号的话：“等着你……”

老实讲，在她说的那个××市，我们还真有业务。我上一次出差去的便是那个地方，可能还要去，下次再去便是验收、评议，然后拿回全部的工程款。

然而这个网友，女网友，是那个地方的人吗？我发生了兴趣，便打开她的网页，看她的“个人资料”。

她在“个人资料”里写着：性别，女；年龄，1岁；婚姻状况，保密；地址，哥本哈根。

其他几项都没有填。

我不禁笑了，这并不奇怪，许多网友特别是女网友都喜欢这么填。但哥本哈根？怎么会是哥本哈根？难道这个网友实际不是××市的人？哥本哈根在丹麦，难道她是丹麦华裔，只老家在××？

她的头像长发飘飘，然而却低着头，看不清脸，显出了一种晦涩而又凄凉的情调。

她叫“飘落的花瓣”，而我叫“夜归人”。时间长了，不记得是她加的我、我同意，还是我加的她、她同意，更不知她在我的“好友”框里存在了多久。

凡到我空间来的朋友，大部分都留了言或点了赞，有的也对我的日志做了评论，而我每每也予以回复。但那回复都很简单，无非说声“谢谢”，或者“握手”，要么就献上一束“花”，再道个“春安”“夏安”“秋安”之类。于是，我重新打开我自己的网页，看看这位把地址填成“哥本哈根”的女网友曾经给我留了哪些言，有什么样的评论，我又是怎样回复的。

我看到，在我的“留言板”里，她写了“牵挂…………”省略号那么长，不太符合语法。

“千山万水，隔不断朋友的情谊。。。。。。”后面不再是省略号，而是一连串的小圈圈，小圈圈应该是句号，然而在这里也可以看作是眼泪，难道真的是眼泪吗？

我又看到，在我的每一篇日志后面都有她的头像，就是说，她都来过，都曾经看过我的日志；而她的评论，与众不同。她写：“你的日志，以后我不想看了……”又是省略号，但这次没有那么长。

她还写：“凄风苦雨，敲打着门窗，断肠人在哭泣。”她果然有“眼泪”。

她又写：“万里红尘，深深被你打动，心与心相通……”原来她很早就用了省略号。

“人生何处无知己，见或不见，我就在那里。”这句话用得太普遍，也极容易从别处抄来。

后面还有，但我不想再一一细看。没别的原因，仍然是时间问题。

不错，我在日志里确实抒发了些忧伤情绪，因为生活中无可避免地存在着一些不能令人称心如意的事，因此发些感慨，甚至发些牢骚也无可厚非。但不至于惹得她当真地、那般地忧伤吧？要知道，写忧伤文字的人，未必真的忧伤。

然而我发现，我给她的回复像对别人一样的简单，依旧是“谢谢”，是“握手”，或献上一束“花”，要么道个“晚安”。因为我始终没有特别留意这位女网友。

第二天晚上，我出于好奇，便再次打开了“飘落的花瓣”的网页，想看看她有没有日志，以及她的日志又是怎样写的。

她竟然没有日志，一篇也没有。她只有“说说”；那“说说”自然分出不同的日期，从前到后，一条一条地呈现在了我的眼前：

1. 似乎来了，幸福；好像看见了，他的影子。

2. 我狂奔慢跑，只为了让自己不感到寂寞孤独。

3. 春残花落，心有几多愁。

4. 如果人生是一段旅程，快乐与悲伤便是那两条长长的铁轨。我站在铁轨旁，幸福如果不能降临，那么来的便是灾祸。

5. 他走了，离开了我，我对他只有恨，没有爱，但还是禁不住经常想起他。

6. 人生如此短暂，谁知短暂的人生有多少哀伤与无可奈何？

7. 人生最大的遗憾莫过于错误地放弃了不该放弃的，坚持了不该坚持的。

8. 每一次创伤，都是一种成熟。你不要总对人家不满，应该检讨自己才对。不满，只会更加伤了自己。

9. 我是一只恋巢的小鸟，只因向往天空的高，也为了身心的温饱，便没日没夜地寻觅，争取寻到称心如意的人……然而哪年哪月呵，这个人才会出现？不灰心，不气馁，我行我素，无悔无怨……虚拟的空间，希望不要真的虚幻。

后面还有很多，与其说我没时间再看，还不如说我不忍心再看下去。

的确，空间里有不少的风雨呵红尘呵，穿越千年呵、万载呵，而说了半天，空空如也，什么实际的东西也没说出来。再细看那些“说说”，不过是在自我欣赏，在顾影自怜，在玩弄着文字游戏，大部分也是从网文上抄来。但“飘落的花瓣”空间里的这些“说说”，虽然不知道有多少是她自己写的，有多少是抄来的，却着实让人不得不发问，这是怎样一个人，这个人有着怎样的故事，她的心情何以如此纷乱又糟糕，为何这般忧伤而无助？

我再看她的好友对她的反应，那反应却很少，只不过有的点了赞，有的呈上个“难受”或“快哭了”的表情。总之不管多少，女人都那么富有同情心，都那么易于感动。

大约又过了五六天，当我打开电脑，又登录了QQ，右下角她的头像晃动，伴随着吱吱的叫声；她来了，证明她早就来了。

我点了那头像。于是，我和她又开始对话。说不聊天，还是聊起天来。

她问：“你到底什么时候来我们××？”

我：“很快，大约再等一个星期。”

她：“日子过得真慢。”

我：“我觉得日子过得太快。”

停顿了一会儿，她又问：“能不能和你视频？”

我回答：“我没有视频，所以也就没资格让别人和我视频，也从来没和人视过频。”

又停了一会儿：“那就语音可以吧？想听听你的声音。”

我再次回答：“我只有音箱，没有麦克风，所以没法听见我的声音，也听不到你的声音。”

我说的全是实话。因为我曾经装过视频，但还没来得及用，我那上高中的女儿便过来了，指着我说，爸你聊天儿可以，怎么聊都可以，就是不许和人家视频！说完，她便摘下了那个装置，“啪”地摔到了地上。接着她又喊，语音你也别想，我不许别人听见你的声音！她的妈妈倒表现得无所谓，但这个被我娇宠惯了的女儿，我着实没办法，惹不起。

我正这么想着，对话框里又蹦出了一行字：“你多大岁数？”

我：“资料里填得很清楚，108岁。”

她发上来一个“笑”表情，笑得“一颤一颤”的。

我：“你笑什么？你的资料不也填的是1岁吗？”

她又问：“记得原来你的地址是北京，可后来你为什么又改成了宁夏、小山沟？”

我：“许你写哥本哈根，就许我写小山沟！”

她："那是我随便瞎填的。"

我为什么把"北京"改成了"宁夏""小山沟"？也有我一段难以言说的经历。那年，一对夫妻网友，带着一个孩子，要来北京旅游，且提前告知了我，目的是让我去接站。总之是网友，总之聊过几次天儿，我责无旁贷，为尽地主之谊，我不但去接了站，还花去了不少的钱，用去了不少的时间。他们不亦乐乎，结果因为我的请假，被单位扣了奖金。索性，我就把"北京"改成了"小山沟"，也就再也没有人要我接站了。

忽然，她又打出了一行字："我常想象你长得什么样，有多高，是胖是瘦。"

我信手敲出："长得像卡西莫多。"

"卡西莫多是谁?"

"《巴黎圣母院》里的敲钟人。"

她又"笑"，这次是"捂着嘴笑"。

我给她讲了个故事："现代有个作家叫萧楚女，他写了一篇小说很轰动，于是有一个男青年写信要约会，以为这个萧楚女一定是个楚楚动人的女子。谁知见面以后才发现，这是个男人！而且年龄很大，长得又黑，那青年逃之夭夭。可见想象是没用的，往往也是骗人的。"

她："你真幽默。"

我："时间太晚了，咱们都休息吧。"

于是我们各发了"挥手再见"，她还道了"晚安"。

我没有说谎，半个月以后，我真的去××市。

忙完了工作，也拿到了工程款，一身轻松地回到酒店，然后洗一洗，准备第二天回京述职。

酒店的房间里也有电脑，不玩儿白不玩儿，其费用是包含在住宿费里的。于是我打开电脑，又上了QQ，但"异地登录"，需重新输入密码，还要通过一组数字来验证。我的想法是，既然到了××，就应该告知一下这位孤独又忧伤的女网友，起码和她打声招呼。

很快，她的头像晃动，我点开了对话框。

我说：“我来了，就在××。”

她：“真的吗？你来了？就在××？”看得出，她大喜过望，一连用了三个问号。

我：“我现在在酒店。明天回去，上午十一点的机票。”

她：“为什么那么急？”

我：“回去还有许多其他工作。”

她：“那我们什么时候见面？在哪儿见面？”

见面……真的要见面吗？我有些犹豫，也有些发怵。

她又问：“你在哪一个酒店？”

我告诉了她酒店的名字。

她：“你出门往北拐，那里有个街心公园，我们就在那个公园门口见面，好不好？”

见面就见面，反正我也没有其他想法，更没有邪念。

她继续：“今天太晚了，那我们就明天上午八点，公园里人少，比较清静。”

于是我坚定地打出了一个字：“好。”

她忽然又问：“以什么为标记？因为你没见过我，我也没见过你。”

我：“你决定。以什么为标记都行。”

她：“手帕，你和我都在手腕上系一条手帕。”

我：“好的。”

于是，第二天一早我整理好行装，又退了房间，准备见完面以后就直接去机场了。

我出了门，然后再按她所说的，往北拐，走出大约二百米，那里果然有个街心公园……好吧，手帕，我掏出手帕，真的系在了手腕上。这叫什么？这叫约会。是的，约会，除去搞对象，我从来没有和女人约会过，更没有和女网友约会过。

我看见了，那是不是她？腕上同样系着手帕，正站在公园门口，四处张望……她也看见我了，却站着不动，只朝我望，望……

我大步走近，向她伸出了手，她绯红着脸，惊喜地也伸出了手，我们握了，并相互道了“你好”。

她个儿不算高，却很苗条，穿了一身黑色的衣裤，脚下是白色的半高跟皮凉鞋，梳着马尾头，脸上着了淡妆。看她的年纪，大约三十七八岁，而那相貌是普普通通的相貌，只是鼻子有些扁平。

“你的声音……”她说。

“怎么了？”

“很好听。”

我说：“我是个大喇叭嗓子。”

我西装革履，又手提皮箱，此时不知她对我是怎样一种印象。

我们并排在公园里面走。公园里的确没多少人，只有几个大爷大妈在自顾自地晨练。我忽然想，这还了得？和一个女人并排走，倘让我的妻子看见了，定不肯饶！她的不饶并非哭哭闹闹，也不是刨根问底，而是不理我。她可以一连几天不理我，甚至几十天不理我。

而“飘落的花瓣”在继续着她的惊喜：“你为什么叫‘夜归人’？这名字很特殊，很神秘，我很喜欢。”

我说：“也没别的意思，只是因为我经常出差，又经常回去得很晚。”

她看了看我：“你家里还有什么人？”

我实话实说：“和你一样，有父母，有配偶。我还有一个上高中的女儿。”

她“哦”了一声，脚步迟疑下来，望着别处。

我问她：“你为什么给自己起了那样一个名字？‘飘落的花瓣’给人以凄凉的感觉。”

她说：“我和你不一样……我离婚了，早就离婚了。”

“嗯？唔。”

“他出轨……在我三十六岁那年，他出轨。”

“唔。”

“从那以后，我就一直一个人过。”

“唔。”

“你知道……不，你不知道，一个人，下班以后，那种凄苦，那种孤苦伶仃。”

我问：“孩子呢?”

“孩子归了他。因为是个儿子，他们家说什么也不肯放，无论我提出多苛刻的条件，他们都答应。”

她肩上挎的包是 LV（路易威登），但不知是真是假。她从包里拿出另一块手帕，开始擦眼里溢出的泪水。

我能说什么呢? 凭我的生活经验和日常观察，凡离了婚的，不是一方有错便双方有错，而有错又不知错；即使知错，又不肯改错，于是他们身上都存有严重缺点，否则不会离婚。

“你到底多大年龄?”她忽然停住了脚步，居然这样问我。她的脚下在碾着一颗石子。

我以实相告：“过了今年夏天，我就四十三岁了。”

她又问：“你的真实名字呢? 叫什么?”

我又告诉了她我的真实名字。但我没有问她的真名。

“你体会不到，绝对体会不到，一个人孤苦伶仃的感觉。”

我鼓励她，也安慰她：“其实，一个人也挺好。不过，趁你还年轻，还是应该再找一个。”

“难，难哪……”她仰起头，长长叹了口气。

我放下皮箱，解下腕上的手帕，看了看手表，说：“对不起，我得走了。十一点的飞机，不然要误点。”

她望着我，阴郁的表情愈加明显：“真的那么急吗?”

我没有回答她，便再一次和她握手，然后大步流星地走出了公园。在公园外面，我回过头来，见她依然在那里站着，依然在朝我望。我真想用手机拍下那孤零零的身影。

回到了家，我照常上班、下班。然而，当我再打开电脑，再登录 QQ，发现她把我删除了，不见了她的头像。

删除就删除。飘落的花瓣，只希望你善待自己，希望你尽早愉快起来，鼓起勇气，迈入新的生活。

过了七八天，我看到，她又加我，依旧是那个头像，那头像依旧发出吱吱的叫声。

加就加，来去自由，我便点了“同意”。

于是她每天又来我空间，又见到她的头像。然而她不再说话，也不再留言，更没有一句评语。但无论如何也想不到，就这样过了大约十几天，她忽然又把我删除了！

一个星期后，她又加我，我又同意。再过了一个星期，她再次把我删除；就这样反反复复，竟达四五次之多！这在网友当中很少见。她仿佛每次都很矛盾，仿佛在不停地犹豫，真不知她想些什么，又是怎么想的。

这最后一次的删除，即成了永远的删除，直到现在她没有再加我。我也无来由地有些怅然若失。

好友呵，如今你怎么样？愉快起来了吗？走出阴影了吗？总而言之，让我祝福你。

土豪之家

刘德山，多么普通的名字，在平民百姓中，特别在农村里，不知有多少人叫这样的名字。然而，在我们小区，有个叫刘德山的人，却是个土豪。往更广、更远里说他算不上，只在我们这里以及我们附近，刘德山绝对称得上是个土豪！因为他的资产加起来已逾千万元。

据刘德山自己说，他只上过小学四年级，然而却上了九年。他又说，如果他继续上学，便更加没兴趣，学习照样跟不上，考试依旧不及格，还有一个理由，便是家里很穷。

怎么办呢？小小年纪，刘德山只好赶起了毛驴车，后来又赶马车。再后来，他随同别人去掏粪道，也就是化粪池。掏化粪池，刘德山可尝到了甜头，因为那营生苦虽苦、脏虽脏，但报酬不少，挣的钱多，因此刘德山也就生出了贼心眼儿，暗暗地注意起了那些粪道的管理者是谁，又具体由哪一个人管理。当有一天，雇用他的老板突然生了病，并且一病不起，他便自告奋勇代替那老板做了掏化粪池的头头儿，以至于到最后老板不得不把粪罐车以及车上的工具等一应家什全都盘给了刘德山。于是刘德山从此正正规规地当起了老板，专心一意地掏化粪池。他一干就是七八年，积累了一定经验，也积累了相当的财富，这时候他也娶妻了，也生子了，家里的房子也重新翻盖了。与此同时，他又搭上了另外的业务，那便是给人家修暖气，修锅炉以及疏通下水道，总之，凡别人不愿意干、不屑于干或想干又干不来的，他都去干。他雇来了这方面的技术人员以及有经验的人，给他们较高的报酬。至于甲方，也就是把业务给他的人，包括把业务介绍给他的人，他几乎不惜血本，付给他们的好处更加丰厚！因此，他的门路越来越广，业务越来越多！到他四十岁左右，他竟然又倒起了锅炉，倒起了除尘器和消声器，这一倒一卖，从中又获取了可观的利润。

刘德山经常公开地这样讲："如果挣一元钱，给人家六角，你还剩四角呢。你要是舍不得那六角，就连四角也没法挣了。"

他就是这么大方，就是这么出手不凡，就是这么好打交道。

曾经与刘德山合作过的两家单位，与刘德山建立了交情，后来便把废弃了的、不知放些什么好的两个偌大的院落包给了刘德山。接着，刘德山动起了工，在那两个大院子里分别盖了十多排房，每排房有二十多间，全部出租给了外地人。若按每间房的平均月租五百元计算，全部加起来，一年获取的租金便接近二百万元！当然，刘德山不会把这二百万元完全据为己有，但起码也剩一百三四十万元。他就这样出租了五六年。

这时候，刘德山已是四十六七岁的人了。然而，这一切的一切戛然而止，宣告了结束，因为粪道没有了，都归入了系统，由环卫局垄断，统一管理、统一安排，成立了专业的清淘队；锅炉也没有了，因为北京这样的大城市不允许再用锅炉，而改用煤气和电；那两处院子也由于单位的解散，国家全部收回，同时也把刘德山盖的那些房子拆除了，但是，刘德山并不亏损，因为又给了他一笔可观的赔偿金。那赔偿金究竟是多少以及凭什么补偿他，刘德山似乎学聪明了，始终没有听他再细说。总而言之，一个只读过小学四年级的人，其千万资产就是这么累积而成的。

然而，刘德山还是个大舌头，或者说是个“咬舌儿”。他发不出儿化音，凡舌头往上卷的字他均说不清楚，比如拉、勒、来。现在，他已经五十出头，也和我们村里所有人一样搬入了楼房，搬入了新居。不同的是，他原来的房子多，分到的楼房也就多，剩余的钱款也比别人多。那么他就不止千万了。

但是，除了冬天，除了吃饭睡觉，刘德山并不在他的房子里待着，而每日坐在楼门口的树荫下，坐在他的一个竹制的躺椅上，身边放了茶，放了烟，也放了个半导体。他住的楼门口还停放了他家的两辆车，一辆是奔驰，一辆是宝马，宝马是给女儿买的。

刘德山脖子上挂了大金链子，手上是粗大的金戒指，并且两只手都戴。他也发了福，胖得可以，一条红布腰带松松地拢着他下垂的肚囊。他在竹制躺椅上半躺半坐，听着从半导体收音机里传出的声音，那声音无论是娱乐、搞笑，还是唱曲儿、唱戏，他都微闭着两眼，似听非听。有一次，我从他的身旁过，他叫住了我，说待会儿，待会儿……

他说不清“会儿”，只能说“伙”。

我闲着没事，便说：“待会儿就待会儿。”

他指了指身旁的两辆车：“就跟人似的，它也闲着没事。”“似”和“事”，他发出的都是“赫”音。

我问：“听什么节目呢?”

“瞎特么听。”他说。

接着他又说：“要不你上去看看，看我装修得行不行。”

我知道他要显摆、要炫耀，他装修得怎会不行呢？肯定非同一般，也早有耳闻。但我还是随他上了楼，想一探究竟。

他居住在六层，顶端，当然，首先进入的是客厅……我眼前猛然一亮，好家伙，果然名不虚传，果然华丽、气派！他的老婆在沙发上躺着，此时坐起身："来呀您。今儿个您怎那么闲？"

那女人也戴着金项链和金戒指，还戴着手镯。我说："躺着吧，躺着吧，我没事。"

"看电视……"他老婆揉揉眼睛，"看着看着就睡着了。"

我说："睡吧，接着睡吧。"

刘德山拽了我一下，指着那些家具、摆设介绍道："这特么都赫（是）美国意大利货。"

"究竟是美国货，还是意大利货？"我故意笑着问，然后又给他解释，"美国在北美洲，意大利在欧洲，这是两个不同的国家。"

"黑（谁）知道。"他说，"反正都赫（是）装修的技喝（师）给设计的。不就花钱嘛。"

我开始仔细打量那些家具和摆设，宽大的沙发，乳白色靠枕，同样宽大、同样是乳白色的茶几，茶几下面放着漂亮的茶具和各种杯具，还有精致的、近似于工艺品的烟灰缸；那电视，大约有一米多长、七八十公分宽，正上演着公婆斗嘴，儿媳在一旁劝；电视两边是两个高脚的多屉柜，柜上是五颜六色的工艺品，还有两尊正襟危坐的石膏像。那石膏像我认出来了，一个是但丁，另一个是贝多芬。我想，即便给刘德山买来这石膏像的告诉了他这塑像是什么人，刘德山也记不住。

这是个三居室，大三居。一进门的墙边，还伫立着一个约有半人高的大座钟，钟声嘀嗒，带着共鸣，敲点的时候发出嗡嗡的声音，而座钟旁边又是个硕大的、同样有半人高的花瓶，瓶里插着一束漂亮的花，我用手摸了摸，是塑料制品。所有的门，所有的窗以及阳台，都镶了"金"框，那幔帐从顶到地，像两个高高的雍容华贵的妇人，我也用手摸了摸，面料绵软又厚实，但我说不出是进口货还是国货。所有这些，又究竟是不是意大利产的，或者有多少是意大利产的，我也说不清。

刘德山告诉我："光这客厅，就花了一百二十万元！"

我说："难怪，你镶了那么多金边金框。"

他说："像不像金的？"

我说像。即便是铜的也很费钱。

这时，我又发现电视对面的墙上，那幅巨大的威尼斯水彩画旁边，怎么平平地遮了一块花布。于是我走过去，但我刚要动手掀那花布，刘德山却拦挡住了，说："别看，别看。"

我问为什么不让看，花布后面是什么东西。

他说是书。

我说，书很好，应该让看。

他说："是假的。"

于是我就不看了。因为我见过，那所谓的书，无非是模型，无非是石膏制品，甚至是水泥制品；在墙上专门挖出一个框，所有的"书"都粘连在一起。然而，那些"书"绝对都是世界名著！而刘德山大半也意识到了假的不好，不可以示人，甚至觉得与他的款爷身份很不对称，所以才用一块布遮了起来。

接着，我又走进了刘德山的卧室，其卧室装修得同样时尚，同样非同一般，床、床头柜、台灯，特别是那宽大的靠背椅，还有那同样乳白色的写字台，既新颖又别致。虽然刘德山只上过小学四年级，虽然他不会因为写字而坐那靠背椅，也不会因为写字而用写字台。

然后，刘德山又领我沿着小巧的木制梯，上了顶端的阁楼。他说那阁楼包括改造，包括装修，又花了他四十多万元！

然而我在阁楼里看到了什么？看到了锄头、大镐和铁锹，同时还看到了为抽化粪池里的水所用的泵，也看到了大力牌压力机，那也是抽水用的，抽下水道里的水。总之，乱七八糟，什么都有，甚至还有用塑料布打成了捆儿的被褥和一卷一卷的衣裳。说这个装修漂亮的阁楼是个储物间、或者说是个什么都装的仓库，一点也不为过。

这阁楼又很闷热，因为没有窗户，空气不流通。于是我很快走下了阁楼。

此时，刘德山的老婆又躺在了沙发上，睡着没睡着不知道。但她看见我下来，又赶快坐起身。我说："天气这么好，您怎么不出去活动活动？"

她说："活动，每天晚上活动。"

我问："去哪儿活动？"

"去中老年人活动站。"

我又问："都做哪些活动？是唱歌还是跳舞？"

她说："跳舞我不会，也不想学。我倒是喜欢唱歌。"

"都唱什么歌？"

"《南泥湾》，还有《小二黑结婚》。"

"是您自己唱，还是大家一块儿唱？"

"大家一块儿唱。十七楼的双喜媳妇教我们。"

我不禁继续问："就唱这些老掉牙的歌？"

她回答："别的我们不会，双喜媳妇也不会。"

我无语了。

既然是三居室，就应该还有另两个房间。刘德山说，那两个房间也装修了，一间准备将来给保姆用，一间现在她的女儿住着。

我出于好奇，便又去了他女儿的房间。她女儿的房间装修得更加时尚，也颇为小巧玲珑，墙上挂了不少演艺明星的照片，柜子上，衣橱上，也贴了不少卡通以及麦当劳、肯德基的广告宣传画。刘德山的女儿大约二十二三岁，也躺着，躺在床上，正微笑着看手机。见我进来，她叫了一声"叔"，然后又躺下去，接着看手机，脸上仍然带着笑意。

刘德山呵斥："起歪（来）！没礼貌。"

我说："躺着吧躺着吧。现在的孩子都这样。"

"老特么亡（玩儿）手机。"刘德山说，"那车买了半年多了，她特么就开了两三回。"

出了房间，刘德山继续说他的女儿，说除了这三居室，另外还有三处房，装修完了以后出租了；在新世纪小区又买了两处，打算给女儿结婚用。他本想让女儿搞个姓刘的对象，对，必须姓刘！如果不姓刘，不要说住房，不要说财产，连嫁妆也不给，一分钱也不给。如果姓刘呢，将来生的孩子自然也姓刘，那么他就有了后，有了继承人。可是，女儿不听话，搞了一个，吹了，又搞了一个，还是不姓刘，这让他很伤心，想起来就难受，觉得活着没劲，甚至想死。

我说："你那么富有，想死？我不信。"

他说："真的，不骗你。"

我说："其实你想开了全无所谓。人一死，不管有多少财产全是儿女的，也不管姓刘还是姓王、姓赵。"

他说："倒也赫（是）。"

大约我开导了他，大约他在我面前也炫了富，于是终究露出了笑脸，感到很快乐。

在下楼的时候，在电梯间里，刘德山情不自禁地哼起了歌："二呀么二郎山，高呀么高万丈……"下到地面，他又哼："巧儿我自幼儿，许配赵家……"当然，"二"和"儿"，他都囫囵吞枣。

我说："你能不能唱点儿别的，唱点儿新的？"

他笑，只是笑，张着大概不刷牙的嘴。

这才是土豪，这才是真正的土豪；即便最低级的土豪，也不光在"豪"，还要在"土"。

于是我又想，什么叫智商？什么叫情商？什么叫知？什么叫行？刘德山的智商与情商恐怕都很高，而他的行动力，又特别的强。相比我们的一些大学生、一些知识分子，这方面恐怕都远远不如刘德山。

刘德山又回到了他的竹躺椅上，也又躺下来。然后，他用脚，把他放脚用的一个小板凳往一旁移了移，仍然对我说："待伙（会儿），待伙（会儿）。"

我没有坐那个小板凳，仍然站在那里，因为我嫌那小板凳有他脚上的味儿。

这时，从刘德山身边的半导体收音机里，传出了侯宝林的相声，说的是《醉酒》：

甲：你没醉？你没醉来来这个。从腰里掏出一个手电筒，往桌子上一戳，一按电门，出来一道光柱……你顺我这根柱子爬上去。

乙：那是柱子呵！

甲：这位也不含糊。趴桌子上从下往上看……你别来这套！我懂！我爬上去呀，我爬上去，你一关电门我好掉下来呀！

其实，这相声不管是谁都无数次地听过，听多了，便不怎么笑了。但刘德山不同，他依旧笑，像个小孩子似的咯咯咯儿地笑，笑得绽开了皱纹，那皱纹把眼睛挤成了一条线，最后流出了眼泪，但他仍然笑个不停。

我佩服刘德山，但此时我却想哭。因为我感到了一种悲哀，一种莫名的悲哀。

风物篇

京西稻

北京有东城区、西城区、朝阳区、海淀区；只有海淀，证明它是个地名，也标出了它的地理特点，即当初不知多少年以前，这里可能是一片“海”，或者说是个大草甸子，抑或是一片沼泽，所以才叫“海淀”；据说原来不是“淀”，而是“甸”。

海淀在京西，曾经盛产京西稻。去“百度”搜一搜，有的说在康熙年间，康熙帝南巡，从南方带回了稻种，种在了玉泉山里；有的说是乾隆下江南，带回来一种叫“紫金箍”的稻种，种在了玉泉山前面的高水湖、养水湖；更有的说，京西稻的种植已有1700多年的历史，到了元代，是一位叫郭守敬的水利专家修通了通惠河，京西稻才得以大面积种植，才能正常地生长。是呵，太久远了，谁又能说得更清楚、更准确呢?

但有一点说法是共同的，那便是没有离开京西，没有离开玉泉山，没离开玉泉山的水，因此也才叫京西稻。

祖祖辈辈生活在玉泉山下的人，深知京西稻的品质，以及它从种到收是怎样一个过程，又是怎样的艰难，怎样的不容易。

京西稻皮薄肉厚，子粒圆实，而且带有一种氤氲般的光泽。所以一位红学家经过考证说，《红楼梦》里所说的“胭脂米”，指的便是高水湖、养水湖产的米，也就是京西稻。于是，京西稻就成了贡米，就成了历朝历代的皇家都喜欢吃的一种米，特别是慈禧太后，点名要的就是这种米，为什么？因为玉泉山的水硬，含有丰富的矿物质，又因为从西山流淌下来的山水、雨水和玉泉山流出的水相汇合，形成了高水湖及养水湖，而湖里厚厚的泥是黑色的，黑色的泥又天然地包含了水稻所必需的各种营养。人吃了这样的米，据说祛病强身，且易于消化吸收。

南方的水稻一年收两季甚至三季，但京西稻每年只收一季。而就这一季，便让所有在高水湖、养水湖苦苦劳作的人们洒尽了血和汗，当然，那也是他们全部的生命价值。

那过程，从清明节气开始。

清明到了，首先要浸种，把稻种装进麻袋，上面喷了水，待那种子慢慢膨胀，慢慢松了皮。这时候，田里也开始动手了，我们这里叫“安家伙”，即你要把马上需用的四齿、铁锹规整好、安结实，不可以在使用途中脱了榫或退了把儿。掌水的（后来叫技术员）此时也在往田畦里灌水，水要灌得合适，既不能大也不能小：若大了，露不出头年收割时留下的稻茬儿；若小了，地畦下面的土化不透，用四齿翻捉稻茬儿的时候，脚下就会有冻土，甚至脚踩着冰。稻茬儿呢，也就不容易翻起来。

捉稻茬儿之前先得抹埂，抹埂用的是铁锹。那铁锹非同一般的铁锹，要窄，要小，但锹的背面要平，因此才叫柳叶儿锹。同时，你在把头年的旧埂规整好的时候不但要平，也要保持一定的厚度与高度，当头儿的也就常常这样喊：“抹不平不给钱！扎出黄土来也不给钱！”（后来叫不给工分儿）

一条条的埂抹完了，一畦一畦的稻茬儿捉完了，又成了闪着亮水、闪着亮泥的崭新的一片。这时，有人用柳叶儿锹在新的田埂上扎豆眼儿（绝不可以扎出黄土，否则真的扣工钱或扣工分儿），又有人在后面三粒五粒、把那黄豆放进豆眼儿里，再后面是两人抬着架筐，筐里有黄土，再一把一把地用黄土把豆眼儿填平。稻子没熟，埂上的黄豆先熟，我清楚地记得，一黑早，约四点钟左右，生产队的干部便站在街上大叫：“择豆子喽！择豆子喽！”于是我们这些小学生立刻爬起来，跟着母亲或姐姐，去稻田择黄豆。社员把豆子割上了岸，我们一枝一枝地择，择完后，按分量秤，择多少斤给多少钱，到会计那儿领。

好啦，地完全平整好，黄豆也种上了，接下来是下种。下种之前先要撒粪，那粪是早已准备好的，即人粪尿晒成的粪干，用架筐从田岸上一挑一挑地挑下来，再由精壮的汉子或有经验的人，端起那架筐，下到没过膝盖的泥水里，把那粪干子均匀地撒开；一定要撒开，一定要匀，不能偷懒，不能只往近处撒。与此同时，掌水的也要把水调得恰到好处。如果水大，粪干子便会漂起；如果水小，粪干子就会落地不动，因为水小，更不会有水的荡漾，也就不能让那粪干子向四外蔓延、扩散，而粪干子集中，不但浪费，也使得小苗会被烧死。

有那奸猾些的，撒粪时只站在上风口撒，迫使那诚实的人不得不站在下风口撒，于是闻了、喝了不少上风口飘荡过来的、带着酸臭味儿的阵阵尘烟。

撒过了粪，还要拉“混”。什么叫拉混？顾名思义，混便是混合，便是平均，由一个或两个初下稻地的人，那人也叫力巴儿，干的活儿最累，挣的钱最低；他要拴一根约有三四米长的杉篙，把系在杉篙两端的绳子套在自己的脖子上，像牛一样地探身向前拉，那水也就随之呼泱泱往前涌，目的是让水下的粪再一次得到扩散，再次受到溶解，以保证所有的种子都能吃到养料。

南方的下种先做秧苗池，然后插秧。我们这里很少插秧，而是薅“大三撮”，也叫“搬家稻子”，即把稻种一把一把地撒进田里，然后长成一撮撮，接着再把它们“搬家”。插秧什么人都可以插，而我们这里的下种必须是老农，起码也得是挣二等工钱的人才有资格。其余的人，全部去扛稻种，从田岸上把一包一包的稻种扛下来，扛到下种的人面前，而且“亦步亦趋”，始终跟着，以方便下种人随时随地取到稻种。下种的人也实在不容易，他们自备料斗或是篮子，在泥水里有节奏地迈着步，左、中、右各三把，每把必须一样的多，距离也必须均等。这样才能保证薅稻子的时候稻苗的株距、行距符合标准。

此时那水，也同样不能大不能小：大了，种子就会漂浮；小了，种子就会扎进泥里；扎进泥里的种子发芽缓慢，甚至不发芽，我们把这叫“坐根”了，就是说将来只长根、不长叶，也就减了产，打不了多少粮食。

过了立夏节气，田里的稻种发了芽，快的长出了嫩叶。这时候就要

“搬家”了，把一墩一墩的稻苗，也就是“大三撮”，再分成一小撮儿一小撮儿的三行，行距相等、株距相等；人，两脚陷进泥水，脊背朝天头拱地，两手前后左右不停地忙，这便是薅搬家稻子，也叫薅头遍，因为还有薅二遍、薅三遍，统统称为薅稻子。

在薅稻子之前还有一个程序必不可少，那便是“派带头儿”。所谓派带头儿，则是几个资历高、年龄大的人在田岸边坐下来商量，根据人的年龄、资历、经验多少及手快手慢，在薅稻子的时候谁应该在前、谁应该在后，或者说哪个排在哪个前面，哪个排在哪个后面。商量完了，由当头的向大家宣布，然后再吆喝一声：“行了，明个都空手来吧。”

这时，有的人就会打哈哈，说：“别忘了晚上活动活动腰眼儿！”

“活动腰眼儿”，指的是和媳妇干干那种事。如果说，前一段的抹埂、捉稻茬儿主要拼的是体力，以及看你经得住经不住凉，那时你的腿也许疝得直流血，那时也许你的手指因为每天攥铁锹把儿和四齿把儿磨出了四棱见线茧子，那么从现在开始，你什么工具都不用带，而只看你的腰了，看你的腰给不给劲。

“带头儿”安排好，当头儿的自然是头一个，自然挣的是头等工钱（后来是工分儿）；当二头儿的在地畦的另一侧，也是最前面，挣的也是头等工钱；中间还有一个人，叫挑带，也叫三头儿。大头儿和二头儿不在的时候才轮到三头儿，他挣的也是头等工钱，因为他挑带必须挑得直，还因为他与大头儿二头儿同样要多薅一个边，也就是比别人薅得宽些。但也有的时候，那挑带的没能挑直，于是排在他后面的“帮带”，便半玩笑半嘲讽地唱起了曲儿，约定俗成，一般全唱皮影戏里的薛金莲下山：“走山弯儿，绕盘道哎，曲曲折折……”此时，挑带的受不了，又自知理亏，便不言语。但也有极个别挑带的急赤白脸：“我不行，你行！你来前边，挑一带我看看！”

排在大头儿和二头儿后面的一般都是老者，也是颇富经验的人。那老者的两只手就像镊子，精巧而又神速地从苗墩里取出四五根或五六根小苗，又像缝纫机的针头一样把那几根小苗准确无误地栽进苗行里，如果用尺子量一量，无论株距还是行距，绝对分毫不差。所以，他们的工分儿只比大头儿二头儿及挑带的稍微少那么一点点，比如，前三位挣12分，他们便挣11分8或11分9。依此类推，一个比一个少，排在最后面的，大多是力巴儿，挣的工分儿也只能是最高工分儿的二分之一。

二十世纪八十年代，我有幸参加了生产队的劳动，亲手生产京西稻，便深深体会了薅头遍的苦和累，那腰疼得真是让人受不了。你想，屁股撅起来，脊背朝天，两手还要伸出去，一面薅草，一面给小苗分家，分成一垄垄，一株株，还要符合规定的尺寸。有一位同学，和我一同劳动，他腰疼得躺在田埂上，哞哞地哭。哭怎么办？明天不还得照样干活儿？于是收工以后他便去了诊疗所，让医生给他开了止疼片。止疼片止疼，但能止住这种累成的腰疼吗？绝对止不住，我们便取笑他，又给他取了一个外号，就叫他“止疼片”。后来见了他就喊他“止疼片”，几乎成了一段笑谈。

头遍薅完了，等于大局已定，一撮儿一撮儿的小苗都按规矩排列成行，只等慢慢长大。这时候，从前的地主要给长工放半天儿假，后来的生产队要放一整天假。放一整天假，而社员们还惦记着工分儿，便又去旱地或菜地，再在那里干上一天，于是多挣了一天的工分儿。从前放半天儿假时，要吃犒劳，即所有的长工都集中到锅火房，用一个木制的压面器具，长工们轮流着压，把面条压到锅里，那叫压饸饹。面是豆面，很解饱、解饿，每人托了一个大碗，再浇上老咸菜汤，可以往足了吃。吃完了以后，东家还要赏个三两块钱，于是，大部分人回家，好好歇一歇，那极个别的光棍儿汉，则把一双破趿拉儿鞋往后腰里一掖，喊道：“走呵，西直门！”

西直门外有个地方叫黄土坑，那里有“下处”，光棍儿汉们要把那三两块钱在那儿消费掉，但也只够嗑嗑瓜子，调笑一番，别的，甭想，因为钱不够。

紧接着，该薅二遍了，因为薅过头遍的稻苗均已分了叉，成了绿油油的一片，那稗子、杂草也随之长起来。薅二遍的目的就是要剔除稗子，薅尽杂草，但此时正热，非一般的热，而是闷热，于是，蚊子、小咬成帮搭伙地围住了你，朝你身上乱叮。你如果光了脊梁，它们就饱餐一顿，如果你穿了衣裳，它们照样从你的领口、袖口钻进去。还有，便是水里的蚂蟥，俗称马鳖，朝你游过来，不知不觉能让你的腿血流出！除非你往腿上涂了烟袋油子；烟袋油子很管用，即便是蛇，往它嘴里抹一点点烟袋油子，那蛇就会立刻抽搐，然后打卷儿，不再动。但哪里找那么多烟袋油子？

剔稗子需要眼力，需要经验，因为稗子很不好识别；薅杂草需要气力，因为杂草虽然好认，但此时已长出很多，又长得很大。况且，“带头”早已固定好，薅头遍的时候，这个“带头”是你的，是你薅的，也无论你薅得好不好，薅得干净还是不干净，或者小苗整齐不整齐、规矩不规矩，反正是你的，是你薅的。那么到了第二遍，毫无疑问这个“带头”的地还是你的，你想躲也躲不了，不承认也不行。如果你薅得不好、不干净、不整齐，那么就等于你自作自受，你不但受到批评，还要扣除你的一部分工分儿。因为你影响了生产，耽误了稻苗的生长。

如果你头遍薅得好极了，那么薅二遍的时候你也就轻松多了。此时你可以一边干一边开玩笑，可以一边干一边拿别人打趣，当然，那多半是拿媳妇，有时是嫂子，有时是小婶大侄……但没有人恼，更没有人认真，权当劳累中的一种调剂。那些年，我在稻田劳动的时候，听到他们说的那些话、开的那些玩笑，简直不堪入耳。

好啦，薅完了二遍只剩了三遍。薅三遍的主要目的是进一步把稗子拿净，却也比以前任何时候都轻松。如果你头遍、二遍都薅得好，那你就比别人更轻松。此时你无须把腰猫得那么深，也无须用手在稻苗的根部抓挠，因为稻子的高度已经没过了你的膝盖，腰再猫得深稻尖子便会扎你的胸脯。你只需拿一把小刀，远远地看见稗子，走过去，用小刀把稗子连根斩断，再踩进泥里，便大功告成。然后，等着吧，等稻子灌浆、成熟，此时你可以到生产队的旱田或菜田再去干活儿。十几天后，也就到了深秋，到了十一，也就提前听到了那一年一度的吆喝声：“择豆子喽!”接着，稻子便开始收割了，开始往场院里挑稻子了，再接着是打场，做米，装包，上缴国库。

从前打场叫摔稻子，即长工们站在一块石磨旁，把一捆一捆的稻子抡起，朝那石磨猛力摔打下去，稻粒四溅；后来，使用了撸稻机，我想，一般人都见过社员们怎样一面蹬着机器的踏板，一面把一捆捆的稻子怎样放在那犬牙般的齿上撸；再后来，虽然全部机械化了，不用再蹬踏板，但还是要用手把稻捆儿放在那齿轮上……

稻子，京西稻，一年只收一季的京西稻，其生产过程就是这么复杂，这么刁钻，也需经过那么多人的辛苦劳作才能成熟，才能成为粮食中的精品、上品、贡品。当然，现在没有京西稻了，京西稻不见了，因为玉泉山的水少了，不再往外流了，虽然有的地方还刻意地种了一些，但用的是井水，地也不是原来的地，因此，那不是特定意义上的京西稻，也就不能再称作京西稻。

我想，假如付给现在的人，特别是青年，每天五百元钱，他们也未必肯干那生产京西稻的活儿，起码不愿意薅稻子和挑稻子，或者说他们干不了。特别是挑稻子，简直牲畜一般，来来回回地跑，挑着一二百斤的分量，在田埂上不停地跑，必须跑，否则便挣不上钱或者工分儿。

在颐和园里，在园子的西门附近，有一座小山，山上有殿，也有小亭，我们平时管这小山叫老公山，但它的真实名字叫畅观堂。畅观堂的山脚下，常年立着一块说明牌，牌上写：“……地势高爽，环境清幽，是当年乾隆皇帝眺望园外、观民稼穑的地方。”

有一天，我也登上了畅观堂，也向墙外眺望；然而我只能想象了，想象着当年，想象墙外那些农民为了京西稻辛苦劳作的情景，也想象着乾隆皇帝是多么开心、多么愉悦。

村子东面的土山

我小的时候，我们村东面那座土山还完好无损。山根下有几个山洞，那是日本人留下的，用来储存汽油；山顶上有一座碉堡，是国民党兵留下的，用来抵御解放军的进攻。整座土山从北向东、再向南，形成了一个半圆的圈，把村子围在圈里。山上长了许多树木，也长了许多杂草，到了夏天，郁郁葱葱，别有一番景致。又据说，当年是为了挖高水湖、养水湖，为了种稻，泥土全集中在一起，才有了这道土山。

那时候，我和我的童年伙伴每日往山上跑，在山上游玩，这山也就留给了我诸多的童年记忆。

那时我们听的是袁阔成的评书，听的是《烈火金刚》，听的是《肖飞买药》和《敌后武工队》，于是我们也学“日本”，也学“八路军”或“游击队”；我们有的充当日本大官儿，比如什么“山本”、什么“太郎”，什么这个“君”那个“君”；有的则充当八路军首长，指挥千军万马，固守着山头，一声令下：“同志们，冲！”我们便凶猛地朝山下冲去。日本兵呢，则贪生怕死、缩头缩脑，然后举手投降；但也有时那日本官儿把战刀一举：“给我顶住，不然我枪毙了你！”不伦不类，像日本，又像国民党兵。当他们喊出“机枪的给！”我们则喊：“鸡巴的给！”因为全是男孩儿。

每当这个时候，父亲往往站在村口，向山上眺望，看我们这些儿童怎样地玩耍，怎样地高兴，怎样天真无邪。学校的老师则不然，当我们灰头土脸地回到教室，或者第二天我们背着书包来到学校，老师便批评我们，说我们太野，说我们不讲卫生，还说我们学什么其实也学得不像。

父亲没多少文化，却是个村干部，也是个饶有风趣的人。他曾经也说起他小的时候。那时，他们也听书，但听的是《三侠五义》《小八义》《七剑十三侠》等。那时，他们也到那土山上玩儿，但他们学的是山寨王，有的充当寨主，取名张天雕、李天霸、王天雄，总之离不开“天”，离不开“雕”“霸”“雄”，因为那都是吓人的名字。父亲他们有那想当剑客或侠客的，便幻想、企盼，盼望有一天突然刮来一阵大风，把他们卷走，卷到深山老林，那里有仙姑或者道士，神通广大，无所不能，于是他们潜心学艺，刻苦练功，学成归来好除暴安良、劫富济贫。因为那时我们村里真有国民党兵，还有一个横行霸道的自卫队教官，父亲他们想用学来的张手雷，“啪”地一声把那人击倒，或用飞镖“嗖”地一下，那人便见了阎王！

父亲还曾经说，国民党兵打靶，就在土山的山根下，“啪啪”整天的枪响把山坡上的土也震下来，山上的鸟儿也逃得无影无踪。他们也不敢上山了，连靠近也不敢。

知道吗？父亲又说，现在的电影花里胡哨，什么全演，那时的电影全是黑白。你们更不知道，咱们村的人第一次看电影也是在那个山根下。是解放军，在山根下立了两根竿子，挂了一块白布，那人呵，挤得暴土扬烟、大呼小叫。谁见过电影？谁知道什么叫电影？于是那上了岁数的人便神神道道地到处喧嚷：“闹鬼啦！闹鬼啦！人怎么跑到白布上去了呢？怎么还活了呢？怎么还干这干那呢？”记得那电影的名字叫《解放》，有戴红花参军的，有推小车送公粮的，也有抬担架的，还有机器，那机器隆隆地响，在生产枪炮子弹。

后来，父亲又向我讲了一个有关于他自己的故事。那故事同样发生在那个土山上，准确地说，是发生在那山的一个山洞里。

那时父亲十八九岁，另一个青年也十八九岁，叫小五。因为他们都是小青年，都没有结婚，所以大多时候由他们来看场。稻田的场院就设在田岸上，也就是那道山的山根下，那里正好有一个日本人留下的山洞。在稻田干活儿的人用稻草加土和成的泥脱出了土坯，用那土坯在洞里砌了一个炕，又搭了一个锅台，其中的锅、桶、碗由生产队出，然后烧了开水大家喝，这个山洞也就成了稻田人白天撂歇儿时的休息处，同时也是夜晚来看场的人可以栖身的地方。

一次，父亲与那个叫小五的青年一同来看场院了，他们都扛了铺盖卷，也带了队里发给他们的手电筒。他们把铺盖卷放在山洞里的炕上，然后走出山洞，用手电筒照场院……那白刷刷、堆得小山一样的稻米；那鼓鼓的、已经装足了稻米的麻包，摞得整整齐齐；那碾米的机器，用手一摸，还在发着余温。

那是一九六〇年，大家都经常饿肚子，其实把那白米捧上两捧放进柴锅，再添上水煮那么一会儿，也不用煮成饭，煮成粥就可以……天黑了，一个人也没有，又有谁知道、谁能看见呢？

父亲和小五每天吃的都是掺了豆皮的渣子窝头，那也不能吃饱，如果吃饱了，下一顿或者第二天便没得可吃！

但是，父亲和小五就那样在场院边上站了一会儿，然后就回去了，回到了山洞，坐在炕沿上，两人聊了一会儿天儿，只不时用手电筒往外照一照；其实不用照，因为没人敢偷，因为没人有那种胆子，也可以说都具有相当的觉悟。

再后来，小五去掏泥鳅了。田埂下，朝阳的一面，有不少的泥鳅，到了夜晚，那泥鳅便钻到表层上来，去吃田里施下的肥料，那常常是粪便，用手电筒一照，再一掏，泥鳅便到了手，再赶快放进桶里或布兜子里。

父亲呢，则上了山，去掏鸟蛋了。别看这山不高，鸟儿却很多，白天叽里呱啦乱叫，“长脖老等”的叫声呜呜的，像喊人；“护不喇”的叫声像挨了烫，呀呀的；布谷鸟的叫是“布谷、布谷”，所以才叫布谷鸟；“锛达儿木”是邦、邦、邦，在啄木，在吃树里的虫子；夜猫子呢，也就是猫头鹰，它的叫像鸽子，咕咕、咕咕……

可是父亲在山上掏的是喜鹊蛋。喜鹊是益鸟，它的蛋不应该掏，而应该受到保护。

但父亲说，没办法，其实好多鸟全是益鸟，可它们的蛋找不到，不知在哪儿，只好掏喜鹊蛋了。

父亲掏鸟蛋、小五掏泥鳅，都干吗用呢？原来，就是为了吃，就因为吃不饱，就因为饿。

于是，他们两人把那泥鳅、喜鹊蛋，全放在锅里了，然后加柴，一起煮。柴有得是，水也是现成的，只是没有盐。

此时已到了十点多钟，生产队长忽然来了，来查夜。

然而生产队长没有责怪他们，连多余的话也没有说。他眼馋地看着那些鸟蛋和泥鳅，然后坐下，笑眯眯地和父亲、小五竟然一同吃起来！

后来我出生了，后来我上学了，再后来我高中毕了业。当然我还清楚地记得，大约在毕业后的第五年，我开始谈朋友；我谈的第一个女朋友是我高中同学，也是我的同乡，我和她第一次约会也是在那座土山上，而且我们紧靠了那座碉堡，为的是不让西面村里的人看见我们；那时，电影《五朵金花》重新上演不久，于是我便学那里面的男主人公，用山上的树叶扎了一个花环；她也学唱了里面的歌：“大理三月好风光，蝴蝶泉边好梳妆。蝴蝶飞来采花蜜，阿妹梳头为哪桩……”然而我们没有成，因为她的父母坚持反对，说同村不可以结亲，而且差着辈分。

奇妙的是，我现在的妻子，我们两人第一次郑重其事的谈话也是在这座土山上，因为家里的房少，那时人又正多，实在找不出一个合适的、私密的地方。这一次，谈成了，感谢，感谢那土山。

但是，说起来令人伤心……

婚后的第二年，我开始出差，不停地出差，有时候出去的时间很长，甚至达到两三个月。当我从兴建着高楼大厦的外地城市回到农村家里的时候，我发现那道土山正在缩短，正在变小，同时也看到了成批成批的砖和烧砖用的、高高的窑，以及那前来拉砖的大小不同的车辆。

当我搬了家，大约又过了十年，当我再回到这里，回到生我养我的故乡，我发现，那道土山没有了，消失了。原来的村子，也成了向四外开放的村子。

没了土山，那个砖厂自然也没了。

直到现在，我虽然还说不准那究竟是好事还是坏事，但想起来便由不得一阵阵伤心。

墙里墙外

从我们村子往北，过了那道土山，便是高水湖，与高水湖仅隔着一条窄路，便是玉泉山。听老人们说，玉泉山的西墙外，很荒芜，没有人家，然而，却是一块风水宝地；而玉泉山的西墙里面，有个很有名的泉，那泉叫蹦蹦儿泉。又曾听我的父亲说，在西墙外面我们家有过三亩地，那地人们都叫它西水簸箕，于是，当年父亲随爷爷在那块十年九涝的三亩地干活的时候，中途撂个歇儿，或渴了，或太热，便从西墙上的一个豁口跳进去，到那个蹦蹦儿泉喝口水、洗一洗。

那是个由大块方石砌成的同样方形的水池，泉水从洞里钻出来，咕嘟咕嘟响，像开了锅，但冒的不是热气，是寒气，又翻滚着冒泡，好像在蹦，所以俗称蹦蹦儿泉。至于这个泉真名叫什么，或者它的地理名字应该怎样叫，老人们说不出，父亲也说不出，我没见过我的爷爷，自然也没听爷爷说过。况且，这个蹦蹦儿泉现在还有没有，因为玉泉山一般人进不去，也就没人再知道。

但留给老人们共同的记忆是，那池里的水不光特别的凉，更清澈见底，一根针掉下去也能看得清清楚楚。那水究竟凉到什么程度呢？喝上几口，能让你打个哆嗦，跳下去，能让你浑身发红地上来。至于那往出冒水的洞，老人们说，可了不得，洞里面的壁上结了冰，那冰叫冰片，也叫龙鳞，因为洞的深处盘着一条大蟒蛇，蛇太大，就成了龙，它呼出的气，就成了冰。老人们还说，也真有那不要命的，穿了皮袄，进了洞，但有去无回，连尸首也没见到。那人是被冻死了呢？还是让大蟒蛇吞了呢？又没人说得清楚。也有的很幸运，进了洞，用斧子凿下了冰片，再用厚厚的棉衣裹好，拿回家去，然后用桃木点着火，烧，一连烧了两个钟头，冰片居然没有化，又接着烧，直烧到天黑，那冰片才化开；结果，让炕上的病人喝了那水，其病立刻好转，第二天便下了炕，第三天便去地里干活儿了。

那时的玉泉山，像西墙外一样的荒芜，一样的没有人烟，而且很破败，残砖断瓦、枝枝杈杈，根本没有人修，没有人管。虽然也有值班的，但那值班的就是我们村人，姓陆，年纪又很大，基本不管事，也管不了事。有一年，住在海淀街的我的舅爷舅妈带着孩子来了，来串亲戚。住了两天以后，他们便提出要逛玉泉山；我爷爷同意，便带了他们，同时捎上了我的父亲，他们一同从那个西墙的豁口进去，首先观赏了蹦蹦儿泉，然后往里走，便上了山。他们沿途看到的是一片片、一簇簇半人高的蒿草，以及长疯了的乱七八糟的树木，还有破败的庙宇和倒塌了的墙，只没有人，一个人也没碰到。但突然有不知名的大鸟扑棱棱飞起，也有狐狸，闪电般逃过。

他们爬上了山顶，冷风飕飕，但舅爷提议还要上，说可以到那个塔上看一看。于是我爷爷又领他们进了塔，那塔叫玉峰塔，再沿着塔的环形梯，一层一层地上，而刚到第三层，舅妈、孩子及我的父亲，都说受不了，冷，实在冷。本是三伏天，山顶却像深秋，那塔的三层，北风呼呼，从门洞穿堂而过，像是到了严冬！于是他们只在门洞旁站了一会儿，朝西望，是香山，朝北望，山连山，朝东望，望见了佛香阁，再远处，望见了西直门的城门楼子。然后，他们便按原路下了山。

到了下面，舅爷指着那塔："这塔有年头了，得有八九百年。"

爷爷问："你怎知道？"

舅爷读过几年书，便用手比画："你看，那上面写着呢，写着'大辽'！大辽就是辽代。"

爷爷摇头，不赞同："哎——听说是乾隆年间……"

舅爷也摇头，表示否认："不对——千年的字会说话！"

这是玉泉山里，再说玉泉山墙外；但只说西墙外，因为玉泉山的西墙外是块风水宝地。为什么这样说？

父亲告诉我，因为那里葬了名人，有不少名人的坟地。比如，第一个，袁世凯的坟，就在西墙外的路边，那是个圆圆的、不知是水泥砌的还是石头砌的大宝顶，四周长满了荒草，无人修理也无人过问。第二个，吴佩孚的坟，在西墙外的北边，那里有个村庄，叫烽火营，吴佩孚的坟就掩在村前的一片庄稼地里，不太容易发现，但也长满了荒草。第三个，是张宗昌（也有的说叫张东昌）的坟，知道万安公墓吗？张宗昌的坟就在万安公墓的北面，那地方叫大老林。

提起张宗昌，父亲多说了几句：据别人讲，张宗昌不但是个军阀，也是张勋的部下；他的母亲专门爱吃人心，那时有个老妈子店儿，他家从老妈子店儿雇来了老妈子，结果就再不见那个老妈子出来。张宗昌有三不知，不知他有多少兵，不知他有多少钱，不知他有多少个媳妇。后来他去济南，在火车上被炸死了。他死了以后，他的大太太就把他三十多个媳妇一齐打发，每个媳妇三千块，就那么卖了。张宗昌行为比较恶劣，是个名声最不好的军阀。

父亲说了这么多，无论玉泉山的塔、无论玉泉山西墙的墙里墙外，我只能听，因为我没有看见过，更没有考证过。

有一天，我特意腾出了空儿，特意去了一趟玉泉山的西墙外。我发现那里早已不是父亲所说的那样荒凉，而是拦了长长的铁栅栏，里面种了果树，种了菜，也种了稻子；那稻子，算不算京西稻呢？不得而知。

袁世凯的坟呢？没有了，不见了。袁世凯是河南人，是不是把坟迁回他的老家去了？也不得而知。

我又向北走，那里的村子真的叫烽火营。别人告诉我，几十年前，那烽火台还在，大约四丈高、一丈见方，石头垒成，但有不少石头坍塌下来，已经残缺不整。他们还说，解放大军来的时候，他们曾经在那烽火台上放过炮仗，大搞庆祝。我问，见没见吴佩孚的坟？在哪儿？他们随手往西一指，于是我钻进了一片树林。

原来这树林中还有一片菜园，吴佩孚的坟就坐落在这片菜园里，四周有花花绿绿的蔬菜，有的菜结着五颜六色的果。那坟，的确是个圆圆的宝顶，但却崭新、光亮，好像重修不久。坟的四周，围了白色的石栏杆，还有一共十层、整齐的石台阶，以及通向这里的、弯曲的小路。这绝对是个具有相当规格的、比较讲究的坟墓。

后人非常重要。有没有后人，以及后人是发达了还是落寞了，便决定了你的坟是辉煌显示，还是默默地无声无息，此时，也几可不在乎你的名声。即便你是个艺术家，你的作品也要看你有没有后人，以及你的后人是否给力。也不管这位艺术家在倒霉的时候，其后人怎样拒绝让他进入家门，而他死后，也不管怎样的死法，你们又大张旗鼓地宣扬他的作品，以增添你们脸上的荣光，以说明他就是你们的父亲！你们真的很给力。

况且，时代在变，比如吴佩孚，如今的名声不再像以前说得那样坏。

那么张宗昌呢？他的坟还有没有，还在不在？于是我按照父亲说的，去了万安公墓，又从那个公墓往北，到了大老林那个地方。可是，我怎么找也没有找到张宗昌的坟。我向别人打听，人家说，不清楚，根本没听说过张宗昌这样一个名字。他们甚至不知道有张宗昌这么个人。

张宗昌，关于你，只不过是传说，不可不信，也不可全信。你不是也写过《大风歌》吗？“大炮开兮轰他娘，威加海内兮回家乡。数英雄兮张宗昌，安得巨鲸兮吞扶桑。”

我知道，“扶桑”指的是日本。

张宗昌，你是山东人，但你的后代呢？他们在哪里？如今怎么样？给没给力？

此处烽烟人不归

十多年前的一个夏季，正热，到了下午三四点钟，开始闷热。那天正好是星期日，我走出家门，想透透气，也想找个地方乘凉。

村边的一棵柳树下，坐着一位老人，大概七十多岁，身边放着暖壶，放着茶杯，一面摇着芭蕉扇，一面不知在说还是在叨念。我认识这位老者，他姓袁，我们平时背地里都叫他袁圣人，意思是他无所不知、无所不晓。于是，我也坐下来，想一面乘凉，一面不妨听听袁老汉说古。

聊了几句之后，袁老汉喝了几口茶，然后看着我：“你们这些年轻的呀，什么都不懂，光知道好人坏人。其实呢，好人也不见得全好，坏人也不是全坏，你比如那会儿北京有个市长，姓宋，叫宋哲元，他是国民党的市长，也是个将军，带着二十九军，那二十九军全背着大刀片儿；他既抗日，也反共，你说他好还是不好？”

袁老汉就这么说起来了。正好，我正想听抗日那些事。

“可是他的母亲特别的好。有一天，他母亲半道上问宋哲元，你热不热？宋哲元说热。他母亲就用手一指路边的三轮车夫和站岗的士兵，你看，他们热不热？宋哲元没言语。但是后来就有了席棚子，三轮车夫就在席棚里等活儿了，士兵也在席棚里站岗了。还有一个市长，姓袁，就是不让筱白玉霜在北京唱的那个，叫袁什么来着？看我这记性，想不起来了……”

我问，也姓袁？和你们是本家吗？

袁老汉摇头，说两码事，根本挨不着边儿！不过这个姓袁的市长就不太好，他专门打狗、套狗，如果不让打，他就收钱，每条狗都收钱。他还收掏粪工人的钱，每只粪桶收那么四五十块吧。可掏粪的哪儿干哪，就全罢了工，还示威，排着队游行，结果北京城里的街道上全是屎汤子、尿汤子，后来他们还掀翻了颠颠儿车。你见过颠颠儿车吗？

我说，没见过。但是听说过，颠颠儿车就是有轨电车。

袁老汉说对，就是有轨电车。他又说，那个袁市长呵，他下面有个警察局长，那个警察局长家里有个小老婆……

说到这儿，袁老汉又突然问我，你还有个老爷，知道不知道？

我说知道。我父亲哥儿一个，我爷爷哥儿三个，但是我爷爷和我大爷我都没见过，更别提我三爷，也就是我老爷，因为听我父亲说，我老爷当了兵，死在战场上了。

你这个老爷呀，你别不爱听，他和你父亲，和你爷爷都不一样。他是个地痞，是个混混儿，能偷就偷，得骗就骗；他怀里揣着石头去人家里借钱，要是不借，他就砸玻璃。不过他也有两下子，会摔跤，能打架，出手也狠，后来就给那个警察局长当了保镖，再后来就跟那个小老婆好上了。大概好了一年左右，警察局长发现了，给了他一枪，可这一枪没打着，你老爷翻过墙头就开了丫子。这一跑，他就加入了冀东保安队。其实，他也不是诚心实意加入，他先是跟着一拨人去修天坛，又修天安门和玉泉山塔，因为康熙年间白家疃地震的时候玉泉山塔也给震出了两道大口子。这都是宋哲元让修的，可是他们那个头儿没好心眼儿，接着就带领他们，他们也就跟着，就那么糊里糊涂地参加了冀东保安队。

袁老汉真是想到哪儿说到哪儿，想起什么说什么。接着他便说起了冀东保安队。

这个冀东保安队呀，你说它好还是不好？依我看，它也好也不好。先说它不好的地方，它不好就因为它帮助了日本人，成了汉奸。好的地方呢？它起义了，倒戈了，和日本人打起来了，杀了足有好儿百日本兵！可惜呀，只差了一天，没能接上，宋哲元的二十九军没来得及支援他们，结果还是寡不敌众，让日本兵给拦腰打散了。这一散，往哪儿跑的都有，其中一支子出了西直门，在西直门外头又跟日本人干了一仗。

我插话说，我老爷可能就死在西直门外了。

袁老汉摆手，否认了我的说法。他继续说冀东保安队。

那支子人又一直往北撤，出了红山口，撤到了望儿山。望儿山知道吧？就是现在的三〇九医院北边，那会儿那个山坡上有一座法国教堂，教堂里面躲藏着不少富人，都是有钱的，那支子人就把他们给抢了。这个教堂现在还有没有不知道。反正这支子人接着又往南跑，跑到了青龙桥；青龙桥有个掌柜的，叫什么来着？开的是什么铺子？你看，到嘴边儿说不上来。反正，日本人追到这儿，就把那掌柜的用刺刀给挑了，也不知因为什么。

然后，这支子人接着败，有的往西败，有的往南败，结果又分成了两拨儿；往南败的，顺着颐和园墙边，过“一块板儿”，再沿长河，就到了“大跑子”。那会儿大跑子只几户人家，从大跑子到长河也没有稻田，全是苇塘。有一个人害怕，就往苇塘里钻，日本人追上来，就朝那人开了枪，把那人打死了。大跑子还死一个人，是让鬼子打死的，日本兵就烧，连人带房子一起烧，把“大跑子”烧了个净光净！

这是往南败的，往西败的那拨人呢，一下子就跑到了咱们村，可是没站住脚，接着还往西。鲍广强知道吧？那会儿他们鲍家在咱们村也算是比较有钱的，鲍广强正在菜园子干活儿，日本兵就把他给绑了，还绑了另外一个人，问他们看见戴遮阳帽的没有。因为冀东保安队起义的时候穿军装、戴遮阳小帽，鲍广强说没有，没看见。结果日本兵就抽了他仨大嘴巴，然后又往西追，就追到了茶棚、老公坟。那会儿茶棚的老赵山还留着小辫子，日本人一看小辫子，认为是满清人，不会抗日，结果就没挑他，也没毙他。可是呢，把茶棚、老公坟的房子烧了二十多间！

日本兵还不甘心，接着又回来，又回到咱们村。那会儿鲍家在山边儿有个鱼坑，忘了是谁指的，说那坑里有枪！日本人一听说枪，立马就下到坑里，从那水底下真捞出了几十杆枪，还有子弹和手榴弹。谁扔的？还不是那拨子保安队扔的？不过日本人没追究，因为找不着那拨子人了。这才算完事。

日本兵走了以后，那帮子散兵游勇又出来了。他们可没完事儿，他们开始绑票。绑了谁呢？绑了老公坟的吴七，其实老吴七没多少钱，就是抠，就是省吃俭用；绑完了老吴七，这帮子人又去了县长坟地。爷儿们，你不知道县长坟地吧？县长坟地就是原来玉泉修配厂那地方，那儿有个日本人留下的飞机包，飞机包旁边就是县长坟地，那会儿有松树，有小松树林，有个大圆宝顶，那帮子人就用炸药把那圆宝顶炸开了，结果拿走了不少古玩和金银珠宝。听说修配厂的人也挖过那坟，看到了什么呢？除了一具干尸，除了一副烟荷包烟袋，什么也没有，他们哪儿知道呵，那坟早已让人盗过了。可是你说是什么时候的县长呢？又是哪个地方的县长呢？如果是宛平县的县长，年头又不对；你说是满清时期的县长，叫法又不对，那会儿不叫县长，应该叫县令，或者叫知县。

这还不算完，这帮子人又往西，西边还有八王坟、七王坟、老王坟，他们索性架起机枪，公开盗墓了。再后来，他们到哪儿抢哪儿，干脆成了“老抢儿”了。

……我听袁老汉说了这么老半天，只听说了关于日本、关于冀东保安队，但是我老爷呢？究竟死在了哪儿？究竟怎么回事？我不得不这样问袁老汉。

袁老汉想了想，接着说，你老爷呀，他跑单了，一个人跑到了石景山。那时候石景山还只是山里的一个小村，顶多几十户人家。有一天，你老爷在村里的小铺喝酒，无意中抬头看了一眼，这一眼，觉得小铺掌柜的眼熟，好像认识。你猜怎么？那掌柜的是个女的，三十多岁，原来她就是那个和你老爷相好过的警察局长的小老婆！怎么回事呢？那个警察局长后来落到日本人手里，让日本兵一刀给劈了。他这个小老婆无依无靠，只好回了娘家，也就是石景山，她就是石景山这地方的人。然后，她就开了这个小铺。

“后来又怎样了?”我问。

后来你老爷就和这个女人住到了一块儿，据说过得还挺好，情投意合。可是，你老爷这个人在外头跑惯了，心野，收不住脚，大概就过了这么一年吧，你老爷又开丫子了，又在外头云游了好多天。后来据说他去摸日本人的仓库，想偷粮食，可是被日本兵发觉了，就追，追，一直追到了大峪，又追进了深山，最后你老爷钻进山脚下的一片林子里，日本兵呢，就朝那林子射击，又往那林子喷火，你老爷不是被枪打死了，就是被火烧死了。

袁老汉又说，总而言之，你们家再没见过你老爷，村里人也再没见过你老爷，谁也没有再见过他。

袁老汉真不愧是袁圣人。他知道得那么多，也讲得那么详细、周到，又那么绘声绘色。原来，当年的许多事就发生在我们村和我们村附近，那些人，他们的后代还在，甚至我们村的鲍广强还在，还活着，已经九十多岁。而关于我的老爷，那不光是一段离奇的故事，他的死，我认为也应该叫作牺牲。我更认为，袁老汉的说法比较可靠。

南　庙

我们村一共有三座庙，即南庙、西庙、东庙。东庙是个关帝庙，比较小，后来里面曾经有个净道会；西庙就更小，也不知曾经供奉过什么佛，只听老人们说，那里做过衙门，管着好几个村，后来又做过村公所，解放以后则是村政府所在地。

南庙则不同了。南庙很大，很气派，当我的父亲和其他老人说起这座庙的时候，我便为它曾经的辉煌、鼎盛以及那层层殿阁、佛像石碑，还有参天古树，所深深地震撼。于是我不得不把它尽可能详尽地描述下来，以让后人记住，这个村里曾经有过这样一座庙。

首先那庙的山门，高大雄伟，巍峨耸立，由天然巨石经过打磨，又齐齐对缝，那木门，足有半尺厚，是老黄松，用手一推，便发出低沉的、嗡嗡的响声。门的上方刻着几个字，那字是“敕修金山寺”。金山寺？哪里的金山寺？哪个朝代的金山寺？难道是《白蛇传》里法海水漫金山的金山寺吗？我曾反复琢磨过，到现在也琢磨不出。但既然是“敕”修，便指的是皇上，是皇上命令修的。但又是哪一位皇上？是清朝的皇上还是明朝的皇上？甚至更早？到现在我仍然没能琢磨出来。

庙的前面，东西各有一座旗杆。那旗杆也是老黄松木，约有六七丈高；旗杆顶，戴着飞毛铜帽（什么叫飞毛铜，我也弄不清楚），帽上挂着铃铛，每逢刮风，铃铛便叮当当响，隔二里地也能听得见。挨着那旗杆，是两棵必须三个人拉起手才能搂得过来的大槐树，而庙门两侧的墙上，又赫然镶了四个琉璃大字，一边是“为善”，一边是“最乐”，加起来便是“为善最乐”。

进了山门，你第一眼看到的是分立在门洞两旁的哼哈二将，一边是“哼”，一边是“哈”，手拿金刚杵，脚下又踩着鼠怪、蛇怪、狐怪和刺猬，总之是这四大怪。进了山门第二眼看到的是灵官殿，灵官殿狭长，面朝北的是灵官，手拿赶山鞭，怒目圆睁；面朝南的是马王爷，马王爷三只眼，就是说，额头上还有一只眼，又手举狼牙棒，狰狞可怖。如果是小孩或是妇女，进门就得吓一哆嗦，或者捂脸，根本不敢看。

从灵官殿往里走，便是两边的厢房。厢房里曾经住过道士，也住过远道而来的一些善男信女。厢房前面也有树，都是槐树，也都相当粗。

紧接着是罗汉殿。那十八罗汉沿墙围了一个圈，有的慈眉善目，有的巨齿獠牙。罗汉们又各持法器，有拿长虫的，有拿伞的，有拿铁球的……他们身后的墙，全贴了木板，木板上画着“十八层地狱”，有挖眼的，有割舌的，有锯身的，有下油锅的，等等，令人看了不禁心惊胆寒。后来，那一圈木板全被卸掉了，村里的剧团把它做成了布景。

我也曾问老人，这罗汉殿里为什么没有济公？济公也是佛呵！老人们回答，济公不在这儿，在香山碧云寺，因为如来佛问过他，你是在这儿？还是去那儿？济公说，我还是去那儿吧。于是他就去了碧云寺的罗汉殿，但是他去晚了，那里没有了位置，他就只好跑到房柁上去了；不信你去看，直到现在济公还在碧云寺殿的房柁上待着呢。

父亲说，他和他的童年伙伴经常在这个罗汉殿里玩耍，也经常藏身于那些罗汉的背后，再突然跳出来，故意吓人。罗汉殿前面也有槐树，还有“王八驮石碑”，父亲他们也常攀上石碑或者上了树，相互藏闷儿，看谁藏得久、藏得妙，看谁绷得住，又看谁没有耐心，不得不自己跑出来。夏天，长工们也经常在这个殿里歇晌，因为这里凉快，有穿堂风；枕一块砖或枕着自己的鞋，就那么睡一会儿。但孩童们玩耍、嬉闹的声音打扰了他们，他们便大声呵斥：“滚！外头玩去！”

罗汉殿是穿堂门，靠北面门的位置还立有一座约八尺高的大如来佛。绕过那如来佛，或者从罗汉殿两侧走进去，便到了这庙的最后面，也就是到了这庙的主殿了或者叫正殿。

主殿前的两旁又有配殿，配殿供奉的是碧霞元君。老人们也说不清那碧霞元君是男是女，反正有点像娘娘，又不止一个，而是七八个，也都坐在莲花托上，双手合十，慈眉善目。另外据说还有向碧霞元君求道成佛的其他叫不出名的神仙，他们身旁还立着侍女，也像神仙。

主殿的东西两侧各有耳房。耳房里或坐或立，大都是小佛小仙，也有据说是修成了正果、只图清静的僧尼。正殿的院子里，靠东的位置，又有一棵柏树，柏树旁边立有一块石碑。石碑上刻着许多人的名字。父亲说，石碑上面就有你太爷的名字，那都是不知哪年拾掇这庙的时候，或多或少捐了钱的人。

主殿高高在上，一共有九层台阶，上了台阶，便会不由自主地作揖打拱，如果进去，更会不由自主地拜一拜，烧一炷香。

主殿里有一个站身的、亮铮铮的大铜佛，那佛一手掐指，另一只手放在胸前，手掌伸直，像念咒，又像念经，据说这佛叫万缘佛。

但主殿不光有万缘佛，还有一位“王奶奶”。老人们说，南庙主要供奉的是“王奶奶”，因此这庙平时就叫王奶奶庙。

“王奶奶”是个坐姿，也不与其他的佛挨在一起，而是独独地在靠前的位置，又坐在一张八仙桌上。当然，那是比较古旧的八仙桌，但其样式也是平时常见的八仙桌。

“王奶奶”很瘦，也很白，白里又透红，显得很健康。“王奶奶”又绽放着笑容，好像在朝所有的人笑，于是便又显得比其他的佛更和善、更可亲。

“王奶奶”穿的是家做的大襟衣裳，头上戴的是老年妇女常戴的那种丝绒帽，绒帽后面露出了一个纂儿。其实，真的有个王奶奶，据说“王奶奶”就是我们村王家祖上的一位奶奶，至于王家哪一代祖上的奶奶，如今没人说得清。反正那个奶奶积德行善，在这座庙里摆了香火，人们管那叫“顶香”，就是说顶代仙人、顶代佛，不光受人朝拜，也要有求必应，替人祈福，替人消灾。譬如，谁家有了病人，来找王奶奶，诉说了病情，王奶奶便出主意，告诉那家人应该怎么做那病才能好；有时也捏一撮儿香灰，用黄纸包了，让他们带回去，再用早晨的露水冲了喝。也真是怪，听了王奶奶的话，按她说的做，那病往往就好了。再比如，有那夫妻俩吵架，按现在的话说几乎闹得要离婚，或者哪家的媳妇受了气、挨了打，也来找王奶奶，而王奶奶便把吵架的双方或者打人的、给人气受的唤了来，问个清楚以后，好好数落一顿，甚至骂一顿。于是，吵架的不再吵，欺负人的也不再欺负人，家庭和睦，万事顺心，人们因此都信服王奶奶，都崇拜王奶奶。王奶奶有时也“出诊”，充当“老娘婆子”，去给人家接生。又很怪，她接的生，活的多、死的少。

真王奶奶去世以后，人们为了纪念她，便为她塑了一尊像，便安放在这主殿里。她顶香火的时候是坐在八仙桌子旁边的，现在则让她坐在八仙桌子上边；她原来穿的什么戴的什么，现在仍然让她穿什么戴什么。从那以后，这尊像便成了真王奶奶的化身，八仙桌子上永远摆着仙桃圣果，也永远断不了人们供奉给她的香。这庙里还有个看庙的老道，姓杨，平日人们就叫他杨老道；每逢初一十五，这老道便忙得不可开交，他一面要收香钱，一面要按时敲罄，还要轰赶那些淘气的孩子。

我们再退回来，再进山门，再说另一个殿里的另一个人。

大山门平时并不开启，因为还有东西两个侧门，人们平时只走侧门。从西侧门进去，再稍往西一拐，便进了一个窄窄的夹道，然后，又进了一处院子，那院子不大，与住户人家的院子差不多。但院内有一间坐北朝南的小殿；与其说是小殿，不如说是间小屋，那小屋黑咕隆咚，光线不好，然而，殿里却站立着一个“人”，那“人”的身边还有一头毛驴。那“人”叫王善人，的的确确又是我们村里有名的一位大善人，因此那殿虽小，就叫王善人殿。

有人说王善人是王奶奶的儿子，有的说是王奶奶的孙子。不管是孙子还是儿子，反正都姓王，也都积德行善。王善人行善的方法又与王奶奶不同，他主要是施舍，救济穷人，比如有哪家揭不开锅、穿不上衣，他便用骑毛驴到处化缘得来的钱，买了粮食和衣服，给那家送了去。那送，并非公开的送、当面的送，而是黑夜里把粮食或衣服放在那家的家门口，然后敲门，待人出来，拿了粮食或衣服，他早已不见了踪影。再比如，到了年节，有谁家连饺子都吃不上，他便包了饺子，然后不知怎么就站在那家的墙头上或房顶上了，接着，他把盛饺子的布兜用根绳系下去，再“嗨嗨”叫两声，然后便消失在黑暗里。时间长了，次数多了，人们都知道是王善人送的，也就不再刨根问底。还有那乞丐，王善人也常常把他们领回自己的住处；他的住处就是一间小土窝窝儿，但他让乞丐吃饱，甚至挽留他们；如果他们非要走，王善人便送上十吊八吊钱。

当老人们向我说起王善人的时候，我忽然想到了武训；王善人很像武训，“应该重视对电影‘武训传’的批判”！

但我们村里人就是要纪念这位王善人，便在南庙另开了这个西跨院，另盖了一间殿，把他的金身安放在这里，连同那头毛驴。

殿里的“王善人”是个小矮个儿，也灰头土脸，穿着一件灰色的旧袍，戴着一顶破毡帽，手里搭着一根绳子，绳子连着毛驴，毛驴的个头儿更小。

在我们村西面还有一个纪念王善人的地方，那地方就在那道土山的北侧，毗邻高水湖。山上有一棵大槐树，那树便叫王善人树。树下有一块碑，碑上只刻了四个字：王善人墓。

所有这一切，老人们只说事迹，只说庙的规模，而王奶奶和王善人究竟是不是我们村王家的祖上，或者说现在的王家究竟是不是王奶奶或王善人的后代，老人们没一个说得清。抑或能说清的，早已不在人世。

总之，就是这样一座庙，这庙就叫王奶奶庙，跨院里的殿就叫王善人殿，村西那一段土山就叫王善人山。我的父亲，就是在这座庙里上的学，上了小学。

父亲说，那时的这个学校里不光有村里的学生，也有城里的学生。城里来的学生全住校，老师也住校，因为老师也是从城里来的。然而，有的老师年龄和村里的学生年龄差不多，甚至同龄，那是因为村里的学生年龄太大，比如父亲，十岁才上小学一年级。还有比我父亲更大的，十五岁才开始上学！父亲不断发出感叹，追忆那段时光。

父亲又说，到了“文革”，这座庙可遭了殃，毁了，全毁了，首先毁的是那些佛像，呼啦啦、扑腾腾全部拉倒，一个也不剩！接着是那山门，彻底拆除，用木栅栏代替。而庙前的那座旗杆早就没了，解放初期就没了，被那时的村干部拦腰砍断，再锯成一根根的檩条，盖成了队部，或者叫办公室。

是的，父亲说得不错。从我小时候起，看到的就只剩下了那旗杆的底座，还有庙前的两棵大槐树，我看到的也只是一棵。即便那一棵，也裂出了能藏进一个人的洞，那洞里又时常有马蜂，不小心便会被马蜂蜇。

可惜呀，可惜，这座庙，这个南庙……父亲连连摇头。

再往后，便不用父亲说，也不用其他老人说，因为全是我亲眼看到、亲身经历的了。

我也是在这座庙里上的学，且上到了高小毕业。可是我去别处上高中的时候，这所小学迁了址，迁到村子的最南面去了，这里只剩下了一座庙。因为村子在不断扩大，人口在不断增多，那座庙再不能容下那么多学生。于是，南庙还叫南庙，却孤零零待在原地，没有人再叫它小学，那只是一座庙了。

王奶奶殿的后面，有个夹道，那夹道是原来学校的厕所，厕所的西墙边有一棵榆树，树上挂着一个风铃，每到傍晚，每当我从庙的旁边过，便可听到那风铃发出单调的、呻吟般的响声，令我感到一阵凄凉。

又过了十多年，不光村子，连同村子南边那所新小学，一并拆迁。学校不再盖，因为学生越来越少，因为本地的学生大都投奔了更高级的学校，只剩了不多的农民工子弟，便不值得再盖学校。

村子变成了树林，变成了草坪，变成了起伏的山坡，成了休闲地带。而距村子旧址的不远处，也正兴建着层层楼房，出现了一个居民小区。庙呢？那座南庙呢？居然没有动，没有拆，原因是那庙属于文物，是区级文物。而西庙因为太小，拆了，东庙可能因为比西庙大一点，没有拆。

如今，南庙依旧一动不动伫立在原地，也依然那么孤零零，依然那么残破，那么显得可怜。让人稍感欣慰的是，兴建这一片休闲地带的单位用水泥和白灰把庙墙上破损的砖缝补了补、弥了弥，也在庙的前面墁上了方砖，修了柏油小路，还砌了方池子，池子里种了稻，插了秧，倒也别有一番景致。

当我第二次再来这里，虽然依旧庙门紧闭，但庙的门楣上出现了一块匾额，匾额上写的是“民俗传统活动中心”。庙的后面，稍稍靠西，又出现了一座雕像。雕像塑的是一个壮年农民、一个小孩儿、一头牛，那壮年农民一手扶犁、一手扬鞭，在驱赶那头牛耕地，那小孩儿在前，面朝牛，奋力地拽着一根拴在牛脖上的绳子。很好，这雕塑很有动感，塑得活灵活现。但是，塑得又不太符合实际，比如，在北方，具体到我们这里，耕稻地是不用牛的，也不用犁，而是用四齿挠！如果你说那耕的不是稻地，是旱地，那么那个小孩在前面拉就更不对了。小孩应该站在牛的一侧，牵着那牛，而不是拉，我们这里叫牵墒。再说，大人和小孩的脚下穿的全是草鞋，就更不符合本地区的风俗习惯，看来这雕像的设计肯定出自一位南方人之手。

我站在这个看不到里面的、孤零零的庙前，望着它附近的风景，那一片片树林，那一片片绿地和条条的通幽曲径，突然感到迷茫，似乎失去了方向感，甚至辨不清哪里是原来的村子。那么我的家呢？我家的地址呢？在哪儿？在哪一处地方？那儿有一棵高大的泡桐树，没有动，没有砍，是赵家院里的那棵泡桐树吗？是不是？如果是，那么应该离我家不远了；如果不是，我的家，我原来的家……也只好以那座孤零零的南庙为标志，往南走二百步，便到了我家的家门口。幸亏保留了这座庙。

我又想，假如我有钱，有足够的钱，那么我首先要做的便是把这庙彻底地修缮，让它恢复原来的样子。假如有哪一位大款，也像我一样见过这座庙，或者听说了这座庙，了解了它的规模及其中的许多传说，那么这位大款肯定会拿出千八百万，也要把这庙修缮一新，恢复其原貌，因为这实在是一件功德无量的事。

我更遗憾，遗憾当初我没有拍照，遗憾那时还没有手机，否则我会把那殿堂、那佛像以及那树，等等，统统拍成照片，留给我的后人，让他们知道不但有过这样一座庙，而且这庙曾远近闻名，曾香火鼎盛，曾有真人真事流传下来的许多故事。

我遐想开去。如果有一天，无论是个人还是哪个单位忽然又要开发，开发这片布满着树林和草坪的土地；当挖掘机轰鸣，当铁锹挥舞，他们会突然发现，这厚厚的土层下怎么会有那么多砖，又怎么会有那么多渗水井。

殊不知，那砖是房的地基；殊不知，家家都有渗水井。

当然，我早已老去，白发苍苍，也可能不在人世。但在世的老人们会像我一样，也会向后来的人们说，这座庙呵，原来可不是这样……还会说，这里不光有一座庙，还曾经是个村庄，曾经居住过人。

戏　楼

紧挨着南庙，还有一座戏楼。从庙的主殿院子里的东门出去，经过假山下的一口水井，便来到了戏楼。

这座戏楼一共两层，坐北朝南，前头是占地六七亩的大院，东墙外是一户姓简的人家。大院的正门在南，很宽大，能过马车。

这戏楼有人说是当年与南庙一同修起来的；也有人说是晚清时期村里的一位张三爷出资兴建的。还有的说是唱戏的谭鑫培谭老板；后来又有人说是程砚秋程老板，不但修建了青龙桥镇上的颐和中学，也修建了这座戏楼。总而言之，其说不一，但又谁也没能说得很准确、很清楚。

清楚的是，在这个戏楼曾经上演过许多戏，比如《大劈棺》，比如《马寡妇开店》，比如《三娘教子》《徐母骂曹》，等等。这些戏有的是京剧，有的是评剧，但最多的是评剧。演这些戏的人全不是名角，其扮相和使用的道具也很简单，由此可以证明，那不过是土台子戏，不过是十里八村的农人们在冬闲的时候拼凑起来的土台班子。

即使这样的戏，如父亲这般年纪的老人也没有看到过。后来，他们倒是亲眼看到了，看到了六郎庄的人来到这里，在这个戏台子上演了《五虎棍》。《五虎棍》严格地说不应该算戏，因为那里面主要是打，主要是看武功以及腿脚的那种灵活劲儿。本村的人呢，则表演了另一古老的戏种，那戏种的名字叫皮影戏。

而在这个戏楼的院子里，那时还很年幼的父亲看到了做香，一户姓高的人家在这里做香，开了香厂子。那香一直做到解放以后，又做到了“公私合营”。

父亲说，你知道“土改”吗？你知道经过“土改”村里人有多高兴吗？高兴得不光敲锣打鼓，也重新上演了皮影戏，也仍然在那个戏楼。

那时，皮影戏唱的是《薛丁山征西》和《薛仁贵征东》，还有《薛金莲下山》。父亲告诉我说，你的爷爷，也是唱皮影戏的一员。别看你爷爷不识字，记性却非常好，又十分热爱皮影戏，便在其中唱了“樊梨花”和“薛金莲”。那时唱戏没有女的，全是男人扮女角，你的爷爷便用女人的嗓音，也就是假嗓，细细的、柔柔的，唱出了大小姐和姑娘家特有的味儿，受到了全村人的称赞。

到了一九五三年，那个戏楼更红火了。因为要宣传婚姻法，村里专门成立了村剧团，又在戏楼的台子上演评剧，用南庙罗汉殿里的木板做成了布景。至于别的剧，譬如京剧，他们不会，排不来，更不会唱，同时，父老乡亲也不爱看，因为看不懂、听不懂。那时他们演的评剧有《小女婿》《二兰记》《结婚》，这几出戏轮换着演、反复地演，演的人不烦不腻，看的人更不烦不腻。负责给他们排练的是个瘦瘦的、又白白净净、像个很有学问的人。此人经常去城里看戏，看过许多评剧。

父亲那时不过十三四岁，正上小学三年级。有一天，村剧团的团长，也就是后来的人民公社大队书记来家里找，让父亲在《小女婿》中扮演小女婿……父亲向我说到这儿，忽然哈哈笑起来，说他演小女婿的时候闹了不少笑话。其中之一便是他应该在后台喊：“妈！我撒尿！”可是他太困，睡着了，于是把戏里的杨香草晒在了台上，不知往下该怎么演。也多亏了“田喜哥”，在后面替父亲喊了一声“妈，我撒尿”，声音虽粗，很不像儿童的声音，但救场如救火，终究让“杨香草”能够继续演下去。

父亲说完了“笑话”，又接着说喜事，比如，演田喜哥的就真跟演杨香草的结了婚；演“陈二”的就真跟演陈快腿儿的结了婚；剧团团长，就是后来那个书记，就和演《二兰记》里的一个姑娘结了婚！

父亲说完了，沉思了一会儿，又发出感叹，说难怪，他们都出息了，想不到晚上在剧团里一起度过些时日，他们就出息了。“陈二”“田喜儿”，他们原来什么样儿？别看全是二十岁左右的大小伙子，可不懂得干净，不讲究卫生，脖梗子上、胳膊肘上都有挺厚的皴！后来呢，一个个都把自己打扮得像模像样、利利落落！你说这是什么原因？

父亲自问自答：那是因为呵，剧团里有姑娘，有小媳妇！不好面子也就好面子了，不好美的也就好美了。

父亲又说，别看当时我才十三四岁，其实我也一样。那时候六郎庄也有剧团，也演评剧，我记得他们演的其中一出评剧叫《柳树井》，那戏里演女主角的叫白淑香。这个白淑香呵，当时在我看来长得特别好看！你猜怎？我着迷了，一个人追到六郎庄去看《柳树井》。六郎庄没有戏楼，不过搭了个土台子，其实我不为看戏，就为看那个白淑香，他们演几场我跑去看几场，你说这又是怎么回事呢？

父亲说完后，又自嘲地哈哈笑起来，并且用手指我：就和现在你们这些年轻人一样，追星！我十三四岁就开始追星！如果这个白淑香还健在，恐怕是八十岁的人了。她哪儿知道，当年曾经有个十三四岁的少年，那么崇拜她，喜欢她。

父亲又接着说，那时候咱们村的小学老师，也在这个戏台上唱。他们倒不宣传婚姻法，知道他们唱什么？他们唱的是《歌唱斯大林》，因为那时候斯大林刚去世不久，我至今还记得那歌词儿呢。

父亲大概继承了爷爷的基因，不但记性好，还能唱几句，便随口唱了出来："向斯大林歌唱，美丽的赞歌，我们英明、伟大、敬爱的斯大林。向斯大林歌唱……"

父亲兴之所至，接着又从箱底翻出了一个小本子，继续说，小学老师还唱了一首不知哪国的儿童歌。

我接过父亲手里的小本子，见本子上不但记着《小女婿》的戏词儿，还有歌词儿，但那字写得很不像样，很幼稚，的确属于小学生的字体。于是我问：您现在还能唱吗？

父亲说，怎么不能唱？照着那本我就能唱。

说完，父亲便以他苍老的嗓音，从头至尾开始唱了：

"卡其德罗古老森林，有一股清水泉，又明澄、又清洁、又凉快、又甜美，好一股清水泉。每天有无数行人，来到这古森林，无论是骑马的、乘车的、步行的，都要把这泉水饮。森林中来了一位，汲水的小姑娘，打扮得又整齐、又漂亮、又大方，是一副好模样。打扮得虽然整齐，生长得虽漂亮，弄脏了、清水泉，使别人、不能饮，就不算好姑娘。弄脏了、清水泉，使别人、不能饮，就不算好姑娘。”

唱完了，父亲又问，你知道最早歌颂共产党的歌怎么唱吗？

最早？最早的歌颂？我哪里知道。

父亲说，那是最后，演完了《小女婿》，我们站成两排，又在这台上唱起了歌。我们唱：“你是灯塔，照耀着黎明前的海洋；你是舵手，指挥着前进的方向。年轻的中国共产党，你就是核心，你就是方向，我们永远跟着你走，人类一定解放。我们永远跟着你走，人类一定解放。”

父亲这次没有唱，只是凭记忆说出来。最后，他一挥手，说这就是最早歌颂我们党的歌。这歌我们就是在这个戏楼上排练的，就是在这个台子上第一次唱给大家听的。

到了六一年，父亲二十岁了，成了一个标准的青年。此时上级又号召排演文艺节目，活跃群众的业余文化生活，他们排演的是《白毛女》，还有《逛新城》，也全在这个戏楼的台子上演出了，也受到了上面的肯定、社员的欢迎。毫无疑问，这些节目统统一个主题、一个目的，那便是不要忘记过去的苦，珍惜今日的甜，也就是忆苦思甜。父亲说，这时候他也出息了，过集体生活就是让人出息，你不出息也得出息，因为比得慌，因为每个人都要求上进。于是，父亲开始讲究整洁，讲究干净利落，讲究穿新衣服，尽量把自己打扮得英俊一些、帅一些。就这样，父亲开始吸引女性，第一个被他吸引的是邻村的一个姑娘，两人相恋了好久，但种种原因，特别是“文革”的到来，因为那姑娘出身不好，没有终成眷属；第二个姑娘是本村人，父亲说，便是你的母亲。过了不久，父亲当了村干部。

到了一九六二年冬，城里的剧团下来了，在这个戏台上演了《夺印》，演了《箭杆河边》，演了《千万不要忘记》。不要忘记什么？当然是不要忘记阶级斗争。

“文革”开始以后，又不知在这个戏楼的院子里开过多少批斗会，不知在这个戏台上斗争过多少人。在戏楼的楼上，又不知曾有过多少次的谋划、准备，或者修改、酌定大会的发言稿。

皮影戏，好多年没唱了。此时，我的爷爷已然老去，已然八十多岁，然而想不到“文革”连皮影戏也不放过，那些红卫兵找了皮影戏掌班的。掌班的姓刘，村里人平时都叫他“刚乐爷”，也不知那“刚乐爷”是什么意思，更不知所谓“刚乐”这俩字应该怎么写。但“刚乐爷”是个既幽默又寡言的人，红卫兵找到他，让他把皮影戏的那些戏人子拿出来全烧了，说那是“四旧”，是“封资修”。红卫兵又说，如果不烧，就由他们来烧，那时就没好果子吃了，要把不让烧的、也就是坚持反动立场的人，拉到那个戏台上批一批、斗一斗。

老刚乐爷实在没办法，只好将我的爷爷叫了去，也叫了其他的老哥们儿，比如唱“薛丁山”和“薛仁贵”的王奎，比如唱“皇上”的安老四，还有唱“杨丑鬼”的冯三，全去了。刚乐爷颤巍巍地搬出一个箱子，从里面拿出戏人，那都是上好的牛皮镂刻成的戏人，又从祖辈开始唱，不知唱了多少年，他们怎么会不心疼呢？但是，老刚乐爷随即划着了一根火柴，就那样烧了，全烧了。不烧不成呵，不烧连人都要遭殃。于是，所有人都哭，个个老泪纵横。

皮影戏在我们村消失了，但戏楼还在。如今这座戏楼和那座南庙是相同的命运，被孤零零保留下来，伫立在原地，与庙紧挨，一动不动。戏楼前面也同样有花花草草，同样有水泥弄成的方池子，池里同样种了稻。不同的是，戏楼上方的匾额上写的是“普兴万缘净道圣会”。

此时人们只知道在戏楼前面逗留，观望那戏楼，以及在附近游玩、休息、散步，却不曾想这个戏楼有那样一段历史，更想不到它曾经起了那么大的宣传作用、娱乐作用，同时，也锻炼和出息了那样一批农村青年，他们之中有的走上了令人瞩目的人生旅程。

净道会

当年，每到了农历的四月初一至四月十八，在这半个多月的时间里，你看吧，有从东面的北京城里来的，甚至从天津来的，也有从南面如涿州、良乡甚至保定来的，都是些善男信女，其中有富人，也有穷人，更多的是普通平民，但也有叫花子，那些叫花子手拿打狗棍，成帮搭伙，同样混杂在迤逦的人流中。

他们要去哪儿？去干吗？他们要去的地方是妙峰山，到妙峰山朝拜、进香。因为妙峰山的庙里有碧霞元君，还有五位娘娘，包括送子娘娘、福寿娘娘、祛病娘娘，等等，这些娘娘统称为泰山娘娘，也叫圣母娘娘。据说“信者有，不信者无”，又据说“妙峰山的娘娘照远不照近”，即你越是远道而来，你就越有求必应，对你也就越灵验。

去妙峰山首先要到达京西的西山。而那时无论你从哪个方向来都没有直接到达西山的路，最后都只能汇集到海淀西面的八沟村，再从八沟村往西，经过蓝靛厂、老营房，然后再经过我们这个村子。我们村比较大，可谓是个中心村，管辖着附近四五个村庄。我们村又有个净道会，这个净道会便是专门为了给去妙峰山进香的人净道、开路。当然，也为了收钱粮。

其他地方有没有净道会不得而知，反正从八沟村往西，一直到妙峰山的山脚下，每隔八里地便有一个茶棚，棚里摆放了茶桌、凳子和茶水，让那些走累了、走乏了、风尘仆仆的人们在此落一落脚，喝口水，歇一歇。至于那茶棚是由谁设的，是官府设的还是民间设的，是净道会设的，还是乡亲们集资设的，即便年纪再长的人也说不准。

但有一个不争的事实，即前些年我们这里的确还有一个小村，就叫茶棚村。只不过这个茶棚村后来和我们村一起拆迁了，但是至今还保存着一条路，那条路依然用了“茶棚”俩字，就叫茶棚路。

我们村的净道会设在东庙。它共有十四五个人，包括会头，包括在前面开路的先锋，其余的全挑圆笼。

所谓圆笼，是两个圆圆的、高高的盒子，那盒子又分上下两屉，上屉装的是茶叶，每到一处茶棚便撂下点儿茶叶；所谓茶叶，其实是从山上割来的荆条枝制成的茶叶，应该叫山茶叶，山茶叶虽然有苦味儿，但败火祛热。盒子的下屉，装的是点心；说是点心，其实是庄户人家平常吃的窝窝头，只不过那窝窝头比较小，和小孩儿的拳头差不多，也在窝头尖上点一个红点儿，表示红火、吉祥。圆笼的四周围了黄色的丝线，丝线上又拴了铃铛。圆笼的顶端还插了小旗，那小旗也是黄色的，上面写“北坞村净道圣会”。

挑圆笼的人，一概扎了黄色的绸巾，身上是黑色的短衣短裤，上衣的纽袢儿必是蒜母疙瘩形的纽袢儿。他们把圆笼挑子挑起来，从东庙出发，一面走一面故意地颤，走出节奏，使得那小旗不停地招展，那铃铛也哗棱棱响得很清脆。他们是奔往妙峰山的人流中一道特殊的风景，颇为引人注目。

然而，当他们赶上了人流中穿得比较阔气、比较讲究的人，或者从这样的人身旁经过，他们便用一种尖细又嘹亮的嗓音高喊一声：“钱粮!”意思是向那些富人打钱了。而你必须给，而又多少不拘，他们只用那钱维持净道会的生存和来年的开销。也足可见，无论是谁，那茶水也不是白喝的。

圆笼里的窝头当然不给富人，只给穷人，但也不给叫花子。因为叫花子实际并不穷，而且经常在路途上寻衅滋事。

净道会的会头姓姜，本以在高水湖、养水湖打鱼为生。但一过了清明节，他便开始准备，把净道会的同人们聚到东庙，检查圆笼，看圆笼上的铆钉松没松、还结实不结实，把圆笼的里里外外擦洗干净，再看扁担、旗子以及每个人要穿的行头是否都保存完好。然后，他们就开始上山，去采集荆条枝叶，制成山茶。与此同时，他们号召村里的“志愿者”，开始准备蒸那掺了小米面的窝头。

净道会的会头世袭罔替，而净道会的先锋必须是年轻人。隔几年换一个，还是年轻人，那二十多岁的年轻人骑着一匹白马，其实那马也不过是村里平时耕地、拉车的马，但必须是白色的，也必须在阴历四月以前停止让它干活儿，要把它养得膘肥体壮。那年轻人穿了一身盔甲，所谓盔甲其实也和后面挑圆笼的人一样，短衣短裤短打扮，也一排蒜母疙瘩纽扣。不同的是，充当先锋的年轻人所穿的这身衣服必须是白色的，而不能是黑色的，脚下穿的鞋也不同，挑担人穿的是薄底快靴，先锋必须穿厚底靴，显得高挑，显得风度翩翩。头上戴的更不同，挑担人扎头巾，他戴了帽子，那帽子是皮影戏里薛丁山、薛仁贵戴的帽子，上面粘了红红的绒球，额前竖起三角形的“荷叶”，左右还探出两根颤巍巍的翎子，很像雉鸡翎！如此这般，更加威风凛凛、帅气十足，是个先锋，更像一员小将，或者像一位年轻的将军。

这位“将军”每到了人多的地方或有钱人的地方，便用皮影戏里的小生那样的嗓音悠悠地唱道：“本帅我嗨，在马上，降妖除怪哎……”后面的挑担人也随之喊：“钱粮！”那钱粮的“粮”字，不是“粮”音，而是“亮”音。

妙峰山在门头沟地界，不要说从更远的地方，即便从北京城里也要走五十多千米路。这一路上不但有叫花子，也有混混儿，那些混混儿常常和叫花子混在一起，无事生非，向人们讨要、索取，如果有哪个不服或不给面子，他们便张口骂人，甚至动手。我们村的净道会个个都是精壮好汉，平时也练得些拳脚，再说，那扁担干什么用？难道只为挑圆笼？于是路见不平，“拔刀相助”，往往将那些混混儿和叫花子赶得无影无踪，要么打个落花流水。全是去走会，我们村的净道会确实也起到了净道、开路的作用。

据说，有一年，乾隆皇帝慕得妙峰山的盛名，也要去妙峰山朝拜、进香。同时，乾隆爷还有一个目的，便是想去看一看穆桂英。数百年前的穆桂英没有死，也不会死，而是得道成仙了，便隐在这妙峰山上，永不见人，为的是继续修行。

乾隆爷出了西直门，也要经过八沟村，再经过长河桥，同样到了我们这个村子。至于皇上在村西面的茶棚歇没歇脚、喝没喝茶，许多人说不准。但是，当皇上看到了我们村的净道会，便给予了赞赏；又看到了净道会中的那个先锋，也就是看到了那一年充当先锋的我们村的一位年轻人，于是，皇上非常喜欢他，要他随皇上的圣驾一同走。

这样，净道会只好跟皇上跟到妙峰山的山脚，然后原路返回，只剩下那个先锋陪同皇上上了山。那年轻人姓李，小名叫李六儿。

乾隆皇帝先进配殿休息，接待皇上的是个老尼。皇上问老尼，一向可好？老尼双手合十，恭敬回答，托皇上的福，身子还算硬朗。

接着，老尼便命人端上茶来。端茶的很像个村姑，穿着红汗禢、绿裤子，脚下是一双绣花鞋，头上插着一朵丁香花，还梳着刘海儿，却不卑不亢，坦然自若。

乾隆爷在主殿烧了香，也拜了佛，然后重新回到配殿，再次与那老尼说话。

皇上说："朕很早就闻知这庙里住着穆桂英，何不出来让朕见上一面？"

老尼说："皇上，您已经见过了。"

皇上大惊："哪里见过？何时见过？"

老尼双手打拱："方才给皇上献茶的便是。"

"什么？那个村姑？一个普通的农家姑娘？"

"便是，便是。"

皇上转惊为喜："那好，不妨再让她出来，让朕好好瞧上一瞧！"

老尼深深打拱："请皇上见谅，天机不可泄露。您只能见那一回。"

皇上眼尖，发现那村姑献完茶、转身回去的时候，看了站在一旁的李六儿一眼，便有些发怒地问："给朕献茶，只低头不语，连看也不看朕，可为什么偏偏看了那后生一眼？"

老尼嘴角挂了些笑意："皇上，因为这后生很像杨宗保。"

"哎呀呀……难怪，难怪。"皇上无可奈何，只好开怀大笑，"想不到这英俊小生朕喜欢，那修行之人也喜欢！况且他是杨宗保，哈哈哈……"

结果，皇上终究没有见到“穆桂英”。因为这故事是李六儿自己说的，而我又是听老人们说的，所以那村姑究竟是不是穆桂英，直到现在也没人清楚。但后来李六儿又说，皇上还专门派人找过他，但是他害怕，远远地躲了，躲到他亲戚家去了。

还有人说了另一件事，那件事的年代应该不太远，应该是真实的。

说慈禧太后也想去妙峰山，主要想看看妙峰山走会的那种热闹劲儿！但李莲英和大臣们极力劝阻，说不行，老佛爷，我们担心您的安全。怎么办呢？大臣们出了一个主意，因为我们村和六郎庄村离颐和园最近，所以就命令我们村的净道会和六郎庄的“五虎棍”一块儿去颐和园，在眺远斋大殿演练一场，让老佛爷不出颐和园，就能观赏到走会的热闹劲儿。

净道会以“文”为主，演练的是挑圆笼的姿势、步伐和喊“钱粮”时那种特有的腔调；“五虎棍”以“武”为主，演练的是保护赵匡胤顺利通过董家桥，那棍上下翻飞、乒乓作响；我们双方又都带了锣鼓家伙，也勾了脸儿、化了妆，结果老佛爷看得非常开心、非常满意，便给了赏钱。

可惜的是，我们村的净道会没有了。据我所知，如今任何一个地方也不再有净道会。

但还有人去妙峰山，去朝顶、膜拜。六郎庄的“五虎棍”也还保留着，并且他们在发展着、延续着。

净道会变成了“普兴万缘净道圣会”，多了许多字，也成了一块牌匾，就那样空空地悬挂在那个戏楼的门楣上。怎么从东庙改到了戏楼？因为东庙已拆，戏楼又不知派何用场，只好在里面放了些幡旗、灯笼及锣鼓镲之类，让人们觉得这里纪念着净道圣会。同时，这里也是文体活动中心，并且贴有一张告示，说正准备演出周末场。

总而言之，还不错，还不错。

休闲好去处

玉泉山的东墙外，有南闸、北闸、响闸、五孔闸。先说南闸，从南闸流出来的水是温的，也常常掺了漂白粉，于是那水有种怪味儿；有时从里面漂出了鱼，那鱼是死鱼，大约是被漂白粉呛死的。我们这些小孩子以及在这里洗衣服的妇女，便下到那水里去抓死鱼，水也不深，只没过膝盖。我们抓到鱼便拿回家炖了吃，过后，未见谁中过毒，得过什么病。

从南闸流出的水一直向东，汇入了从北闸流出的、经过“牌坊”流过来的水，再一直向南，便流经了我们村东北方向的一个闸，那闸叫三孔闸。然后再向南，便形成了一条河沟，那河沟就叫金河沟。

再说北闸。从北闸流出的水冰凉刺骨，出来以后便是一条河，河水也深，可没过人的腰。那水沿着墙外向东，经过响闸，在五孔闸的地方穿过桥洞，便向南拐了弯，便到达牌坊了。牌坊是个地方，不光有牌坊，还另有一处水闸，那闸又分两座，一座朝东，一座朝南，朝东的是主流，朝南的是支流。朝南的支流是为了解决主流的水太大、太猛，才向南分流出去。从南闸流出的水便是与这股支流相汇合，形成了金河沟。朝东的主流呢，一直向东，经过“一块板儿”，一块板儿也是个地方，不光指那么一块三尺宽、四丈长的窄木桥。一块板儿这地方有不少传说，也留给我们这些小孩子许多记忆。流经一块板儿的水笔直笔直，鸣泱泱进入了颐和园。从颐和园南门流出的一条河我们叫它长河，从牌坊到颐和园这段河，我们也叫长河，这段河北面的村庄呢，我们便叫它“河北”，那里的人呢，我们便叫“河北人”。

记忆，实在是人的一种难以琢磨的思想活动，特别是关于童年的记忆，无论过了多少年，也绝不会忘掉。

记得我小时候，每到夏季，几乎天天都要和村里的伙伴去河里洗澡。如果你洗澡的资历不够长或胆子比较小，那么出了村，走过那道土山，再往东大约半里地，便到了金河沟。金河沟只是个三米宽的河沟，又不深，你在那里扑腾扑腾，洗一洗，图个凉快，也就满足。如果你的胆子比较大，觉得不过瘾，那么你可以从村子的东北口出来，或沿金河沟往上，就到了三孔闸。三孔闸是个大方石垒成的闸，有三道桥孔，桥孔前是一片较宽阔的水域，水下有苲草，有淤泥，但你可以在这儿尽情地玩耍，还可以从桥墩上跳下去，施展你在水里的本事。

三孔闸那地方不光可以洗澡，还可以捕鱼。我们经常看见村里姓姜的爷儿俩在这里捕鱼，他们先揲好坝，再用个水斗子，一人抻一头，呼啦啦往坝外淘水，待那水淘得差不多，便开始逮鱼。那鱼最大的足有二尺长、七八斤重，他们一条一条地装进了鸡笼子里，然后到青龙桥镇上去卖。还有一个姓简的中年人，什么也不干，专门在这里捕鱼。他捕鱼的方式是下网，只等那鱼往网眼里钻、被网线卡住。而他自己则坐在桥墩的马扎上，悠然自得地抽烟。他抽的是烟卷儿，是两毛四一盒的绿叶牌儿的烟卷儿。

如果你觉得还不过瘾或者你的水性足够好，那么你应该去牌坊了。去牌坊有两条路可走，一条从三孔闸往北沿着稻田边的土道，一条沿河边往北溯流而上。牌坊那里不光有小孩子，还有青年人和中年人，他们不能再叫洗澡，应该是纯粹的游泳了。因为牌坊的水主要是从北闸流出来的水，所以既清凉、清澈又比较深，一般人不会去。水至清则无鱼，牌坊这里也没有鱼，因此没人在这里捕鱼或钓鱼，于是你可以尽情发挥你的水性，展示你会游泳的特长，但你又不能游得太久，否则你从水里上来的时候，嘴唇会发紫，浑身会打哆嗦。

当我长到十四五岁上了中学，以至上了高中，我和我的伙伴们便不屑于再到金河沟，不屑于再到三孔闸甚至牌坊。那时我们绝大多数人还不趁自行车，每天去青龙桥镇上的中学上学还只能步行，也只好抄近，当我们经过必经的一块板儿，一块板儿便是我们最好的游泳地方了。

一块板儿的水是从“牌坊”流过来的，水流虽然慢了许多，但水也深了许多，最深的地方约有一丈，浅的地方也没过了人的头，你必须具备足够的胆量和足够的水性。我们放下书包、脱掉衣服，踏上那微微颤动的、一米宽四丈长的一块板儿，然后两臂平伸，再踮起一个步，如跳水运动员一般腾空跃起，就那样每天来它一个入水式！

一块板儿这地方的传说都很吓人，比如到了夜晚，常常可以听到从河面上传来女人的哭泣声，因为“河北”的人家如果有哪个女人挨打受气，实在受不了，便从一块板儿跳下去寻死；比如某个做小买卖的，不小心秤砣掉河里了，那秤砣却飘悠，不沉底；比如有人在那块板子上走，忽然走不动，后面好像有人在揪！但一回头，却只看到了半个人，那人光有上身、没有下身，而上身又看不清脸。

但也有不吓人的。比如有人说一块板儿这地方拍过电影。最早在这里拍的电影叫《祝福》，由大明星白杨饰演的祥林嫂在河岸旁的桥墩下洗衣服，忽然，贺老六的人来了，把祥林嫂劫走，祥林嫂哭喊着、挣扎着……后来在这里拍的电影叫《早春二月》，由大明星孙道临饰演其中的男主人公，那男主人公叫萧涧秋，这个萧涧秋要走过这一块板儿的小桥去对岸的一户人家，那户人家有个可怜的寡妇……你猜这“寡妇”是谁？是上官云珠！

我们认为这不吓人的传说是真实的，肯定有那么回事。因此，我们这些学生所看到的是经过整理、修饰过的桥墩；看到的是经过整理、修饰过的独木小桥。有的人还说，那桥原来做了栏杆，但拍电影的做得太表面、太临时，便很快坏掉了，也就没有了，依然只剩了这一块长长的板子。

河对岸往西不远，也的确住有几户人家，那就是萧涧秋要去的地方吧。那地方叫“留观堂”，就是留住观看的意思。站在这里，往西可以观到河面上映出的玉峰塔的倒影，往东可以观到万寿山上佛香阁顶的金碧辉煌。但后来，也只剩了几户人家，而且这几户人家很穷；至于我们所看到的，只是两家，一家姓张，一家姓王，同样很穷。

但你绝不可以在这两户人家的房后那一段河里洗澡或是游泳，因为隔不远有个水漏子，如果不小心被卷进水漏子，你便活不见人死不见尸，不知把你“漏”到哪里去了。

没有人去南闸洗澡，因为水太浅，也因为那里常有女人洗衣服。

更没有人去北闸洗澡，因为北闸的水太凉；不，主要是因为那里有士兵站岗，连靠近也不许。

响闸，很小，孔洞才一米宽、半米高。那水不是从闸里流出来，而是溢出来，因此，那声音是垂直向下般的“哗啦哗啦”。响闸位于北闸和五孔闸之间，又挨近北闸，而北闸是个拐弯处，那里有一段墙，因此响闸发出来的声音带有撞向墙壁的回音。特别到了夜晚，那声音不再是“哗啦哗啦”，而是“沙——沙——”，好像从空中传来，好像从四周包围了你，让你听得毛骨悚然。响闸小，而声音大，所以叫响闸。

过了响闸，便是五孔闸了。五孔闸虽然有五个孔，但流出的水并不多，而且流出大约几十米便融入北闸的水里。五孔闸，除去河北面的人家常在这里洗衣服，其他的可以忽略不计。

如今，南闸、北闸、响闸、五孔闸，全不见了，早就不见了。其原因不光是水少，也因为玉泉山的高墙不断向外扩大。

金河沟还有，但也只是条干沟，夏天积了些雨水，招了些蚊虫。

三孔闸也没了，早就没了，几乎再也找不到它原来的位置。它原来在哪一处地方呢？

牌坊还有，但牌坊不再是个地方，因为那里只剩了两座石牌坊。两座石牌坊东西走向，相对而立，其中一个少了一个边柱。趴在牌坊顶端的小石兽也没了，不知是被人当作文物偷走，还是被当年的红卫兵毁掉了。至于那牌坊的边柱，绝对是盖房时最好的过梁。

幸好，牌坊上的楹联刻字还在，据说那是乾隆爷的御笔。东面牌坊刻的是：

云霞舒卷

层楼延阁镜光里，绿柳红桃烟霭中。

湖山罨画

风月清华嬴四季，水天朗澈绕三洲。

西面牌坊刻的是：

兰渚蘋香

何处仙家觅蓬阆，此间逸兴寄潇湘。

烟柳春佳

天光水态披襟袖，岸芷汀兰入画图。

牌坊的北面，靠河岸的地方，不知什么时候出现了一个小亭，亭子里有一块石碑，碑上刻着据说是一位区干部抑或是一位镇党委书记的题字，那字是“依法治水，依法管理水源……造福人民”之类。题字很好，立碑也可以，但干吗非要盖个亭子把碑罩起来？这显得过于隆重和肃穆了，也不禁令人想到那题字人肯定是个名人，甚至是个逝去了的名人；要不然是个书法家，可那字又不怎么样。

如今，一块板儿那地方正在大兴土木，正建起楼台殿阁。一块板儿也变成了个正式的桥，一座汽车可以通过的钢筋水泥桥，再也没人把这里称作“一块板儿”了。除了老年人，也没人知道这里曾经有过一块三尺宽四丈长的板子。

好，总之是好。看，从金河沟的南端，也就是从颐和园的西门外，沿颐和园墙边往北，到“一块板儿”（不妨再称呼一次“一块板儿”），再往西到牌坊，然后再往南到我们现在居住的小区附近，当然，其中也涵盖了三孔闸……就在这样一个大约二十平方千米的环形地带，其实都在大兴土木，都在兴建着各种休闲设施，都在种植着花花草草，推土机、挖掘机都在轰鸣，由外地人组成的施工队伍都在整日地忙碌。并且，有的地方已初见规模，比如那嶙峋怪石，比如那游廊画栋和起伏的山坡，以及那缠绕的溪水和木板铺成的小桥，还有健身器和球场，还有供你随时可以坐下来休息的木椅石凳。这一切的一切，难道你还不满足吗？难道不让你感到十分愉悦吗？

当然，也有个别年长的人说，这片地，要是种庄稼，得打多少粮食呵，得管多大用呵！

我的一个朋友甚至随口吟出了一首所谓的诗："树比以前多了，种的草比以前多了，花开得比以前多了；连石头也是种的，山坡也是种的，鸟儿的叫声很清脆，却在笼子里。"

他们未免有些落寞，未免有些心理失衡。我却非常乐观，总而言之这是一件好事，大好事，这就是所谓的沧海桑田嘛。

来吧，从四面八方来，来到玉泉山下，来到昆明湖西，这一片新改造成的郊野公园，绝对是你们休闲健身的好去处！

小区风景

傍晚

我们这个小区是个很大的小区，分成北里、中里、南里、西里，合并了七个村子，另外还有在这里买了房的和租了房住的，因此，人口非常多。

如果你家里有病人，比如有高血压、脑血栓后遗症或者心脏不好的病人，那么你最好不要让他或她出门，最好就待在楼上。因为小区里的路本来就不宽，路两旁的人行道又全停满了车，特别在上班和下班的时候，各种轿车川流不息、笛声不断，于是骑自行车的人不得不下了车，步行的人也不得不远远地靠边站，即便你是个健康的、腿脚利落的人，此时也需长些闪展腾挪的本事。如果是老人，比如七八十岁的老人，最好也要有人跟或有人扶，否则很可能出现交通事故。

我们小区一共有三个门，东门、北门、西门。小区南面没有门，南面是商业区，另外还有一所小学。

每到了傍晚，你看吧，无论是北门、东门还是西门，门口的路边不但停了许多车，也聚集了好多人，他们有的带了马扎，有的带了小板凳，但更多的就那么坐在马路牙子上，在昏黄的路灯下打扑克，下象棋。有围观的，在不停地支嘴儿，甚至彼此抬杠；也有遛弯儿、散步的回来，到此驻足，也围观，也凑热闹。十点钟左右，人们散去，你再看，此处一片狼藉，一地的烟头儿！

其实，他们每个人家里都有宽敞的卧室和亮堂堂的客厅，装修得也很漂亮甚至很时髦。然而他们就是不在自己家里，同时谁也不到谁家去，以至于谁也不知谁住在南里、北里还是西里、中里，更不知谁住的是哪楼、哪门、哪层、哪号。他们就那么心甘情愿、心安理得地坐在路灯下，坐在马路牙子上……

我的一位邻居，不是现在的邻居，是住楼房以前村子里的邻居，他也在打扑克、下象棋的人群中。

他分了不少房子，一部分出租，一部分自己住。自从有了楼房，他便从单位辞了职，从此什么也不再干，白天遛弯儿、散步，有时手里攥了根人工嫁接成的胡椒木棒，有时手里揉着核桃。他四十几岁年纪便注重活动筋骨和血脉了，到了傍晚，他便出现在小区门口，加入了打扑克、下象棋的队伍。

回想几年以前，我的这位邻居可是我们村有名的穷户。然而，我们经常到他家里去，他家人多，有父母，有两个弟弟两个妹妹，他们虽然都结了婚，但也常回来看父母，他排行老大，和父母一起过，因此，他家显得十分热闹。我们进了他家便上炕，他家有个大顺山炕，可以睡十多口人，我们就那样在炕上打扑克或下象棋，可以脱鞋、也可以不脱鞋，你可以想走就走，想来就来；如果你没吃饭，也可以在他家吃，反正一大锅馒头或者白薯，也不怕你吃！如果你有什么新鲜玩意儿，比如好吃的，也可以拿了来，让大家一同分享。

有一天，我在小区里迎面碰到了他，于是他点头，我也点头。我告诉他："没事儿到我那儿坐会儿。"他说："一定一定。"我知道他说的是搪塞话，一定？一定什么？你知道我住在哪儿吗？知道我住几楼几号吗？我又毫不客气地问他："你住南里还是北里？多少号楼？几层几室？"

还行，他告诉了我。于是我也告诉了他我的具体住址。

我不知道他是否还保存着我的手机号码，反正他的手机号码还一直在我的手机上。出于好奇，想看看他家房子的装修有什么特点，同时，毕竟好几年没在一起聊天儿了，也想叙叙旧。于是，过了两天，我真的打了他的手机。他问哪位，我说，没听出来？是我，想到你那儿坐一会儿。

他“啊”了一声，似乎很惊讶、很意外，然后说“欢迎欢迎”。

无论哪个“里”，楼房的样式都相同，也都有重叠的楼门号，便真不好找，找了半天我才找到他家。

我摁响门铃，立刻听到了汪汪的小狗叫。他开了门，我第一眼看到的是眼前的一双拖鞋；第二眼看到的是沙发前的地毯卷起来了，卷出一道宽宽的缝。接着，那穿了红兜肚的小狗依然汪汪地叫，他媳妇把小狗抱在怀里，那狗还是不停地朝我叫。

我换了拖鞋，坐进了沙发，但突觉不是滋味儿。脚下是光光的地板，而地毯与我大约有一米半的距离，难道我脚脏，还是鞋脏，抑或我邋遢，穿得不整洁、不干净？

他媳妇让他抱小狗，他不抱。他媳妇只好把小狗放进了里屋，关上了门，然后用一次性纸杯为我沏了一杯茶，一次性的……

我的家里虽然没铺地毯，总的说，装修得也不错。然而我和妻从来没有让客人进门换拖鞋的讲究，也不会给客人用一次性纸杯。于是，我没有多说话，更没有聊天儿，只寒暄了几句，便起身告辞。

她媳妇说：“那您有空来吧。”

他送我到电梯口：“那你慢点儿吧。”

不光不是滋味儿，还有些郁闷。

第二天，小区门口照样一片狼藉，照样一地的烟头儿。

阳台

妻把那白色的、方形或长方形的塑料泡沫盒子留下了，没有当垃圾扔掉。后来，妻又不知从哪儿找来几个泡沫盒子，春风送暖，妻便把积攒下来的一共七八个盒子统统码放在阳台上，又从远地方兜来了土，把土均匀地铺进盒子里。我们家用打浆机自制豆浆，妻便把剩下来的豆渣当作肥料，再掺些捣碎了的松枝，一同施进盒子的土里。妻真是个喜爱栽种的人，她又不知从哪儿找来了小苗儿，妻说有茄子，有西红柿，有黄瓜，有扁豆和辣椒，分门别类地栽进了盒子，然后浇上了水。

那塑料泡沫盒子也只有十二三公分高，铺进的土也不过十公分左右厚，能长什么？长草还差不多！

但我没有料到，那小苗居然一天比一天大、一天比一天高，快些的，已长出了枝杈，长出了叶子，并且有的已开始结果儿。又过了十多天，全部结果儿了！红的、绿的、黄的、粉黄的、紫的，五颜六色，煞是好看。特别那黄瓜，妻用细细的树枝当作竹竿儿，插了架，瓜蔓便顺竿爬，到顶的黄瓜湛青碧绿，且顶花带刺儿，成了一景。

我有一个鱼缸，缸里养了几条金鱼。我把鱼缸移了位置，移到了靠近阳台的地方，与那些姹紫嫣红的菜果凑在一起，便构成了一处整体的景观。于是我下班以后或闲暇之余，便站在阳台的玻璃前，一会儿看看金鱼，一会儿看看那些菜果，心情得到了愉悦，眼睛得到了休息。

我们是个大小区，却也是个新小区，入住的时间不长。因此，楼前的树木长得还不够高，遮不住视线，也因此，对面的楼层透过玻璃，彼此都能看得见。有一天，我正在窗前欣赏自家阳台上的景致，对面五层隔着玻璃，露出了一位老妇人的上半身，那是一张白白的、毫无表情的脸，在一动不动地朝我这里看……她看什么呢？是不是也在看我家阳台上的风景？

第二天以及接下来的几天，老妇人依旧出现在那里，依旧露出上半身，也似乎依旧注注地朝我这里看。我没有见过这位老妇人，不知她年纪究竟有多大，也不知她是哪里人，因为这个小区不光有我们这些搬迁户，也有买房户和租住户。但此时，我忽然想到了一首诗，是卞之琳的诗："你站在桥上看风景，看风景的人在楼上看你；明月装饰了你的窗子，你装饰了别人的梦。"

老妇人，此时我们俩都在看风景，是我装饰了你的梦呢？还是你在装饰我的梦？你究竟是哪里人？为什么来到这里，为什么不下楼，又为什么始终那样痴呆呆地看？

我冥思，我遐想，我揣测……就在这时，对面的四层，又出现了一个人，那是个看上去四十岁左右的妇女，上身穿了短袖衫，下面是到膝盖的紧身裤，头发高高盘起，上衣的下摆在小腹处挽了一个扣，显得很干练，很麻利；她在反复地进进出出，把一根绳子拴在阳台的栏杆上，又把花花绿绿的布条子晒在绳子上，用卡子卡住……忽然，她转过身来，看见了我，发现我正在看她，于是她回去了，同时关上了阳台的门，并且呼啦一下，把窗帘也拉上了。

我颇有些不平，你不看我，怎么知道我在看你？再说，彼此看看又有何妨？

她进去，不再出来，阳台上只剩下那些布条子。那些花花绿绿的布条子在微风的吹拂下飘飘荡荡，在阳光的照耀下不停变换着颜色，尽显出它们的美丽容姿。好吧，不看就不看，应该释怀，应该只看风景。因为对面又多了一道风景。

然而这位大约四十岁的妇女又是哪里人？是租住户还是买房户？

忽然一天，妻从外面拿回来好几个坐垫，那坐垫居然也五彩斑斓。妻把其中一个坐垫给了我，把另一个坐垫拿进女儿的房间，放在女儿书桌前的椅子上。妻又说，再给父亲送去一个坐垫，然后再给她的“闺蜜”送去一个，最后一个坐垫，妻放在茶几上，当作茶具的底垫。

我问，哪儿买来的这些坐垫？

妻笑了笑，向窗外一指；我顺她指的方向望去，那个显得干练的女人又在阳台上晾布条子。

妻说，她不要钱，说什么也不要，但是我们不能白拿人家东西，因为人家就指靠做布垫挣些钱。

哦，原来她是做布垫的，那些好看的布条子就是用来做布垫的。

妻又说，我想给她摘些西红柿、黄瓜，让她尝尝鲜。

我问，人家同意吗？

妻说，她同意，因为她早就喜欢咱家这菜园子。

“菜园子……”我既有些得意，又禁不住发笑。阳台上几个方框框里种了一点点菜，居然叫菜园子！

妻接着介绍那个女人，她是外地的，丈夫开出租车，她在家一面照顾孩子，一面做些布垫以补充家用。

我又问，对面五层那位老年妇女是哪里人？

妻说，那老妇人六十多岁，丈夫去世，儿女均在国外，她得了脑血栓，半身不能动，雇了一个保姆，又嫌城里太乱，就在咱们这个小区买了房。

好了，一切都清楚了。清楚了，也就不用再揣测，不用再遐想，同时，也就没有了梦……我不禁有些怅然。

妻真的摘了几条黄瓜，还有西红柿，送给了做布垫的女人，据说她很高兴。

后来，每当阳台上的果实成熟，妻都要摘一些送给她。这个女人也就从高兴变成了感激。

妻的“菜园子”慢慢出了名，住户们也开始纷纷效仿。但季节已过，他们只好种些葱，种点儿香菜，顶多种几棵晚黄瓜，也叫秋黄瓜，而且他们不像妻那样勤恳、那样有经验，甚至有些偷懒。他们只是简单地或顺便地用小孩屎和狗屎充当肥料，可想而知，那样的东西发酵起来是种什么气味；他们也不懂得应该怎样浇水，不是浇得太多就是浇得太少，浇得太多的时候那水就溢出了盒子，或者从盒子的底部漏出去，便滴滴答答全落到了下一层住户的阳台上了。下一层住户哪里肯依，便提意见甚至抗议，于是惊动了小区务业，务业公司不得不贴出一纸通告：所有住户的阳台一律不准种菜！

可见，无论什么事，只要一多，就出娄子，就出偏差。也并非完全法不责众。

距小区大约一千米远，有承包商包了一块耕地。许多人去了，妻也去了，找那承包商，想在承包商所包的地里再分包一小块地，继续种菜，还可种些玉米。但是，两张双人床连起来那样大的一块地方，一年就要交一千八百元！妻犹豫再三，只好作罢。

阳台上的风景，很值得留恋。相当长一段时间，那红的、绿的、紫的以及那五颜六色的布条，都经常在我的眼前浮现。

跳舞

每天傍晚，在路边打扑克、下象棋的均是男人，而女人们则去了小区北面的一个空场，在那里跳舞。跳舞又分两拨儿，一拨儿是年纪较大的，跳的是广场舞。所谓广场舞，在我们这里也不过晃晃身子、扭扭腰、伸伸胳膊伸伸腿，虽然也列队成行，其实和扭秧歌差不多；另一拨儿是年纪较轻的，跳的是交谊舞。跳交谊舞就不能没有男人了，也只有男女组合，一对一对地跳，才能跳出个样子，也才称其为交谊舞。

在跳交谊舞的男人中，本地的男人极少，我们小区参加的男人就更少。而这些男人又绝大多数是外地人，包括在我们小区租了房的和买了房的住户，甚至还有从其他地方特意赶来的男人。当然，这些男人绝不是搬砖或和沙灰的，也不是擦洗抽油烟机的或者磨剪子磨刀的，他们一般都有自己的事业，比如做买卖或者是个白领在公司上班。

空场上铺了方砖，中心位置一律是光滑的水泥地，一根高高的硬质塑料杆子，挑起了银白色照灯，把整个空场照得如白昼一般。我和妻子跳舞，我们跳的是交谊舞。跳交谊舞的占据了广场的中心位置，迫使跳广场舞的大妈大婶们不得不在广场的边缘。

我们村里有个姓王的媳妇，三十多岁，人长得很漂亮，平时也好打扮，有时也化了淡妆。但这个媳妇又很规矩，从不张扬、显摆，更不惹是生非，搬入楼房以后她照样相夫教子，照样专心一意过日子，而且很懂得孝顺父母和公婆。头年，据说她在单位学会了跳舞，学的当然是交谊舞，于是，她在傍晚也来这个空场跳舞了。

她的丈夫姓赵，在绿化队上班，是个普普通通的男人，但又有个外号，叫赵蔫子。其实也不过说明这个男人平时不大爱讲话而已。

姓王的媳妇在这个空场只跳了四五天，也就在第五天的那个晚上，她的丈夫也就是赵蔫子，忽然蔫蔫糊糊地来了。然而这个蔫男人却像豹子一般，猛地闯入跳舞的人群，续而拉起他媳妇的一只胳膊，另一手高高扬起，只听“啪”的一声，响亮地抽在了他媳妇的脸上，同时吼道：“走！

给我回家!”

全场都愣了，音乐也停止了。王姓媳妇的那个男舞伴儿，干干地瞪着两眼，什么也说不出，然后远远地站到了一边。

更奇怪的是，那媳妇就那么默默地听话，就那么乖乖地随她的丈夫走了，回家去了。

从此，好多天不见她再来这个空场，不见她再来跳舞。

她有什么不轨的行为吗？没有；她有固定的、一成不变的舞伴吗？也没有。反而是，她顺其自然，谁请她跳都可以，她和谁跳都行；妻子不来的时候，她也曾是我的舞伴儿，和我跳过舞。即便是女的，邀她一起跳，她也欣然接受。

然而，这似乎成了一个样板，似乎起了带头作用，接下来的几天，又有我们小区好几个男人来到这个空场，他们只站在那儿看，但也看不了多会儿，他们的媳妇便有的自动回家，有的离开空场去散步，或者归入了大婶大妈的队伍，去跳那广场舞。

跳广场舞的不光年纪大，也全是女人，没一个男人，而且，跳起来谁也不挨谁，谁也碰不着谁，等于身体上毫无接触。于是男人们放心了，不再来看跳舞。

好多天以后，即便姓王的媳妇又来了，但她也和其他人一样，只去跳广场舞，从此她家也就平安无事。

如此这般，跳交谊舞的越来越少，跳广场舞的也就越来越多。最后，这个空场上只剩下广场舞，交谊舞则踪迹全无。我当然不屑跳广场舞，索性也就不跳了。妻呢，也只好去跳广场舞或叫扭秧歌。

如今，你到我们这里看，跳广场舞的大妈大婶们占据了空场的中心，就是说占据了主流位置。她们笑颜尽展，纵横驰骋，空场上不再响起《蓝色多瑙河》及《梁祝》那样的音乐，而完全变成了欢腾的锣鼓和喧闹的人声，真乃闻名天下，无不称之为一道格外引人注目的独特风景。

小学校门口

我每天早晨起来，洗漱毕，不到北面的树林里跑步，便是出小区的西门，折向北，溜达着再从东门进，绕个大约一千米的半圆形的弯儿，然后吃早点，上班去。

一天，我同样出了西门，却信步折向了南。小区南面是商业区，清晨很安静，所有的店铺还没开门。但那里有一所小学，学校的门口却非常热闹，车水马龙，川流不息。

我一直还没有从这个小学的门口走过，便停住了脚步，站在一旁看……有开车的，很高级的车；有骑自行车的，孩子在自行车后架上；有骑三轮摩托的，孩子在后面的车棚里；凡步行来的，大都是我们小区里的孩子，其家长必定牵着孩子的手，另一手替孩子提书包。

这校门口也有保安，大约八九个，有的站在路中心，如交警那样指挥着交通；有的分立在校门口的两旁，像哨兵那样站岗；有的来回走动，两眼不住地盯着过往的行人。他们当中挎了对讲机的肯定是头儿，其他的腰里也挂了根棒子，不知那应该叫保安棒还是应该叫警棍。校门口的墙上写着斗大的字：“孩子们，你们好！”孩子们向站在门口的老师敬少先队礼，老师满面笑容、和蔼可亲地迎接着每一个孩子。

我正看得饶有兴味，忽然发现有两个保安竟然也盯着我……我颇感到奇怪，也有些生气。真是的，干吗盯我？我有什么可盯的？难道我是坏人？有歹心？难道我想作案？

走吧，免得让人家生疑。于是我走了过去，从东门进小区，回家。

然而，我的愤愤不平并没有缓解。我虽然长得不帅，但也不怎么丑，更不尖嘴猴腮或者横眉冷目，而且，我自知我的面孔还算和善。我只不过想看看风景，或者说看看热闹，比如那些孩子是怎样身背比他们自身重量差不了多少的沉重书包，怎样跑进学校；想看看这里的孩子是不是也像其他学校的孩子那样出现在操场，然后庄严肃穆地唱起国歌，看着五星红旗冉冉升起，还想看他们是不是也唱《闪闪的红星》。于是，我任起性来，第二天依旧出门往南，依旧经过那所小学的门口，也依旧停下脚步，站在那里看，只不过比昨天站得远了些。

然而我发现，保安又开始盯着我，并且增加了一个，三个保安盯着我看。更匪夷所思的是，其中一个保安竟然慢慢朝我靠近，以至站到了我的面前，脸对脸地看着我，看吧，尽管看，你看我，我还看你哪！看你那黑不溜秋一本正经的样儿！另一个保安，虽然站在原地未动，我却分明看到他用眼睛的余光在扫我。第三个保安，走到路的对面去了，而他又折回来，绕到了我的背后，大约想看看我手里拿了什么，其实我什么也没拿，只不过背着手，因为我有个在散步时背手的习惯。

我又想，好啦好啦，不跟你们怄气，到点了，该上班了。

第三天，我从愤愤不平变成了恶作剧，于是我故意早起，故意又站在那里久久地看。但我发现那些保安疑心也在加重，真是的！要么你公然问我，要么你和我搭讪几句话，他们却不，一声不吭，三个保安齐刷刷站到了我的对面，像一堵人墙似的挡住了我的去路，但又与我保持着大约三米的距离。此时，我心里不禁笑了，一是笑他们，笑他们太无知；二是笑我自己，这不是吃饱了撑的吗？这不是没事找事吗？

也就在当天晚上，忽然有人摁响了我家的门铃。

原来是警察，是在我们小区里的治安岗亭值班的警察，姓李，二十岁出头，我们平时就叫他小李。

寒暄过后，小李说："大叔，往后您不要站在那个小学校门口看了。从那儿过当然可以，但是别站在那儿不动，也别看那么长时间。"

纳闷儿，小李是怎么知道的？

小李笑着回答："学校的老师向我反映了。从他们描绘的长相、年龄、穿着，我猜就是您！"

我又笑了，是那种无可奈何的笑。然后我表示"认罪"，表示"悔过"，并保证今后不再出门往南，还是往北，还是去北面的树林里跑步吧。

妻说，这就对了，免得你无事生非！

小李又觉得过意不去，便打圆场："其实谁也没有错，大家都没有错。"

小张理发

原来我们住的村子有两个理发店，一个叫“小张理发”，一个就叫“理发”，门口的荧光筒上只显出“理发”两个字。

“小张理发”在村子的西头，没标人名的“理发”在村子东头；在村子东头理发的是个四十岁左右的媳妇，其丈夫是河南人，她是内蒙人，不知怎么就嫁到了河南。她丈夫大约排行老四，所以我们就管那个理发的女人叫老四媳妇。

老四蹬辆三轮平板车，在附近几个村子收废品。他们夫妻俩有两个孩子，大孩子在老家，小的孩子才刚刚两三岁，整天跟着老四媳妇，所以她要一面理发一面照看孩子。

老四媳妇理发特别快，抱着脑袋一转一个、一转一个，因为忙，忙中出错，有时便把推子掉到了地上或者自己把吹风机的线踢了，要么自己把桌上的瓶瓶罐罐碰倒了。并且，她嘴里不停地骂老四，说不争气、不要强，不但收废品赚不了多少，还经常“斗地主”，把挣来的那点钱输得一干二净。孩子哭，老四媳妇嚷，如果你是个不讲究的，如果你再不嫌乱，或者就为了节省时间，那么你最好到老四媳妇这里来理发。

我便是那不讲究的，反正在保证头型的情况下把头发理短了、理齐了就行。但时间一长，我真的嫌乱了，也真的感到有些烦。于是，我想换个地方，想去村西头的“小张理发”看一看，看那里是不是清静一些，是不是理得更好一些。

以前我只从“小张理发”的门前走过，却从来没进去过。这次，我进了门，发现这里顾客真不少，长条沙发上坐了七八个年轻人，有男有女，正一面看着别人理发，一面彼此嬉闹，其中有与我熟悉的和我打了招呼。那个长条沙发很长，挤一挤，我也坐下来，静静地等着理发。

我观察这屋子。这屋子虽然小，但干净整洁，收拾得井井有条，一点不乱。只是，长条沙发的上方，有一根铁丝，从铁丝的两端，垂下来两缕窗帘似的布，如果打开来，说它是幔帐也可以。

我又观察眼前的这位理发员，那是个小姑娘，大约十八九岁，个头却不矮，估摸有一米六六到一米六八，我想，她应该就是人们平时所说的小张了。

忽然，从屋外进来一个看去五十岁出头的老汉，手里提了晾干了的围裙和一摞晾干了的毛巾，然后，老汉默默地为理完了发的那位顾客洗头。我问身边的青年，那老汉是谁，青年回答说，是小张的父亲。于是我继续观察这老汉，只见他的背微驼，一边的肩膀有些上端，两条腿也有些僵直，走路似乎不易打弯；根据我的经验，小张的父亲肯定是个老理发员，因为干理发干得年头越长，就容易得一种外形上的职业病，或者说造就了外形上的一种特点。

我在静静地等待中又发现，身边的这些年轻人不光自己嘻嘻哈哈，更时而与小张搭讪，甚至与小张开玩笑，或者说的话带有挑逗意味儿。而小张，我发现她既不附和他们，也不表示反感，她只是“扑哧”一笑。那笑，既短促又轻微，并且笑过就完，绝不再有第二句话。

小张，这就是小张吗？我禁不住看那张脸，透过理发椅对面的镜子看那张脸，忽然发现，那是一张多么标致、多么俊秀的脸！眼睛很长，前额很宽，眉毛细而重，鼻梁不高不矮，而皮肤又很白。她专注理发的同时，嘴角又挂着一丝谦和的笑意。我再看那身材，一开始只注意了她的身高，却没有注意身材；那身材简直浑然天成，围裙的系带明显地分出了上身和下身，臀部短而阔，腿便显得长，按“三围”标准，恰恰好，刚刚好，多一寸便显得长，少一寸便显得短。而且，她在挪动脚步的时候，腰部也随之摆动，整个身体是那么协调，那么有韵致。

我又刻意听她的声音。她在叫“爸”，或者叫客人“来吧，该你理了”的时候，那声音柔柔的、缓缓的，虽然带了点河北口音，却也那么悦耳，那么令人感到亲切。她在发出“扑哧”一声简单的笑的时候，也听得出来，那绝不是做作，也不是矜持，而分明是一种近乎原生态的反应，或者叫天性使然。

于是我想到那些影视明星及歌坛明星。她们也不见得有多高的文化、多高的修养或多高的天资，然而凭了她们的一张脸和一副身材，再加上适当的机遇，她们便走上了演艺的道路，有的甚至一夜成名！而眼前的这个叫小张的姑娘，长得那么俊秀，身材那么好，说话的声音又那么动听，却心甘情愿做了理发员，在专注地给客人理发，多么不公平，多么可惜！

如果小张能换一种思维，跳出她的圈子，世界那么大，她去闯一闯，去试一试，比如去横店，比如去北影门口，抑或去参加个专业训练班，便极有可能被发现，进而也会走上演艺的道路。凭她的条件，说不定很快也能成为一颗闪亮的星！

我虽不认识那些明星，也不认识导演，但我却有个在演艺圈里混的朋友，于是我进一步想，如果把小张介绍给我这个朋友认识，然后我这朋友从中帮忙，再把小张推荐给某个导演或某个制片人，毫无疑问，我便等于做了一件好事，一件没有埋没人才的大好事。

此时已九点多钟，该轮到我了。屋子里也只剩了我一个人。

我刚要坐进理发椅，忽然进来一位看上去八十岁左右的老人，拄着拐杖，后面有人跟随。尊老爱幼，于是我让这位老人先理。我这话刚一说出，小张便朝我笑了，依旧是那种淡淡的、轻微的笑，也是带着歉意的笑，那笑似乎又是对我的一种赞扬。

我坐回原处。继而我看到，小张的父亲在给那老人剃光头。而小张在吃饭，是她父亲刚刚给她做好的饭，然而那饭也只不过是掺了一些菜的煮面条。我问："怎么让你父亲理？你不会剃光头吗？"

小张说："我现在还使不好刀子。凡是剃光、刮脸，都由我父亲做。"

我判断对了，小张父亲果然是个老理发员。

不一会儿，剃光剃完了，小张的饭也吃完了。她吃饭听不见声音，也几乎看不见张嘴，不知怎么就把一碗面条吃了下去。

我劝她休息一会儿，不要太累。她又是那种带着歉意的"扑哧"一笑，说："已经很对不住您了，让您等了这么长时间。"

于是我开始理发。

面对着眼前的镜子，面对着那样一张脸以及那样两只小手，我有一种说不出的、也不好意思说的感觉。我只好闭上眼，只听电推子在我头上轻轻游动的声音，还有她父亲在一旁吃饭的声音。

然而我不甘寂寞，便闭着眼睛问，你是哪里人？河北什么地方？

她回答，河北易县。

“易县是个好地方呵！风萧萧兮易水寒，壮士一去兮不复还。还有清西陵……”我知道我有些卖弄，但我想引出更多的话。

然而她不说话。我只好睁开眼睛，看到的依旧是她嘴角的笑意。

接着，我又一连串地问，问她家还有什么人，她今年多大年纪以及上了几年学。

她一面理，一面缓缓地、柔柔地逐一回答，说她家里还有哥哥嫂子，他们在石家庄打工。她母亲早就去世了。她今年十九岁，只上到了初中毕业。

很好。她似乎看到我比她大、起码比她大了二十岁，这才与我说得多些。于是我得寸进尺，问个没完，问她租住的这个房间这么狭小，父女俩怎么住得下、住得开，又问她是不是还有另外住的地方，也就是睡觉的地方。

她摇摇头，说没有。然后指了指墙边的那个长条沙发，向我解释道：“我和我父亲轮流在那沙发上睡。客人走了，一般都在十点多钟，我父亲就睡觉，就睡那个沙发。我呢，就扫地，就收拾屋子，有时候也看会儿电视。我父亲睡到后半夜三点钟就自动醒，然后我睡，也睡那沙发；我睡到上午八点，我父亲把该洗的全洗了，把早饭也做好了，洗完脸、吃完饭，客人就有登门的了，我就开始理发。”

哦，父女俩原来轮换着睡沙发！而睡的时间又那么短，却也睡得着。只不过拉了一块窗帘似的布，能隔什么声音、隔多少声音？艰苦，实在艰苦，于是我就此进入了主题：“你想不想改变一下你的生活？准确地说，想不想改变自己的命运？比如去当个演员或者歌手什么的？”

“演员，歌手……”她淡淡地重复了一句，推子没有停，拢子正在梳理我耳边的头发，只听她又是“扑哧”一笑，与每次的笑一模一样。

我不肯罢休，继续表明我的想法：“小张，如果你同意，如果你有这个意思，我就和我的朋友打声招呼，然后把你介绍给他认识，他保证能让你进入演艺圈。”

她再次“扑哧”一笑。

我几乎在规劝她了：“好好想一想，如果你真的进了演艺圈，无论做个演员还是歌手，哪方面的条件你都具备。假如有一天你成了明星呢？那是一种怎样的情景？名声大噪，挣的钱也多，可是你现在非要开理发店，非心甘情愿做个理发员，这又何苦?”

我几乎怀疑她是否听懂了我的话，也怀疑她是否真懂得什么叫演员、什么叫演艺圈。因为她依旧是那种谦和的笑，而笑过后，什么也不再说。我只听耳旁的电推子响。

她的这种不算表现的表现，她的这种天然的、特有的笑，都在诠释着一种拒绝方式。这种拒绝很温暖，很不惹人生气，也丝毫不带有一点矜持与做作。因此，我不能再说了，再说不但没用，也等于无聊，等于吃饱了没事干；如果再说，你就是诱导，甚至是逼迫，就等于在欺负人。

然而从此，我只去“小张理发”。小张那里依旧人很多，她的父亲也依旧负责洗头、剃光、刮脸，闲了，便扫地，便洗围裙和毛巾。也还是那个长条沙发，还是垂下来那样两缕窗帘样的布。

同时我也观察到，无论屋里有多少人在等，小张一点不乱，一点不着急，只专心一意地给眼前的人理好发，给每个人理好发。同时，对于年轻的，比如和她年龄差不多的，她很少凑趣，更不开玩笑，她只和年长的或者如我这般年龄的人，一面理一面聊几句。另外，她给女人做头发做得特别好，各种发型她都会做，但她绝不给男人“干洗”，更不管揉揉捏捏。她说，这是父亲给她规定的；又说，这是多年的规矩。

时光过得很快，一晃过去了三年，就这样过去了三年。

到了春节，所有外地人都回家了，小张父女俩自然也回家去。

春节过后，外地人纷纷返回。然而，却不见小张，也就是说小张父女俩没有回来。再到小张那个店面去看，那里早已换了别人，别人把那个店面改成了一间杂货铺。

村里只剩了老四媳妇理发，不讲究的便去她那里理发或者去了街头巷尾。街头巷尾也有理发的，是露天，也多半是退了休的老理发员，很便宜，理一个发才要三元钱。讲究些的，便只好去了远地方，远地方有比较阔绰、比较高级的理发店，但只可怜了那些老人，因为高档一些的理发店一般不太愿意接待老人，你想，给一个老头子理发能挣多少钱？况且他们说不会使用剃头刀，便不管刮脸也不管剃光。

村里人纷纷揣测，小张去了哪儿，怎么不回来了呢，她是不是改了行，不理发了？

又过去了一年，小张忽然回来了，依旧回到我们村，但却另开了一间理发店，同时，与她一起回来的不再是她的父亲，而是一位二十多岁的年轻人。慢慢地，我们才知道，那年轻人是小张的丈夫，就是说小张结婚了；并且，有了孩子，那孩子留在了老家，由她的父亲照管。她的丈夫，后来在附近找了一份工作，那工作是给一个国企当勤杂工，管运运料，浇浇花，再推推草坪。

小张这次租的房子仍然那么小，也仍然放了原来的那个长条沙发。小张说，他们睡觉也仍然那么睡，即她理发，到十点多钟，丈夫睡觉；丈夫醒来，她睡觉；第二天早晨，丈夫已给她做好了饭，然后丈夫去上班，她便开始理发。

然而过了一段时间，小张明显地瘦了，因为她的父亲没来，也因为她早已学会了使用剃头刀，而她的丈夫每天要上班，所以剃头、刮脸乃至洗头，全是她一个人的事。太忙了，太累了，怎能不瘦？但瘦归瘦，却没有走形，她依然那么俊美，身材也依然那么好看，倒成了个瘦美人。

一晃又过去了三年。忽然，拆迁了，附近几个村子一并拆迁了，不要说外地人，就是本村人，也不知全去了哪儿。总之，有的去了亲戚朋友家，有的去了较远的地方，都租了房子住。那么小张呢？不见了，更不知她去了哪儿。推算一下她的年纪，她应该二十七岁，就那么消瘦地离开了我们村。

拆迁三年，我们等了三年，入住楼房又已过去了四年，一共七年，却始终没有见到小张的踪影，也没有她的任何消息。

有一天，我出差回来，吃过了晚饭，沿小区四周溜达了一圈儿，然后，穿过马路，进入小区的西里，继续溜达。

忽然，我看见一家住户的墙上闪烁着霓虹灯，那霓虹灯清晰地映出四个字：小张理发。

我又转到那家住户门口，荧光圆筒也同样滚动出四个字——“小张理发”。

是那个小张吗？原来的那个小张？叫小张的多得是，开理发店的也多得是，怎见得就是她？我住在小区的南里，距西里较远，平时便很少到西里来，这次来了，顺便探个究竟。

我进了这家住户的楼门，又忽然看见“小张理发”四个字出现在通往地下室的斜坡上。哦，地下室，于是我沿台阶下到了地下室。

挑开门帘，突觉眼前一亮，嘍，好宽敞又漂亮的理发店！不，应该叫理发馆，人真多，椅子、镜子，一字排开，桌上琳琅满目，墙上贴有各种发型的标准照……我怀疑，这恐怕不是原来那个“小张理发”，于是我转身想走。但我刚一回身，忽有人叫住了我：“您进来坐吧，稍等一会儿。”

我眼前又是一亮，一位打扮入时的中年女人朝我走来。我仔细打量，方才认出，她就是小张，就是原来的那个小张！只不过她胖了，不再像以前那么瘦；再看那腰身、那相貌，依旧保持得恰如当年。

我进来，坐下，小张亲自为我沏了一杯茶。

等待理发的人几乎都在看手机，也有个别的看理发。小张拉过一只小凳，坐在了我的面前。

她说：“我在这西里开半年多了，怎一直没见您？”

我说：“不知道呵，哪里知道你又回来了呢？”

她说：“也是。您太忙，经常出差。”

我问：“你租这地下室多少钱?”

“不是租，是买的。”

我大为吃惊：“怎么？买的？居然是买的?”

她扑哧一笑。那笑，与以前一模一样。

她接着说：“从我出来理发，到现在十六年了，多少也有了点积蓄。我想买地上的，但是买不起，只好买地下室。地下室也两万元一平呢，我这是两居室，一百平方米，一共花了二百万元。”

我惊愕得张大了嘴：“二百万！你有这么多钱?”

她又扑哧一笑：“我本打算再和哥哥嫂子借一点儿，再买个一居，然后把我父亲接过来。可是现在看不可能了，起码眼前不可能。”

“你今年多大?”

“三十四岁了。我十八岁出来理发，十六年了。”她再三强调了“十六年”。

我暗暗给她算了一下，十六年……平均每年要挣到十二万五，才能挣到二百万元。她是怎么挣到的呢？

明白了。如果你了解小张这个人，了解她是怎样干理发这一行的，二百万元对她来说是自然而然的事，也是必然的事。

沉默了一会儿，我又好奇地问：“理发员你雇了几个?”

“雇了五个。另外一个是我的侄儿，他也初中毕业，让他学学徒，平常也给客人洗洗，再扫扫地、打扫个卫生什么的。”

“什么的”是北京人的口头语。小张已没了河北口音，似乎全变成了北京式样的普通话。于是我想到了演员，想到了明星和演艺圈，想到了我曾经和小张说过的那些话。

我站起身，想看看她的这个地下室的大两居。

小张很爽快地引领着我，逐一地看。首先是卧室，卧室很向阳，此时从低矮处的玻璃透进银白色的月光。小张说，她丈夫现在给一个公司老板开车，每月工资三千，而且管吃管住。当然，你不住回家也可以，但必须随叫随到，绝不能耽误工作。另一间卧室，虽不向阳，却比小张夫妻俩的卧室宽绰了许多，住了小张的两个孩子和她的侄儿。小张如今已有两个孩子了，大的十一岁，在上小学六年级，老二八岁，在上小学三年级，而他俩又全是小子，也就是说，全是儿子。负担重呵，实在重……小张说，又扑哧一笑。

我的头发本不算长，但既然来了，索性就理一理。

因为理发员多，所以快，所以没等多会儿就轮到了我。但小张不让别人理，非要亲自给我理，她说我属于多年的老顾客。

面对着镜子，依旧是那样一张年轻的脸，依旧是几乎让你感觉不到触碰的那样两只小手。忽然，她问我，您那痦子呢？哪儿去了？您这里原来有个痦子。

痦子，我耳朵后面有个痦子她居然还记得。于是我回答说，我老伴儿用根马尾儿，勒了十多天，给勒掉了。

她笑了笑，又说，凡是她理过的发，无论头型发型，还是哪里有个包包或者长了什么，她都记得，起码都有印象。

理完了，她不要钱，说什么也不要，但我非要给，怎么能不给钱呢？

当我走出了“小张理发”，当我再看那霓虹灯以及那转动着的荧光筒，它们是那么耀眼，是那么引人注目。我再抬头望天，天上满是星斗，今天没有雾霾，这里有一颗闪烁的明星！

红白喜事

无论办喜事还是丧事，如果是那有条件的，可以尽量往气派里办，也可以去饭店举办，但饭店只欢迎举办喜事，而拒绝办丧事。试想，把饭店大堂变成灵堂，人们哭哭啼啼，会是什么样子，成什么体统？并且，饭店要价昂贵，还要提前预约，而举办丧事无法预约，因为谁也不知道那人什么时候死。

所以，一般的人家如果办喜事，便只在附近的路边搭个大棚。如果再是那条件差的，大棚便搭得小点、简单点，亲戚朋友、左邻右舍再帮帮忙，充其量村里的中老年人活动站再演个节目，事也就算办了。

如果办的是丧事，当然，那逝去的人必须是正常死亡，而不是“横”死，比如车祸，比如被杀或者自杀，否则就不能办，人死了也不能办。如果那逝去的人年龄很大，比如八九十岁，又是正常死亡，那么就叫“老喜丧”，可以丧事当作喜事办。再如果你的条件差一点，你可以去请一档或者两档“文场”，来敲敲打打，送走亡灵，也就完了。至于那“文场”应该叫“文场”，还是应该叫“稳场”，没人说得清，也没人较真儿。而我认为，应该叫“稳场”，因为那样的敲敲打打都是在前面、在一开始，也就是说，它为后面的举动起了稳定场面的作用。如果叫“文场”，就应该有“武场”相对应，但从来没有见到过所谓“文场”后面再有什么“武场”出现。

在农村，如果把喜事、丧事连起来说，便叫红白喜事。如果你图省心，又真有条件，同时你又想把事情办得圆圆满满、轰轰烈烈，那么无论喜事，还是丧事当作喜事办，你可以请“何记帮办”，也最好去请“何记帮办”。

“何记帮办”是个字号，是个品牌，在我们这一带已经营多年。它有固定的厨师，有固定的端碟端碗、刷盆刷碗的服务人员。这些服务人员多半是农民工家属，或者一时找不到工作的其他外地人。她们都有统一的着装，比如喜事，穿的都是一身紫，紫衣紫裤，外套一件红色马甲。如果是丧事，也叫白事，她们依旧一身紫，只不过那马甲换成了天蓝色，代表逝者升天。“何记帮办”还具有全套的设备，其中包括搭棚，包括厨具和餐具以及所需要的桌椅板凳，总之，连同所有的食材，“何记帮办”全包了，先拉出清单，完了事算账。如果那棚不得不搭得太大、太长，因而影响了交通，主家也不用管，他们自有人站在路边，向过往车辆的司机进行解释，说请理解、请原谅，绕行一下吧。谁又不理解呢？办事么，人的一生能办几次事？

更让人挑大拇哥的是，“何记帮办”与不少文艺团体里的人有联系，譬如唱评剧的，譬如演奏民族乐器的，特别是那些退了休的评剧演员和退了休的演奏员，其中又以唱评剧的最为突出，因为评剧的不景气，所以经常出来走穴，或叫顺便挣点零花钱。“何记帮办”甚至与歌手、与说相声的也有联系，因此，无论喜事还是丧事当作喜事办，你看吧，娱乐圈里的各色人等纷纷来到，有自己开车的，有坐出租的，也有凑在一起乘轿子车来的。他们有的相互熟悉，有的不熟悉，但都为了一个目标，就是挣点钱。他们又各有所长，各有分工，然后，该唱时唱，该演时演，该吹吹打打便开始吹吹打打。

如果是白事，如果嫌场面、规模还不够大，那么你还可以请一档、两档甚至三档文场（既然说惯了嘴，既然约定俗成，索性就叫“文场”吧）。那文场也颇有讲究，第一，它必须在前、在一开始；第二，它像一场打击乐的合奏，有指挥，有独奏和对奏，同时，敲得越响越好，声音越大越好，于是全场轰鸣，耳朵也被震得嗡嗡地叫。如果是心脏病或高血压，你千万不要看，千万躲得远远的。那个脖子上挎了单皮的人，便是文场的指挥，锣鼓镲全凭单皮敲出的点儿和节奏，而随时变换着点儿和节奏。那擂鼓的和打小镲锅儿的，便是对奏，也像是PK，你的鼓敲得紧，我的镲锅儿也敲得紧，你慢，我也慢，你声音大，我的声音比你还大；你带嘟噜儿，打出了花点儿，我也锵锵切儿、锵锵切儿，花点儿比你更多！于是获得了全堂的叫好声。一场敲下来，有的喘气，有的大汗淋漓，其中打鼓的最累，需两个人甚至三个人轮换着打才行。

如果你请了两档或者三档文场，那就接连着打；因为来自不同的地方，所以那又是一场比拼。全敲完了，擦擦洗洗，便去吃饭；那吃饭也是在大棚里和宾客们一起坐席，只不过单摆了一桌或两桌。

接下来，该轮到演出了，也就是文娱节目正式开始。

如果是说相声的，必须说得“野”一些，要知道，这是办事，这是乡间，不用顾虑那么多。如果你不是文艺团体里的人，也就是说，你不是体制内的人，你是飞着的，比如，你是个歌手，也许还得过二等奖或三等奖之类，那么此时你的演唱尺度也一定要大。当你扭动腰肢，摇摇摆摆，当你露出美腿，再向后大幅度弯腰，露出了小腹和肚脐，台下便叫好声不断，你也会同时发出：“掌声在哪里！”

如果办事的主家比较年轻，喜欢新潮，那么绝大部分要唱流行歌曲，甚至还有摇滚乐，此时弹的是吉他、贝斯，打的是架子鼓。男的多半唱汪峰的歌、崔健的歌；女的则往往是“西北风”，比如唱田震的歌、韦唯的歌或那英的歌；再野一点，便唱罗琪的歌；至于更新潮的，比如陶喆，比如周杰伦、张靓颖，歌手们不会唱或怕观众听不懂，因为来这里唱的一般都不再年轻。

如果办事的主家是年长些的，便难免有些保守、古板，特别是女主家，往往喜欢听评剧，于是评剧演员大显身手。那些退了休、年纪大的老评剧演员往往带了追怀的情绪，她们倒不是为了挣钱，主要为了过一过瘾，重新享受一下登台演唱的快乐。她们唱的可能是筱白玉霜的唱段，比如《秦香莲》：“观只见，两旁站的本是宫娥太监……”比如《金沙江畔》：“同志们你们快来呀，听我把故事讲。唐僧取经路过火焰山，火焰山高有万丈，山周围八百里烟火冲天……”；也有的可能唱赵丽蓉和喜彩莲的唱段，比如《花为媒》，历数一年四季都开什么花、叫什么花名；唱《向阳商店》里的“夸手”：“哎哟哟，好可惜的手呵……”然后自己再接：“你夸我的手呵，倒也是好手……”

上了年纪的女同胞们听得津津有味、乐不可支，而下面观看的大都是外地人，至于本地人，特别是本地的年轻人，他们才不屑于看、不屑于听呢。因为他们有手机、有电脑，何况还有电视，这里虽然出现的是真人、真演出，但手机、电脑、电视里的任何节目都比这里演得强。

“演员”们来到以后先吃饭，在演出的时候吹鼓手们吃饭。“演员”和吹鼓手的吃饭又与打文场的吃饭不同，因为打文场的就是附近村子里的人，甚至有本村人，而“演员”们和吹鼓手们大都来自城里，起码在三环路以内，在介绍的时候还说他们中的某某是“著名演员”“当红歌星”或“老表演艺术家”，因此，需要另开一个房间，另行摆桌，桌上的酒与菜也比大棚里的精细许多。

“演员”们吃完的时候大约在九点多钟，然后他们从主家或“何记帮办”手里拿到了酬劳便完了事，便怎么来的还怎么回去。吹鼓手们吃完了饭便各就各位，开始了这棚事的更精彩部分，这更精彩部分叫“放唁客”，就是说，前来吊唁的人可以走了。

吹鼓手领头的是“管子”，有如文场的单皮。也不管你是纯丧事还是丧事当作喜事办，他们一开始吹奏的都离不开《十五的月亮》《二郎山》《探情郎》以及《纤夫的爱》，甚至还有《血染的风采》，因为这些曲调比较简单，旋律也比较舒展，很容易上口，很容易和。其实，无论吊唁的人还是一般的宾客，此时并没有走，仍在推杯换盏、大呼小叫，有的甚至猜拳行令；如果是丧事，此时的丧主们都分跪在逝者的遗像和骨灰盒两旁，那些七姑子八大姨或大姑奶奶二姑奶奶此时也要挑毛病了，比如问谁谁谁怎么没来，谁谁怎么不在，跑哪儿去了？要么就说吹得不好，吹得不够卖力，或者说既有吹鼓手，就应该有和尚，和尚应该披和尚袍。

几段乐曲吹奏过后，那吹管子的忽然把脖子梗起，口中不知含了一种什么哨，那哨大概压在了舌头底下，于是奋力吹出尖利的、字字句句也能听得清楚的花样段子：“老太太，六十六，老太太爱吃白煮肉！老太太，七十七，老太太爱吃炖公鸡！老太太，八十八，老太太爱吃大麻花！老太太，九十九，老太太爱吃白花藕！”最后那“藕”字的声音拉得很长，又向上挑了一个弯儿，于是那掌声、那叫好声，达到了高潮。

如果主家肯出钱，吹笛子的还会吹一曲《放风筝》，吹唢呐的也会吹一曲《百鸟朝凤》，并还有可能合奏一曲《夫妻双双把家还》。

当人们吃得差不多、喝得差不多，也就将近十一点了。此时，那吹管子的再一次把管子高高扬起，吹出了《小放驴儿》。《小放驴儿》是专为丧事才吹的，也是办丧事时必有的曲目，因为它是纯悲腔、纯哭调，声音也更高，拉得也更长，也就让这棚事从高潮达到了顶峰。此时也正好配合了丧主们那极度的悲伤的心情，因为，接下来就要“送三”了。

“送三”也叫“接三”。因为已过去了三天，对丧主来说，要把逝者的灵魂送走，送入天堂；对“天堂”来说，要接收这个受苦受难的灵魂。

在送三之前，文场还要敲一通，无论两档、三档，都要敲一通。但这次敲，一定得对着八仙桌上摆放着的逝者像和骨灰盒。

你不是要和尚吗？有；你不是要和尚袍吗？带来了。起码吹管子的与其中一位吹唢呐的自动带来了两份袈裟，然后披在了肩上，也就变成了和尚。那“和尚”站在了逝者面前，口中念念有词，究竟念的是什么，是经还是随便瞎嘚啰，因为谁也不懂，所以谁也不知道。

接着，送三的队伍开始出发。手举纸人、纸马、纸车的帮客走在最前面，“和尚”与吹鼓手走在他们后面，文场走在最后，此时该吹的还是要吹，该敲打的仍然要敲打。在吹鼓手和文场之间，是逶迤成行、顶白戴孝的丧主们，打头的自然最亲，大多是儿子或者亲孙子，以及儿媳或者孙媳，要挑幡儿、抱罐儿，还需有专人搀扶。女丧主们表现得最为悲痛，边走边哭哭啼啼，不停地抹着眼泪。

也许沿村子绕一周或者在小区里转一圈，也许到了当年自家的坟地，但哪里还有什么坟地，早没了，早就不允许有坟地了。那好，不妨就在路边或者在十字路口，忽然跪倒，哭声响成一片，那纸人纸马纸车也同时焚烧，燃起了腾腾火焰，但顷刻间灰飞烟灭，灵魂也就此上了天。即便不太亲的丧主，此时不哭也要哭，不掉泪的也禁不住掉泪；原本哭哭啼啼的，则变成了号啕大哭；最亲的丧主，必须爹呀妈呀地喊个没完，喊得让人感到撕心裂肺。

叫接三也好、叫送三也好，这时便宣告结束。吹鼓手和打文场的各自拿了该拿的报酬。他们也不容易，还要连夜赶回家。

第二天是出殡，也就是把逝者的骨灰归入坟墓。从前出殡可不得了，要抬棺材，场面要更大，现在没了棺材，只有骨灰盒。如果你是那有条件的，便无须计较钱财，选一个高档次的公墓，再挑一个位置好的坑口，同时，你的宾客、你的各路亲朋好友也会自动赶来，然后在公墓的灵堂里再祭奠一番。如果你是没条件的，只好找个山坡或者荒郊野地，悄悄地、一声不响地把骨灰盒埋了算完事，连痕迹也不能留。否则你干脆就把骨灰盒保存在家里，藏在床底下，谁让你没条件呢？

名人曰：幸福基本是一样的，不幸却各有各的不幸。那么娶媳妇、聘姑娘这样的喜事以及结婚仪式基本是一样的，只不过外国人习惯去教堂，而丧事或者丧事当作喜事办，那样的举动、那样的场面，唯中国所独有，或者说唯中国的北方所独有，而且源远流长。

我想，应该把我们的这种“独有”，向联合国教科文组织申请它个世界非物质文化遗产！

这样的事，有的人趋之若鹜，有的人却很纠结，甚至唯恐避之不及。因为无论是以前还是现在，对那些有条件的，他办事你去还是不去？你若去了，他不一定知道；你若不去，他肯定记住你。

省悟篇

有，当没有

当你打开衣柜，准备换衣服的时候，是不是常常为穿哪件衣服发愁？以至举棋不定，纠结不已，似乎穿哪一件都行，又觉得穿哪一件都不合适。于是你只好信手取出一件，但往往又刚穿上身，忽又觉得这件衣服似乎与季节不符或者太过时，要么就嫌袖子短了些，要么就嫌裤腿长了些；甚至你已经走在上班的路上，又不得不急匆匆返回来，重新打开衣柜，重新选择。不过分吧，我说的是不是实情？

什么缘故呢？就是因为你的衣服太多了，你挑花了眼。特别是女人，有人说，女人的衣橱里永远少一件衣服，鞋柜里永远少一双鞋，便是这个道理。

在吃上也是一样。昨天吃的是饺子，前天吃的是面条，今天中午吃的是米饭，那晚上吃什么？可吃什么好呢？难道还吃米饭？还吃面条或饺子？简直烦死人，怎么想怎么觉得腻！至于菜，也不过那几种，不是西红柿黄瓜，就是茄子大椒土豆，还是觉得腻得慌。那么下馆子？下馆子也不行，面对着菜谱，还是挑来挑去，这个菜味道不太好，曾经吃过，那个菜太普通，毫无特色，不妨再换一家吧。

什么原因？就是可供选择的食品太多了，物质极大丰富，而你又很有钱，于是挑花了眼，莫衷一是。

假如你是贫苦地区的人，假如你是边远山区的一个农民，你还会为选择哪件衣服，为吃哪一种食品而犯愁、而大伤脑筋吗？恐怕有衣穿、有粮食吃，孩子可以上学，老人能看病，就已经很不错了。打个比方，就像一个人走路，走出很远，走得又饥又渴，忽然见到了一条小溪，于是迫不及待地用手捧了那溪水，就那么喝了几口，然而却感到了极大的满足；也好像在十冬腊月，北风呼号，你忽然发现了一间小屋，小屋再小可以遮风避寒，于是你进去，立刻感到了出奇的温暖。如果你在炎炎夏日，像农民一样地劳动，忽然让你在树荫下歇那么一会儿，你会有什么感觉？是不是感到了一种享受？甚至是一种幸福？

久在幸福之中便感觉不到幸福，久入芷兰之室便不闻其香，反而生腻，可供选择的太多，便无从选择，便反生烦恼。

所以，还是保持小康水平，还是不要太多，不要太拥趸。假如你真的太多，比如你的资金过亿，甚至几十亿上百亿，也好，因为你可以开公司，搞房地产，办慈善，救济灾民、难民。但到了这个地步，人的思想境界也就上了一个新的台阶，也就从一个富人变成了“穷人”，你看巴菲特，看比尔·盖茨，再看李嘉诚、马云，他们哪个是在吃上、穿上计较的？哪个不是吃得随便、穿得随便？据说巴菲特来到北京就吃北京小吃，据说李嘉诚的早点总是馒头小米粥，而且馒头渣儿掉在桌上他也要用手捏起来，放进嘴里吃下去。因为他们有，什么全有，所以便只当没有，所以反而成了“穷人”。但他们无一不受到人们的尊重和景仰。

杨振宁博士说，物理学的最后是哲学，哲学的最后是宗教。又有人说，物质—精神—精神的最后也是宗教。

而宗教是什么？不过是信仰，或者说是信仰的一种。如果你有了信仰，便有了追求，有了精神支撑，有了为之奋斗的目标。同时，你也就会永远保持一种积极的、乐观向上的心态，而不会在每天吃什么、穿什么等生活琐事上纠缠不休，以至反反复复地选择、酌定。你也才能专心一意地干你喜欢干的事情，而不会抑郁，更不会得抑郁症，甚至想到死。你看那极个别人，无论名誉、地位还是金钱，有很多，是不是反而倒想死？

这便是“有，当没有”的好处。

至于你已经有了那么多，该怎么处理，就随你的便了。你可以任那些东西放着，只不过多占了一些空间，但千万只当没有。你也可以把东西捐出去，或者就近送人，然后，你就会感到一身轻松，甚至你会感到一种新的开始。

敝帚千金

我的大伯可算是半个木匠，在二十世纪七十年代，因为物质的匮乏，也因为没有钱，他不得不自己做了许多家具。那些家具我都看过，有的规规矩矩，有的简单凑合，其中的一件写字台做得又结实又好，即便站上两三个人，再来回地晃悠，也绝对没问题。而且，这个写字台分量比较重，需两个棒小伙抬，方能抬得走。

到了九十年代，东西开始增多，钱也增多，便无须自己再做什么家具。大伯做的那个写字台，本是给儿子（也就是我的叔伯哥哥）用的，儿子用完女儿（也就是我的叔伯姐姐）用。后来，叔伯大哥去外面工作，叔伯姐姐也结了婚，于是大伯便把那写字台，连同他的那些木工工具，一并给了我；我也曾用那些工具锛锛凿凿、修修补补。又过了几年，大伯去世。

拆迁了，该搬家了，该搬到楼房里去了。

父亲说，敝帚千金，能要的全要，能带走的全带走。妻子说，同意。女儿说，不同意，既然搬新家，既然住楼房，为什么不买新的还要旧的？我举手赞成女儿的意见。

于是，我们只拣那新买了不久的家具和同样新买了不久的床，以及必不可少的电视、电脑，装上了车，带进了楼房。其余的，例如那些零七八碎，例如大伯做的那个写字台，以及那些用不着的木工工具，有的归入了垃圾，有的被收破烂儿的买走。女儿高兴，我也高兴。妻子不高兴，父亲不再言语。

然而，当我们又置了不少新家具，我却发现，新买的电脑桌在我的房间里怎么放都不合适，往南一点，把窗幔挤得没了地方，往北一点，把沙发挤得没了地方，若把沙发换到电脑的对面，又剩出一块很宽的地方，那里能放什么？放床？放不下。放书柜？而我的书又不多，只有一个书柜。

这时，同样会剩出一块地方，而那地方会很窄，而那么窄的地方又能放什么呢？你横竖不能把床头柜放在那里吧，哪有床头柜不挨着头，反挨着脚的？

我忽然想到了那个写字台，那个一直被我当作电脑桌用的、已用了多年的写字台，它还结实，还完好无损，再想想它的尺寸，140cm×80cm，放在这里非常合适，既不挤，也不空，何苦让我一连琢磨、摆弄了两三天！然而，我却把那个写字台丢弃了，当作了废品让人收走了。我甚至想到了它的去处，若是去了边远山区，让那里的儿童当作书桌，倒还可以，说明它总归派上了用场，若是被人劈了当柴烧，或者当作板子卖，对我来说，是个极大的损伤。但是我不可以把我的这种遗憾说出口，若说了，妻会揶揄，父亲会呵斥，女儿会嘲笑。于是，我只好就那么凑合着用，新买的电脑桌只好紧紧地靠着墙，窗幔再不能放下来，只能高高地卷起。

忽然一天，我发现我的靠背椅的扶手有些松动，仔细一瞧，原来是上面的螺丝钉松动了。螺丝钉松动，要拧一拧，用什么拧？当然用改锥，但是我没有改锥；改锥、钳子、刮腻刀儿等一些陈旧的零七八碎我都当作废品卖掉了，因为用不着。现在可怎么办？去别处借一把改锥？去哪儿借？和谁借？刚搬入楼房不久，彼此还不熟悉，若要找到原来村子里的人家，恐怕要寻遍整个小区！即便找到，他们也不见得有。于是，我只好用水果刀拧，结果，只听嗙儿的一声，水果刀的刀尖断了，还险些扎了我的手。“废物！”我对自己说。

我也曾想把我的那些照片，诸如毕业照、同学聚会照、同事聚餐照以及旅游照，等等，统统挂在墙上；但挂在墙上需钉一颗钉，一颗水泥钉。如果用时新的塑胶扣，恐怕不保险，因为照片多，镜框大而重，很容易掉下来。于是我翻箱倒柜，结果一颗钉子也没有找到。

原来在村里住的家里是有钉子的，装修的时候剩下一大包钉子，同样，我以为住了楼房，楼房的装修又是别人大包干，哪里还用得着什么钉子？怎么办，向谁家借钉子？谁家又有钉子？难道为一颗钉子要跑出十多里地远，到建材商店去买？而一两颗钉子人家不卖，要论斤约，起码要买一两二两，而钉子多了又确实没有用。只一颗钉子，一颗水泥钉，有些事情就是这样，你若不需要它，它可能随时随地出现在你的眼前，你若到了真需要它的时候，刻意地寻找它，却怎么也看不见，怎么找也找不到。有人说，一分钱难倒英雄汉。同样，一颗钉子也能难倒英雄汉，我只好让那些照片依旧沉睡在抽屉里。

我家新买的切菜案板是柳木的，妻子说，柳木结实、柔韧，不容易断丝，也不容易伤刀。但用得时间一长，即便是柳木案板，中间也有了洼陷，如果再用，便会出现一个坑。于是妻子揶揄地问我，刨子呢？大伯给你的刨子呢？我无言以对。如果有刨子，便可以刨一刨，把案板刨平之后还可以继续用。然而我把大伯留给我的那一套工具全交给了收废品的，妻子当时很生气，现在就更生气。后来，妻子只好又买了一块案板，对我说，你知道一块案板多少钱吗？大的八十元，小点的六十元！

切菜刀也是一样，用久了需要磨一磨。然而我把大伯留给我的磨刀石也扔进了垃圾堆，妻子不知道，现在很生气，说我看你拿什么磨，用什么磨！

的确，在村子里住的时候还偶尔过来个磨剪子磨刀的，搬入了小区，我没有想到小区的物业一律不准小商小贩进入小区，即便在门口，也不准大声吆喝。所以，现在要找磨剪子磨刀的，你必须到外面去找或者站在路边等，但也不一定碰得见。妻子又对我说，你知道磨一把菜刀多少钱吗？三十元！和买一把新的差不多。过了几天，妻又告诉我，说磨刀石很不好买，转了好几个市场，哪儿都没有卖的。

于是，三年以后，我家一共有了五把菜刀！女儿说，不寒而栗，看见那五把菜刀就不寒而栗。

由此我也想到，那些老人，包括我的父亲和我的大伯，为什么认为家里的东西都是好的，在路上看见什么东西，本来用不着，偏偏还要捡回家去；甚至有的老人为此特辟了一个房间，把那些东西储存起来。

同时我也明白了，那些老人为什么话少，为什么常常沉默，因为他们不愿意说，怕说了你也不懂，甚至不爱听。就更别提陈谷子烂芝麻以及过去如何如何，老人们若说了，年轻的肯定听不进去。

现在我能听进去了，因为已有了教训。教训的其中之一，便是我们不过普通人而已，普通人就要过普通人的日子，普通人就应该敝帚自珍。

我来解梦

有《周公解梦》，有许许多多心理学家和生理学家解梦，现在我也来解梦。我解梦很简单，无外乎那么几条。

1. 人们常说，梦是心中想。其实不是，梦只是一种潜意识的浮现，而并非你白天所想的，夜里就做那个梦；如果昼思夜想、心中纠结，反而倒不做梦了，即使做梦也是梦别的，而不会梦到你白天所想着的那件事或那个人。

比如，你忽然梦到了广阔无垠的田野，还有燕子，还有鸟叫，那画面和你在电视上看到的差不多。而你在看电影、电视剧的时候只关注着情节与人物，并没有留意那画面，过后更没有多想，然而你却梦到了那样的画面。说明了什么呢？说明在你的潜意识里，确实需要如那画面一般的田野风光和开阔的环境，借以舒展一下你的身心，因为你平日的工作和生活可能太紧张、太烦杂了。信不信？若不信，可以回忆你自己，回忆从前。

比如，你忽然梦见自己在飞机上，那飞机飘飘悠悠，你也跟着飘飘悠悠，看到了蓝天白云，看到茫茫大海，心中特别愉快。其实，你并没有想着、盼望着坐飞机，因为你根本没有那个机会，甚至听说坐飞机不太安全。但是，这不等于你的潜意识里没有，也就是说，你仍然盼望自己有一天能坐飞机，因为你还从来没有坐过飞机呢。

比如，你的前男友或前女友，再或者你的前夫、前妻，你很长很长时间不去想他（或她），也没必要想，更没必要惦念，因为你很忙，生活得也很幸福，而他或她当初对你又不好。但忽然一天，你梦到了他或她，依旧是那张脸，走路依旧是那副样子，说明什么？说明在你的潜意识里，仍然想和他或她见上一面，也许你还想把你生活中存在的某些不如意向他或她诉说一番。做这样的梦怎么可以？是不是有些不道德？于是梦醒后你把自己吓了一跳。

许多你没有想的，或不敢想、不愿想的，再或者认为无法达到的，你往往都会通过做梦来实现，也就暴露了你的潜意识。其实，潜意识才是你真实的思想活动。

2. 吃多了，或吃得太油腻，造成消化不良，也会做梦。此时梦到什么呢？什么也没梦到，只觉得自己在飞，飞，在不停地飞，甚至长了翅膀，满天空地飞；如果你还有好奇心，如果你的性格里还有争强好胜的成分，你便飞过了高山大海，越过了摩天大厦，风在耳边呼呼地响，身体起起伏伏，那是你的血液循环，是你的肠胃在工作，在劳动，在消化……

如果是小孩吃多了，他做梦会哭，会不睡觉。如果是老人吃多了，做梦会生气，会梦到什么人惹了他，会翻来倒去睡不着。

3. 有的人没有吃多，但肠道里积存了太多的垃圾，造成排便不畅或造成宿便，比如几天才排一次便，这样的人不但气色不好，不但会长蝴蝶斑，也会天天做梦，没一天不做梦。至于做什么梦，可能梦到种种的委屈和种种的不如意，因为肠道积存了太多的垃圾便极可能是长期心情不好的缘故。

4. 如果你梦到狼追或者狗追；如果你梦到刀砍，那明晃晃的刀就悬在你的头顶；如果你梦见一脚蹬空，“唰”的一下要跌入万丈深渊；所有这一切，证明你的心脏不好，或心血管供血不足，或你的体质太弱，或你太累了，造成体虚、身体透支。做了这样的梦，常常会出一身冷汗。第二天，便会感到更疲乏。要么，便因为你做了什么亏心的事。

5. 大凡做梦梦见取得胜利的人，比如摔跤摔赢了，一绊儿就把对方摔了出去；或者踢球踢赢了，一抬腿，那球便应声进了大门，并把网子撞得忽忽乱颤，于是得奖，喜笑颜开；再比如掰腕子，一使劲儿，对方便龇牙咧嘴、满脸苦相；再比如谁也不敢蹦的沟，唯有你，纵身一跳，便腾空而起，便到了沟的对面；再比如谁也不敢动的大型犬，唯有你，那大型犬听你的话，任你摆弄，你怎么牵它怎么跟你走。说明了什么呢？说明你身体棒！此时心气也正足，正处于乐观向上的状态。如果你再把那大型犬一刀宰了，倒不说明你想吃狗肉，也不说明你厌恶大型犬，而说明你对某个人存在着长时间的、又找不到发泄机会的怨恨。也许，那大型犬的主人便是你要发泄的对象，或者是你想战胜的人。凡是做这样的梦，深更半夜往往会笑出了声。

6. 如果你做的梦乱七八糟，什么样的景象都有，比如人、物、事都轮番地、交替地、混杂地在你的梦里出现，便证明你内心纠结，正为某一件事情发愁，而你又不便说，白天又没有时间想，甚至根本不愿想，实际你潜伏着一种担忧。如果你梦到自己赤身裸体，就那么走在街上，许多人看你、笑你；如果你再梦到自己憋了一泡尿，怎么找也看不见厕所，甚至连个没人的地方也找不到，便证明你曾经有过如此这般的尴尬时刻。那可能是你的童年，也可能是你的青春时代，总而言之又证明那时你的生活并不富裕，甚至很苦，穿的是旧衣服、破衣服。就这样，十几或几十年过后，那种“穷途末路”的感觉便突然出现在你的梦里。

7. 睡觉睡得多，也会做梦。一般人睡八个小时左右便可以，老年人睡五六个小时就够，而你是个闲人，闲着干吗？没事就睡，或者天生的四肢发达头脑简单，于是也睡。于是便睡得太多，便超过了生理需要的标准，那梦也就来了。但那梦零零碎碎、肤肤浅浅，又似梦非梦，似醒非醒，因为你根本不困，因为你根本不需要睡眠，因为你睡得太多，原因是闲着没事，而你又没有任何爱好或者特长，只好用睡眠来打发时间。严格地说，你那不叫梦，而是你的大脑对你的懒惰的一种反抗。

没有人没做过梦，但大部分都是所谓做梦，而不是梦想的梦。我认为，除了以上七种，再没有其他关于梦的解释。不妨对照一下自己，看你属于哪类、哪种。当然，病人除外。

“出轨”直白说

种种的出轨，无论在现实生活中还是影视剧抑或文学作品中，说来说去，其原因无外乎那么几种。

感情上图慰藉

不管女方还是男方，其中一方比较古板，或有些沉默寡言，或缺少情趣，更不要说什么浪漫、什么生日蛋糕与鲜花以及烛光晚餐，于是，另一方感到憋闷、感到寂寞，感到无法交流，以致突然觉得彼此的性格不合！时间一长，便滋生了出轨的念头，便伺机出轨。其实，这样的出轨也只为了在感情上得到些补充或者补偿，并没有过多的诉求。因为那一方并不存在致命的缺点或太多的缺点，也就是说并没有给另一方造成什么实际的伤害。

从另一角度说，他们在一起生活的时间还是太短，彼此还没有充分了解。否则，他们就会把彼此视为亲人，这时即便有些缺点，有些性格差异，也能相互包容，也就不会出轨了。

图钱图利

这里多半说的是女人。如果男方的经济条件不太好甚至很不好，或者一开始好后来不好了，而女方又是个对金钱极为看重的人，在物质生活上要求很高的人，此时，若看到了一个称心如意的，她便会出轨，便会朝那金钱与物质追逐了去。但是，凡这样的重新组合，好结果、好下场的少，坏结果、坏下场的多。因为谁也不敢保证永远有钱、有地位，永远辉煌，一旦失去了这些，那女人便会离他而去，甚至还有可能反戈一击！这样的事例很不少，以前有，比如“文革”，现在就更多，比如那些贪官及他们的情人。

图“性”

这用不着怎样解释，无非一方在性生活上要求得较多，或者较“重”，而另一方不管什么原因，总之没有让对方得到满足，于是出轨，男的去外面“交公粮”，愉悦身心，女的去别人那里吸取养分，同样愉悦身心。至于后果，因情况的不同、程度的不同而不同，有的夫妻相安无事，互不打扰；有的则闹翻了天，闹到离婚的地步。性，夫妻的性生活，绝不可小看，更不可忽视。

只因为经常抬杠拌嘴

夫妻之间难免在一些生活琐事上意见不同，因而经常抬杠拌嘴，时间长了，便伤感情，便有了积怨。此时若有个人在夫妇双方插了一脚，比如对其中一方表示了赞同，甚至给些安慰，那么这一方极可能向那个人倾斜，以至投入那个人的怀抱。这叫不叫出轨，要看后续的发展，倘越发展越严重，便肯定出了轨！因此，即便没有大的矛盾，平日的抬杠拌嘴也不能小视。

本来好好的

举一个例子，比如美国电影《廊桥遗梦》，那里面的女主人公招谁惹谁了？两个儿子一个女儿，丈夫勤劳俭朴，本来过得好好的。但是，就因为突然来了个摄影师罗伯特，那女主人公便被罗伯特的气质所吸引，于是便出了轨。难道她对家庭有什么不满足、不满意？难道她早就存有出轨之心？关于这一点，小说的作者没有说得很清楚，影片的编导说得就更不清楚，比如当罗伯特问起女主人公的丈夫的时候，女主人公也只是说她的丈夫“比较干净”。这算什么话？什么叫“比较干净”？是指做人比较干净还是指平时讲卫生、洗得比较干净？恐怕女主人公提不出她丈夫有什么缺点，更提不出什么错误，那不过是在寻找理由、寻找根据，好让自己出轨。这也是作者和编导的目的，否则便没有了这篇小说和这部电影。

设若，罗伯特就是女主人公的丈夫，也一起生活了那么长时间，也有了那么几个孩子，她会不会出轨？我想，一旦她遇到了又与罗伯特气质完全不同的人，当然，这种气质一定要被她看中，她仍然会出轨。因为她图的只不过是一种新鲜以及一种刺激，也只不过她生活得太平静、太平常。

而平静、平常又有什么不好？其实，那是一种多余的索求、没必要的索求。假如没有罗伯特，她不是一直很好？不是一向生活得好好的？

现实生活如此，难免平静、平常，也难免碰到与自己的丈夫或妻子的气质很不同的人，假如就此出轨，那么要想清楚对丈夫或妻子哪里不满意？如果只是气质，那么气质重要还是家庭重要？很可惜，美国人为我们做了回答，女主人公说："我活着，属于这个家庭；我死了，属于罗伯特。""死了"，才属于罗伯特，这不是空话吗？她最后还是回归了家庭，维护了家庭，也就证明，家庭比罗伯特重要。更因为，无论小说的作者还是影片的编导，都没有说出这个家庭究竟怎样不好，存在什么毛病。

实在过不下去

比如，男方虐待女方，对女方施行家庭暴力，且一而再、再而三；或者男方吃喝嫖赌，甚至吸毒，又屡教不改，那么女方有权出轨。但此时不应叫出轨了，因为实在过不下去，而应该离婚。

再比如，男方的性格有些软弱，而女方偏偏又是个母夜叉，于是虐待男方，又打又骂，且在吃上穿上均让男方处于下等，又谁劝都没有用，谁也管不了。此时，男方可以出轨，但又不应出轨，而应该采取另外的行动，那便是离婚。因为实在过不下去。

离了婚，无论男方还是女方，不妨一个人过，也可以另择男友或女友，于是从头再来。但是，千万不要让出轨变成习惯。一旦习以为常，便不当回事，便见了赏心悦目的或者比现在的配偶稍强的人，就想接近，进而想出轨。出轨，对女人的名声影响最大，而反复地出轨对男人的身体影响最大，君不见那四十几岁就拄了拐，就半身不遂的男人？

况且，什么事都可以说一说、道一道，即便搓麻，也可以当众讲讲，是输了还是赢了，输了多少，赢了多少。唯独这出轨，是从未见当众说的，因为见不得人，因为牵扯道德而开不了口，而不好意思说。甚至，但凡有人提起这方面的事或者这方面的新闻，那曾经出过轨的就会低头不语，或者一声不响地离开。心里的滋味只有他或她自己知道，自己去体会。

有人说，女人的出轨率在逐年增高，已超过了男人。

精神出轨算不算出轨？这是另一个话题，不在这篇短文的讨论之内。

肤色　年龄　老王　朋友

女人的肤色

男人的肤色、女人的肤色，在一定程度上都能说明某些问题。但这里只提女人的肤色。

一个十三四岁或十五六岁的女孩儿，天真烂漫，皮肤细嫩，脸上白里透红，那无话可说，是爹妈给的，也证明她的童年很幸福。如果这个女孩儿到了十八九岁或二十岁出头，依然有那般的肤色，也依然天真活泼，便证明她不但幸福，而且家里宠她，让她发育良好；同时也证明，这个孩子不太懂事，乃至天资未开，连大学可能也没考上。

如果到了三十几岁乃至四十岁，也就是说从一个女孩儿变成了一个女人，已为人妻，为人母，她依旧保持了那样好的肤色，脸上依旧白里透红，甚至反倒增添了些许靓丽，那么足可证明，她嫁了一个有钱的丈夫，丈夫家里也宠她，拿她当回事儿，她很轻松、很愉快。要么证明，她的智商还很低，还仍停留在少女阶段。

但是，这样好肤色的女人，也能说明她比较懒惰，而且很爱睡觉，因为据说女人的好皮肤是睡出来的。甚至能证明，这样的女人很可能自私自利，处处先为自己着想，几乎连孩子连丈夫也不顾。她可能天天做面膜，可能每逢休息日就睡觉；她上班所从事的工作也一定很轻松，那工作做得也肯定一般般；她肯定上班来下班走，绝不肯多耽搁一分钟，家里的事她能不管就不管、能不做就不做，能让丈夫做的绝对先让丈夫做，如果有保姆，当然全由保姆做。与她自己不相关的事，她更不会操一点心。

把这个女人说得如此令人不待见，除了她的好肤色，几乎一无是处。那么有没有这样的女人呢？有，当然有，只是极其个别。

我原来上班的单位一个女同事，便很像这样的女人。她快三十岁了才结婚，四十岁了看上去仍像三十岁，皮肤光滑而细嫩，脸上红里透白；她什么也不学，除了她从事的车间统计工作之外也什么都不会。她的丈夫一开始很宠她，后来不宠她了，因为有别的女人钻了空子，经常给她丈夫洗衣服，又经常把饭带来，和她丈夫一同吃。她开始和丈夫吵架，然后像个小孩子似的哭得很伤心，结果他们离婚了。

怪谁呢？应该怪她丈夫。因为她丈夫一开始认为她肤色好，没想到后来她这么懒，这么喜欢睡觉；更没有想到光鲜靓丽的好肤色乃因保养得好，乃后天养成，而根本不是什么天生丽质。

所以，无论男人还是女人，在寻找你的另一半的时候，一定不要被所谓的天生丽质所迷惑。有人说，腰粗、腿短、大屁股、圆脸，乃旺夫相。旺夫倒不求，只求有个好人品，与其肤色好，不如人品好。

有的女人，或因家务繁忙，或因工作劳累，把自己的皮肤弄得很粗糙，乃至眼角出现了皱纹；还有那考了研的，着实把自己弄出了些沧桑感，脸上不再红润，更不会红里透白。但这统统说明了一种精神，表现出了一种勤劳、刻苦的好品质。和这样的女人相好乃至结婚，她肯定会对家庭负责任，且对丈夫不离不弃。即使遇到了天大的困难，她也会和丈夫一同渡过难关，而不会如演艺明星那样，专门在自己的肤色上下功夫。

然而，肤色很容易迷惑人。那一见钟情，肤色便往往是其中的原因之一。

年龄

人以群分，物以类聚。物，很简单，很容易把同类的东西放在一起，而人，人以群分，便不那么简单了。为什么？一是人的思想、观点能否谈得来；二是因为年龄。而年龄的差别是能不能谈得来、能不能聚到一起的基本保证，也是一种分界线，或叫分水岭。

比如，那十七八岁的，可曾见过与三四十岁的走在一起？没有，他们走不到一起，因为他们之间无话可说，即便说了，不是你听不进便是我听不进，不是你听不懂便是我听不懂；那二三十岁的，又可能与五六十岁的走在一起吗？不可能。因为他们之间同样无话可说或叫无法交流，甚至彼此认为匪夷所思。

但是，同龄人或年纪上下差不多的人，很容易走在一起、聚到一起。他们或吃或喝或玩儿，也无所不谈，也无所顾忌，就因为他们是同时代人，就因为他们之间没有代沟。

你再看那些老年人，单个的坐在马路边，或低头不语，或茫然地望着远处，想着童年，回忆着过去，而昨天的事、前天的事却怎么想也想不起来。他们也很容易聚到一起，坐在公园的椅子上，听鸟鸣或彼此说着话。他们虽然也争论，甚至争得脸红脖子粗，但他们的确有话可说，甚至相互发些牢骚或感慨。就因为他们之间不存在代沟，而有着共同的经历，以及对许多事物有着相同或相近的看法。

那些十七八岁的或者二三十岁的，会不会轻易搭理那些七八十岁的老年人？不会。为什么不会？因为不屑。为什么不屑？因为年龄差得过于悬殊，因为搭理你也没有用；而不搭理你，你又能怎么样？顶多愤怒地说一句：这孩子！或者无可奈何地摇头：这孩子……

老年人，请自我珍惜、珍重，请自娱自乐，不要指望年轻人对你如何如何，即便是儿女，也很难听你没完没了的絮叨。他们或她们对手机更情有独钟。老年人，更不要以为做好了一顿可口的饭菜，叫儿女们来吃，您是好意，对您的儿女来说却是一种压力。因为他们不来不好，甚至不行，若来又舍不得时间或真的没有时间。更因为，他们不缺少您那一口饭菜，就为给您揉揉肩的，陪您聊聊天的，能有几个？

然而老年人和儿童倒能混在一起。但他们混到一起并非讨论问题、交流想法，而是在一起玩儿；或老人逗儿童，或儿童逗老人。那就好像地球的南极和北极都同样的冷，同样的冰天雪地，便负负得正，便可以相互融合了。再打个比喻，清晨的太阳和月亮，月亮挂在西天，而太阳又露出了笑脸，它们在同一时间出现。

关于爱，喜欢，就更不用说了，在年龄上分得更明显、更清楚。

如果一个十七八岁或者二十出头的女孩儿，没有看上二十多岁的小伙儿，反而看上了一个三十多岁甚至四十岁的男人，倒还可以理解，因为男人在二十多岁到三十多岁再到四十岁，无论从相貌上还是从体力、精力上均没有多大的改变，甚至四十岁的男人显出了一种成熟美。如果这个二十岁左右的女孩儿突然与一个五十岁，或者五十多岁的男人接近，乃至到了耳鬓厮磨的程度，那肯定不是爱，不是喜欢，而是别有所图，因为五十岁的男人已改变了很多，甚至发生了质的变化，绝不可再与二十多岁、三十多岁、四十岁的男人相比。当然，五十岁的男人也可能早已事业有成，那么从而可以断定，这个女孩图的是金钱、物质和享受。

同样，一个三十多岁的女人绝不会真的喜欢或爱上一个六七十岁的男人；一个四十多岁的女人也不会真的喜欢或爱上一个七八十岁的老人，虽然这位老人早已名利双收，甚至是个社会名流，但那绝不会是爱，绝不是喜欢，充其量是羡慕、景仰，要么便是出于对年老体衰的一种怜悯。再或者这个女人以她的隐忍，以她的坚定的决心，在耐心等待，等待着继承，继承那万贯家产，以求后半生无忧。

当然，男人对于比自己小了二十多岁或三十多岁、相貌又不差的女人肯定是稀罕的，是真心喜爱的，同样，一个女人倘遇到了比她小了那么多的、相貌又不差的男人也会稀罕，也会真心喜欢，这便是年龄的优势。

年龄，是个硬道理；年龄，是天平上最重的砝码，它超过了所有的金钱与地位。许多人都明白这个道理，只是不肯直说，而常常用爱，用喜欢来忽悠自己，也忽悠别人。

老王

“老王在，嫌老王，老王走了想老王”，这是人们常说的一句话。

为什么会有这句话？可能老王在的时候有诸多令人不满意的地方，比如工资，比如福利待遇，比如经常加班加点。于是你怨恨老王，嫌弃老王，盼老王走，希望换个老张、老李、老赵来，希望新人来了一切都有所改变，让你和大家得到更多的实惠。但你发现，老张、老李或老赵来了以后还不如老王，甚至变本加厉，于是从希望变成了失望，于是又怀念老王。

设若，老王真的回来了，你又会感到烦腻，认为是开了倒车，墨守了陈规陋习，甚至说保守、落后。总之，你满意的时候很少。

一个时期、一个时代上讲也是一样。比如，你很容易怀念过去，因为过去极可能是你的童年，是你的青春，而童年或青春即便怎样苦、怎样累，即便有多少不堪，也总会给人留下一些值得回忆和留恋的东西。而当下眼前，你看到的往往是缺点、是不足，甚至种种的谬误，于是你愤愤不平、怨气冲天，于是便怀念过去了。

但是，如果让你真回到过去，你愿意吗？难道还愿意承受那样的苦、那样的累和那样的穷？不要光想着童年或者青春，不要光想着仅存的那一点美好。

就如住楼房，住楼房有这样那样的缺点，有这样那样的不便。但让你回到村子还去住平房，即便那时你家有树，有狗，有宽敞的院子，你愿意吗？真愿意还是假愿意？恐怕你只是口头说说、抱怨抱怨而已，绝不肯付诸行动。因为从多方面衡量，总之还是住楼房比住平房好。当然，这里指的不是乡间别墅那样的平房，也非指“采菊东篱下，悠然见南山”那种居住环境里的平房。

曾经有一篇小说，叫《怀念狼》。作者出于对生态环境的忧虑，对狼赋予了相当的同情与喜爱，然而，当我把这篇小说的内容刚要讲给我的父亲听的时候，父亲却愤怒地瞪大了眼睛，什么？怀念狼？狼有什么可怀念的？

于是，父亲讲起了过去，讲起了他年轻的时候。他说我们家曾经养过猪；那年养了一头猪，那猪已经长到七八十斤，却突然一天早上，猪不见了。一头七八十斤的猪怎么就不见了呢？后来得出一个结论：被狼叼走了。然而又不是叼，是赶，边轰边赶，也不是一只狼，而是两只狼甚至三只狼也说不定。那猪见到狼便吓尿了，便连动也不敢动、叫也不敢叫，那狼把拴猪的绳子咬断，再用爪子把猪抬上墙头，翻过房脊，然后一只狼前面引路，另一只或两只在后面用尾巴不停地抽猪的屁股，那猪只好乖乖地跟狼走。

我虽然没有见过狼，虽然只在动物园里见过狼，但父亲的叙述让我对狼产生了厌恶感。

父亲接着说，现在的孩子可以随便出去玩儿，去远地方，去哪儿都可以；从前呢，就因为狼多，没人敢让孩子出去太远。不管什么东西，没有不好，太多了也不行！

父亲的话有道理，无论哪种生物，一旦太多便是一种灾难。继而我想到了“祥林嫂”，想到她见人便说“我真傻，真的。我只知道下雪的时候才有狼，没想到春天也有……”后来我又读了小说《狼图腾》，仍然没有引起我对狼的好感。

狼就是狼，怎么怀念也是狼。有驯虎驯狮的，可曾见过驯狼的？

你可以怀念过去，也可以为了企求改变而怀念老王。但你不要陷入怀念、怀念的恶性循环，因为一个人、一个时代，各有其优缺点，只看你是不是求全责备。如果求全责备，就会总不满意，总不满意，没有满意的时候。

我说这是你的一种自寻烦恼；你也可以说我，说这是我的庸人之见。

朋友

“朋友啊朋友，你可曾想起了我……”一提到朋友，人们很容易想到这首歌，然而朋友关系又不是歌中所唱的“如果你正享受幸福，请你忘记我；如果你正承受不幸，请你告诉我”那样的简单。其实，朋友关系很脆弱，几乎经不起怎样的考验和打击。特别是女人，女人比较小心眼儿，而且爱来事，很可能今天是朋友，明天就翻了脸，续而说彼此的坏话，再成为仇人也说不定。

要把朋友关系维持得好，维持得长一些、再长一些，起码应该做到以下两点。

第一，不要相互请吃饭。首先你不要到朋友家吃饭，更不要下馆子。如果你去了，在朋友家吃了饭，接着你肯定会想，下一次该你了；而你请，绝不会比朋友这次请的差，肯定要更强，更丰盛，花钱也需更多，这才够朋友，也才有面儿。如果朋友到你家吃了饭或者下了馆子，此时你要换位思考一下，因为你的朋友也会想，下次该他了。

而他请，又绝对不会比你请的差，绝对比你请的更丰盛，花的钱也肯定比你多。如此循环往返，你们不光成了酒肉朋友，更不知请到哪天才算完。因为谁也不肯输面儿，因为谁也不愿亏欠谁，或者说谁也不愿被别人认为自己抠门儿，男人嘛，这就是男人。

然而你们总不能无休止地相互请下去，也不会一次比一次更离谱，乃至到了令人无法承受的地步。当有一天，也无论从谁开始，忽然不请了，不管什么原因也不请了，此时便极有可能预示着你们朋友关系的结束。因为你们会同时意识到，或者说反省这样的朋友关系不太好，不是真正的朋友关系，应该终止。从此，你们也可能形同陌路，不再往来，继而会问什么叫面子，面子多少钱一斤？

第二，你不要向朋友借钱。当然，朋友最好也别向你借钱。如果你向朋友借钱，便等同于给朋友制造了难题。因为他会想，是借还是不借？若借你，怕你万一遇到了倒霉的事，需要花更多的钱或者已经损失了更多的钱，于是你还不起、没能力还；若不借你呢，这话又怎么出口？唉，既然是朋友，难也得借，于是让你打个条、立个字据。此时，你也极为尴尬，那字据你是写还是不写？若不写，朋友会怀疑，怀疑你有可能不还；你若写了，双方也尴尬，因为立字据似乎与朋友两字不搭调，似乎成了一种契约关系而不是朋友关系。倘若你再赌咒发誓，保证还、保证还，那简直就是一种借债与讨债的关系或者说像杨白劳与黄世仁的关系。

如果朋友向你借钱怎么办？我建议，朋友要借的钱假若数目比较大，三万或者五万、十万或者八万，你不妨寻个理由，婉言拒绝。当然，朋友也会怀疑，怀疑你有钱不借，但是你要明白，朋友之间早晚会互相得罪的，不是他先得罪了你，便是你先得罪了他，与其晚得罪，不如早得罪，因为人们往往记得别人向自己借钱，而常常忽略了自己向别人借过钱。当有一天，你迫不得已，不得不找上门，要朋友还钱的时候，便终于得罪了他。想一想，是不是有这样的情况？

假若朋友借的钱比较少，如三千两千，建议你一定要借。但那借，其实也不是借了，而是给，是送，并且你要明明白白地告诉他，这钱我不要了，给你了，让你救急。也就是说，你做好了心理准备，他若还你更好，若不还你，你的损失也不大，同时没有得罪朋友。更主要的是，你那个朋友保证不再第二次找你借钱。

也许你会问，既不请吃饭，又不借钱，还算什么朋友？

我告诉你，“是亲不过财，过财两不来。”亲戚尚且如此，何况朋友。

你还会说，有的朋友比亲戚强！有的亲戚根本不如朋友。

但是，你想过没想过，你和你那个朋友过过几次钱财，彼此请过几顿饭，后果如何？你们这样维持了多长时间？恐怕不久吧，恐怕没有维持多长时间吧。

国际上暗暗流行着一句话，叫作没有永远的朋友，只有永远的利益。把这句话的道理放在个人与个人之间也是一样，哪里见过什么永远的朋友？

讲个故事，说有AB两个朋友，一天，A到B家串门儿，B好生招待，但A走了以后，B忽然发现桌上的一叠钱不见了！那是五千元，怎么就不见了呢？于是很着急，同时也怀疑A，认为肯定是A拿走了，A可能急等着用钱，可能没来得及说或者不好意思说。几天以后，B便去找A，便去问A，想把这件事弄个清楚。你猜A怎样回答？A说是我拿了，又说的确等着用钱，的确忘了言语一声。接着，A便掏出了五千元钱交到B的手里，说自己的事情已经办完，这钱还给你吧。

又过了几个月，B忽然在八仙桌子与墙的夹缝处发现了那五千元钱！于是幡然悔悟错怪了A，原来那钱掉到缝隙里去了，居然没有往那儿找。于是B赶快去A家，向A谢罪。你猜A又怎么说？他说如果我不承认拿了那钱，而你又找不到，你就会永远着急，也会永远怀疑我，咱们俩的交情也就彻底掰了。于是B被感动得涕泪双流。

倘若谁能做到像A这样，谁就会有永远的朋友。可惜，我们极少极少见到A这样的人。

也只能在某一件事情上，某一个时间段上成为朋友。如果在这件事情上，在思想、观点、想法、看法上能谈得来，那么尽可以谈，尽可以交流，甚至争论，但切不可牵扯到钱财，不要牵扯个人利益，否则就成不了朋友，充其量是个合作伙伴。但你们也可能形成竞争，互为对手，进而演变成一场“无间道”，此时的“朋友”俩字，也只是外交辞令，也只是江湖上甚至是黑道上的称谓而已。

“君子之交淡如水”，最长远，甚至能保持一生。也因此，才有“人生得一知己足矣”这样的感叹。足矣，便是难矣。

家庭医生

有的人喜欢养鸟，有的人喜欢钓鱼，有的喜欢打扑克、搓麻，有的人退休了开始练习书法，或者开始学习绘画。依我看，千喜欢万喜欢，你有那么多闲暇时间还不如喜欢医道，还不如学些医学知识，掌握些治疗一般疾病的道理。进一步说，你不妨成为一个家庭医生，你们家的家庭医生，一定程度上的家庭医生。当然，不是让你成为这方面的专家，半路才学你也不可能成为这方面的专家。

如果你就喜欢钓鱼，就喜欢养鸟或者就喜欢绘画、写字，且孜孜以求，想有所成就，那么人各有志，各行其是。

如果你真的成了你家的家庭医生，想想吧，那有多么好。因为只有你才明白、了解你的家里人，只有你才知道他们曾经得过什么病以及从前的身体状况如何，或者是否存在遗传的因素。如果动辄去医院，很可能小病当作大病治，简单的病当作复杂病治，也可能治不好，反复转院，结果花了大把大把的钱。但反过来，又不能怪医生，因为医生不可能对每位患者都了解，也不可能问得更多，病人在排队，在等着叫号，医生们忙还忙不过来呢，顶多再问问你是公费还是自费，有没有医保。

我们不妨假设几个例子。

比如，你的父亲或者母亲着凉了，感冒了，此时你知道接踵而来的是咳嗽，然后是喘，你也知道他们有这方面的病根儿。因为你学了一些医学知识，就更明白“病走熟道”的道理，纵然对老年人应该格外地小心、谨慎，但你还是没有带他们去医院。因为你早有准备，准备了他们曾经吃过的药，然后再让他们把那药吃了，也就药到病除。如果你的父亲或母亲突然晕倒了，你同样知道，他们不是因为血压高，而是因为血压低或者低血糖，你在家里自备了血压计和血糖仪，从而你明白、了解血压太低或血糖太低也同样会出现晕倒的现象。至于怎么做，自在你心中，无非多吃些枣、多吃些甜味的东西，再增加些营养，而用不着去医院。

比如，你的丈夫或妻子忽然把腰扭了，然后疼痛不止，此时你知道他或她经常扭腰，很早以前就扭过腰，而根据你学的医学知识，你也知道扭腰不一定因为腰部的骨骼不好或者缺钙。对你的丈夫或妻子来说，你断定是因为肾虚，肾虚的结果让腰部的神经很脆弱、很敏感，于是动辄就把腰扭了。于是你既不带他或她去医院，也不去揉、去按摩，而你家中常备了膏药，然后再吃上六味地黄丸或者肝肾宝，那都是非处方药，一连吃上那么几天，你又知道很快就见效。然后再让他或她坚持吃，起码坚持吃那其中的一种，想一想，你既没有耽搁他或她的病，而又省了许多时间和许多的金钱。

再比如，你的儿子或女儿突然惊呼拉肚子，还用问吗？难道你从小把他们抚养大，对他们的性格、脾气、身体素质不了解？如果你一无所知，那你就不配当父亲或者母亲，也证明你不是个有心人。好，你既然做了你家的家庭医生，你当然就了解、就知道你的儿女之所以拉肚子并非因为喝了冷水，也没有吃什么不干净的东西，而是因为他们的肠胃不太好、胃动力不强。以前也拉过肚子，其诱因都是吃得多了点、吃得太油腻。此时，用得着去医院吗？因为你知道怎样做，也知道应该怎样嘱咐他们以及怎样为他们调理饮食。如果你的子女脸上起了“青春痘”，他们大惊小怪，你却十分冷静，因为你同样明白，那不属于青春痘，还是消化不良的原因，由此造成胃火，再形成血热，才起了酷似青春痘那样的小疙瘩。设若你带他们去了医院，可想而知那几乎固定了的流程，譬如验血验尿，化验肝功能，照 CT，恐怕还要看一看你的肠壁上是否长了肿瘤。不能怪医院，真的不能怪医院，因为他们对你的孩子不了解，也因为太忙，更因为万般还是小心的好。

甚至，你的儿媳或者你的女婿，他们如果得了什么病，你当然知道，他们当中的一个存在着遗传因素，另一个不存在遗传因素。无论存在的还是不存在的，均出于你对他们的了解。存在遗传因素的，根据你所学的医学常识，便知道很难治愈，更难以祛除病根儿，于是你做好了长期的思想准备和物质准备，同时也不得不和医院打交道，因为已非你的能力、你的水平所及，也超出了你所学到的那些常识的范围。至于没有遗传因素的，无论是女婿还是儿媳，同样看看是否一般的、普通的病，是否以前得过这种病，如果全是，那么你自然懂得该怎么治了，因为你是这个家里的家庭医生。

你甚至可以去找你的亲家，向他们宣讲、普及，让他们也得到这方面的一些知识，以共同维护好家庭成员的身体。我认为，这比养鸟、钓鱼，比画画、写字等要强了许多。

但我必须强调，这里所说的是一般的病、普通的病乃至头疼脑热，而且是你的水平、能力所及。如果你觉得被我误导了，对不起，因为我已说得很清楚，所以概不负责。

如果你把我的话当成废话、当成无稽之谈，其实也没什么，无非让你和你的家人多折腾几次，多花几个钱；无非给医院增添了许多病人，对医院来说，倒也未见得不是件好事。

事后诸葛亮新解

在文学作品中，在影视剧中，我们常常看到那里面的人物因其父亲或者母亲病危的时候，他或她没有守在身边而伤心不已、后悔不迭。在现实生活中，也有人公开地讲。如果是名人、明星往往在电视上讲，说他们当时如何如何忙，如何因为工作而脱不开身，于是在父亲或母亲临终时没有看上一眼，没能见上最后一面，为此伤心不已、痛苦不迭，流下了悔过的眼泪。

此时他们的感情是真的，后悔也是真的，而且言语之间似乎申明了自古以来的一条大义：忠孝不能两全。

但我们不禁要问，当时你真的那么忙吗？真的脱不开身吗？真的忙到连回去探视一下父母的时间也没有吗？恐怕不是。你肯定认为还是工作重要，父母次之；再严重点说，你怕耽误了你的前程，怕打乱了你追求理想的步伐。设若，你后悔之后再来那么一次，仍然忙，仍然接到了父亲或母亲病危的消息，你会不会站起就走？会不会毫不犹豫地回家？我表示怀疑。

由此我忽然想到了话剧《雷雨》，那里面的周朴园因为怀念鲁侍萍，也为了追悔三十年前他对鲁侍萍犯下的罪过，屋里的家具便依然按当年鲁侍萍喜欢的样子摆，客厅的窗户在夏天也依旧是关着的，连鲁侍萍的生日周朴园也没有忘掉。然而，当鲁侍萍真的出现在他面前的时候，他却改变了态度，说：“这么大年纪，我们可以不必哭哭啼啼。”又说，“过去的事，不必再提了吧。”然后，他要和鲁侍萍“明明白白地谈一谈”，谈什么呢？“痛痛快快地！你现在要多少钱吧？”再然后，“鲁家的人永远不许再到周家来！”

可见周朴园是虚伪的，可见他对鲁侍萍的怀念、对自己罪责的追思只不过是在为自己寻求一种心理安慰而已。也可以说，他是做给别人看的。这表面又极似“事后诸葛亮”，即当时昏，过后明白，其实，周朴园压根儿就明白得很，否则他不会改变态度，不会那般地对待突然出现的鲁侍萍。

不好意思，我捅破了人性中的某些弱点，希望不要介意。

还是回到关于父母的话题上来。

是工作、前程重要，还是父母重要？这似乎很难回答，也因人而异，视情况而定。但具体到我，虽然算不上个孝子，却不管什么情况、不管多忙，更不顾及什么前途命运，父母对我来说是最重要的，是最应该珍惜、最应该看重的。道理不用再摆，没有人不明白，关键在做，看自己怎么做，而不是“事后诸葛亮”，不是后悔，不是在公众面前痛哭流涕。

十六七年前，我去广西柳州参加了一个国家环境保护部门组织的培训班，学期三个月，然后可以拿到结业证，可以成为环境治理方面的专业技术人员，还可以借此考取助理工程师，进而升级为正式工程师。但是，我突然接到了电报（那时手机还未普及），说我的母亲病危！怎么办，走还是不走？回去还是不回去？我琢磨片刻，毅然决然地买了机票。

我到了医院，母亲的鼻孔插着管子，手臂上刺着针头，输着液。我就那样守在母亲的床前，亲手为她接大小便，又为她洗衣换裤，一直守了十多天。最后，母亲死在我的怀里。

连去带回，我一共用了二十多天，因此我耽误了培训班的学习，便没有拿到结业证，同时也失去了可以成为环境治理专业技术人员的机会，更不要说什么工程师。

然而我不悔，从来没有为此后悔过。

又过了几年，我出差去沈阳，和那里的一个工厂的环保科长谈一宗生意，那是一个噪声治理项目，数额很大，谈得很艰难、很费力，此时，我虽然不是专家，不是工程师，但经过我长时间的努力和不停的追赶，我仍然成为了这方面的专业技术人员，并且，从各种迹象上看，我极可能升任这个部门的部门经理。当我拿到了这笔数额可观的合同，已然过去了半个月，接着，我又去了哈尔滨，同样谈的是噪声治理项目，同样数额很大，同样谈得很艰难，并且，有另外一个厂家与我们竞争。就在我们相持不下，谈得愈发激烈的时候，偏偏又接到了家里的通知，说父亲病危！于是，我一面用手机向公司领导请假，说准也得准、不准也得准，一面把继续谈判的任务交给了我的副手。

当我回到家里，父亲已经奄奄一息。但父亲睁开眼睛，看见了我，也听到了我的声音，他的眼角，分明淌下了两颗泪珠。然后，父亲伸出了一只手，我攥住了那只手，父亲吃力地说出一句："你——你可回来啦。"接着，我把脸贴在父亲的脸上，轻轻地叫，轻轻地呼唤……

想得到吗？就因为我回来了，就因为父亲看见了我，竟然转危为安，继而又多活了好几年！

当然，这只是个别案例，但又没有人不承认这是个奇迹。

与此同时，因为我把谈判的任务交给了副手，被甲方认为我不重视，以致没有谈成，以致让另外那个厂家把生意抢了去。那是比沈阳的订单数额还要大的一笔订单，为此，公司领导不仅批评了我，我的晋升也没了希望。然而我不悔，始终不悔。所以，后来我也没有什么可表示悔过的。

鸟之将死，其鸣亦哀；人之将死，其言也善。试想，如果你到了临终的时候，会说些什么？会想起什么？肯定你说得最多的是"对不起"，想得最多的也是"对不起"，诸如你对不起哪些人，诸如你做了哪些对不起人的事，而人不会想起曾经怎样辉煌，怎样得意。

如果你对不起你的父母，恐怕是最大的"对不起"，恐怕将成为你终生最无法挽回的遗憾。请不要过后流眼泪，请不要向人们展示你的后悔。

当然，不要误解我，不要以为我是在标榜自己。我只不过想表达一下我的体会和感悟。我更非想让你向我学，因为我毕竟是个胸无大志的人。

狗

我们家曾经养过狗。

我们养的第一条狗是妻子从娘家抱来的，只有一个月大，毛茸茸、肥嘟嘟，非常可爱。那狗长到三个月的时候，鼻梁显出了白色，身上也出现了圆圆的斑点，于是我们叫它"花花"，借此证明它是一条黑白花儿狗，也证明是条母狗。那时的女儿，也只有四岁多，对花花情有独钟，每天从幼儿园回来，便守着这狗寸步不离，兴高采烈地逗着狗玩儿，几乎成了女儿全部的"业余生活"。即便睡觉，女儿也要花花睡在她的床底下，吃饭也必须让花花紧挨着她吃，乃至她吃什么，让花花也吃什么，且要一口一口地喂。然而，母亲有了病，继而病危，就在我们全家轮替着去医院守护母亲、不久又为母亲办理丧事的时候，却错过了给狗打防疫针的时间。那时还没有宠物医院，我们只能抱着侥幸心理，继续养这条狗。

侥幸毕竟不行，就在这狗长到快一岁的时候，妻子突然看见它在流口水，滴滴答答，从嘴角上不停地滴下来。这分明是有了病，可能是肺部发炎了。怎么办呢？妻子给狗喂了消炎药，又去很远的地方买来了庆大霉素，给狗打针，一天打两次，一连打了三天，却根本不管用！接着，花花便主动靠近我们，逐个地在我们的腿上、脚上蹭，把口水滴在了我们每个人的眼前；我们进屋，它也蔫蔫地跟在我们后面；进屋以后，那狗继续在我们的脚上、腿上蹭，似乎在告别，又似乎恋恋不舍。

第二天，下了雪。我们看见花花在雪堆旁，开始撕扯着一把笤帚疙瘩，疯狂地撕扯……女儿从屋里出来，把她自己扫床用的一把新笤帚放在了花花的面前，花花拼了命地继续撕扯。

毫无办法，我们只能这样眼睁睁地看着那狗，看着它把笤帚撕得光秃秃，又慢慢地不动弹；然后，又见它把头深深地扎进了雪堆，就再也不动了。

全家人都很难受，女儿哭了好几天。

我们养的第二条狗，是父亲花了五百元钱从狗市上买来的，也带着打过防疫针的发票。那是条公狗，已有一岁大，浑实、粗壮，又从头到脚一身黑，于是我们叫它大黑。大黑根本不用拴，因为它很听话，你领它出去它才出去，你不领它出去，它就老老实实待在它该待的地方。它实在闲了，便在院子里走一走，闻一闻，然而它什么也不破坏。大黑还不随便拉撒，只有带它出去，到了野外或者田间地头，它才敞开了拉撒。大黑更不挑食，有肉也行，没肉也行，即便汤汤水水再加些剩饭剩馒头，它也照样吃得很香。

但父亲和我们全家人都不亏待大黑，有时父亲去市场买来了肉头肉脑，有时妻子或者我去杀鸡的地方捡来些鸡肠子和鸡屁股，然后加些盐，放在院子的铁锅里煮。我们眼看着大黑身上的毛油黑发亮，一天比一天壮！

在大黑长到两岁的时候，便能分辨出我们全家任何一个人的脚步声，只要刚刚走到距家门大约二百米，它便听出是谁回来了，于是它飞跑出去，迎接你，在你的周围欢蹦乱跳。到了夜晚，如果我家的街门还没有关，大黑便知道我家有人还没有回来，它的耳朵便时而竖起听着外面的脚步声。

我家大黑从来没咬过人，也不轻易汪汪。但是，若来个它从没见过的陌生人，它便不依不饶，站在门洞里大声地、不停地汪汪，那人休想进得来。这时，但凡我们家有一个人出来和那人说了话，大黑便能从我们对来人的态度乃至脸上的表情，判断出该不该让那人进来：如果我们家人站得比较远，又一动不动，大黑便横在中间，依旧朝来人汪汪；如果家里人和那人拉了手，说着热乎话，大黑便闪到一边，续而老老实实趴着去了。那人走的时候，大黑也只不过抬头看两眼，而不会再叫一声。

大黑也从来没有和其他狗掐过架，村里的狗都喜欢和它玩儿，它们一同嬉戏，互相追逐，在冬天的田野上尽情地撒欢儿、打滚。

有一条母狗，大黑经常去嗅那条狗的全身，嗅个没完没了。后来，父亲让大黑和那条狗交配了，再后来那狗生了一窝小狗。我下班回来，也曾带大黑出去，便亲眼见到大黑和那条母狗相互蹭头，反复地蹭，似乎在亲热，在接吻。父亲说，大黑只要两天看不见那条母狗，便会去寻。有一天，竟然寻到那户人家里，然后大黑逐个舔了那些狗崽……它好像知道，那是它的亲骨肉。

大黑也追兔子，箭一般地蹿出去，霎时无影无踪。不多一会儿，它叼着兔子回来了，但却叼着不松嘴，一直叼到了那户人家，又站在门口不动。父亲明白，便拍拍大黑的头，说："放心、放心，我把兔子煮得烂烂糊糊的，给你的孩子们吃。"

大黑也曾通风报信，那是一个雨天，父亲领大黑出去的时候，在路上跌了一跤，想站起来却又起不来。大黑便飞跑着回到家里朝我汪汪，又叼我的衣袖，我跟随着大黑，看见父亲扶着树，满身泥巴。大黑的脖子左拧右拧，且发出一种尖细的叫声，似表示它的不安和自责。

就这样，三年，五年，八年……大黑伴随着我们全家度过了十余年。

父亲愈加衰老了，大黑也开始衰老。到第十四个年头上，我们便不让父亲再走那么远，只在家门口附近遛一遛大黑。大黑走路似乎也很吃力，像人一样的步履蹒跚，以至于父亲走一会儿停一停，大黑跟在后面也随之走走停停。父亲找个地方坐下，歇一会儿，大黑就趴下了，它的耳朵再也竖不起来，眼睛却很容易闭上，好像随时准备睡觉。

不能再让大黑跟着父亲了，由我、妻子、女儿三个人顶替父亲，轮流遛大黑。然而每当我们领大黑出门的时候，大黑总是先进入父亲住的屋子，舔舔父亲的手，闻一闻父亲的脚和鞋。父亲也会抚摸大黑，说：走吧，能走多远走多远，走不动就回来。

大黑再也啃不了骨头，那骨头在它嘴里打了几个转，终于吐了出来。大黑再也嚼不动肉皮。如果像以前一样，把肉皮放在大黑的盆子里，大黑只能偏着头，用它腮上仅剩的一颗牙齿，努力往起叼；一旦叼起来，再咽下去，它很快就会拉稀，而且一连要拉几天。于是我们只好如对待老人、对待病人那样，每天给大黑熬粥或者把馒头掰碎。但又不能加荤腥，如果加了荤腥，大黑还是要拉稀。

大黑再也分辨不出我们家里人的脚步声，甚至你已到了它的跟前，它才突然朝你叫。外人来了也须走近，它才能分辨出是外人。我们知道，大黑的眼睛不行了，耳朵也不行了，而且那叫声不再是响亮而又吓人的汪汪，而是嗡、嗡、嗡，像是胸腔里的共鸣，又像是喘气。

大黑老到这个程度，可怎么好，可怎么办呢？我们站在大黑的身旁，看着它，一面掉泪，一面商量怎么办。妻说，要不然把它送人？不行，不但没人要，也对不起大黑。父亲说，给它治病？而它又没有病，只是老了，大凡狗活到十四五年，都会老到这个程度，甚至会死，这也是一种自然规律……最后，我们的结论是，能多养几天就多养几天，即便死，也要好好把它埋葬。然后呢？要不要再养一条？

第二天清晨，大黑不见了！

我们到处找，到处呼喊大黑的名字。大黑走路尚且晃晃悠悠，它能跑多远，能跑到哪儿去呢？

然而我们从清晨一直找到傍晚，丝毫没有见到大黑的踪影。妻子不停地抹眼泪；女儿哇哇大哭；父亲唉声叹气；我的心里一阵阵发酸。

在距离村子大约半里的地方，有一片废弃的水泥楼板，那楼板堆得横七竖八，既不成样，也不成型。两个月以后，忽听有人说，那片楼板的缝隙里藏着一条狗，是条死狗。

于是，我们全家赶快到了那里，赶快去看。我们在楼板的夹缝中，真的发现了一条狗，也真的是条死狗，但是从那条狗的形状上、从头形上我们认出来，这条狗便是我们家大黑！过去了两个月，且是冬天，它早已被风吹干了，全身瘪瘪的，那毛一碰就掉。大黑只剩了一把骨头。

大黑，你就用这样的方式告别我们？就这样偷偷躲出去，躲到这样一个隐秘的地方，免得让我们找到你，免得给我们增添麻烦？你是不是感到我们正为你犯难？是不是觉察到了，我们另有打算，想再养一条？

我们埋葬了大黑。那坑挖得很深，虽然是冻土。

大黑，你知不知道我们在埋藏你的时候流了多少眼泪？知不知道我们为你感到多么悲伤？感到多么对不起你？

我们家又养了第三条狗。

第三条狗是条流浪狗，妻子从外面把它带回来的时候，它蔫头耷脑，骨瘦如柴。

这也是条公狗，大约只有半岁多，我们给它取名叫小雄。经过我们细心喂养，小雄慢慢变得壮实，变得活泼可爱起来。不知道它的主人当初为什么要丢弃它，即便它自己到处乱跑，又为什么不想方设法找到它。

小雄的可爱之处很多。它同样能听出我们家所有人的脚步声；它同样能认出谁是我们家的亲戚或者朋友；它从来没见过的人，休想进得了我们家大门。而且我们家里人在干活儿的时候或休息的时候，只要稍微动一动或者显出些着急，小雄便知道你需要什么或缺少了什么。譬如，妻子在给土暖气锅炉添煤，忽然四下里望，小雄便知道在寻找煤铲，于是不知从哪儿把煤铲叼到了妻子面前。譬如，父亲在街门口要坐下，和其他老人聊天儿，父亲忽然动了动屁股，小雄便知道父亲忘记带马扎了，于是从院里把马扎叼了出来。有一次，女儿上学，小雄跟在自行车后面跑，在不远的路上，女儿忽然下了车，看着车轱辘，小雄便知道此时需要气筒，便跑回了家把气筒叼给了女儿。女儿用完了，小雄又把气筒叼回去，女儿说，感动，感动，真想亲小雄两口！

有时，我出差半个月，甚至一个月，当我回到家里的时候，小雄使劲儿摇尾巴，又蹿又跳，然后像个孩子似的往我怀里扎，我则抱着它的脖子，它舔我的手，在我怀里磨磨蹭蹭。

就这样，过了两年。拆迁了，我们要到别处去住，但平房已经很少，很不容易租到，我们只好租住了楼房。

楼房怎么养狗？据说居民小区里只允许养小狗，也就是宠物犬。一般的狗，比如像小雄这么大的狗，小区里绝对不许养。要养也行，不许出屋！不许出屋？让小雄不出屋？憋也要把它憋死了。

我们全家都为此发愁。万般无奈之下，我们只好把小雄送人了。送给谁呢？送给了一家单位，那家单位离我们住的地方不远，我们可以很方便地去探望小雄。

然而，每次探望小雄回来，妻子总是抹着眼泪。

女儿探望小雄回来，啪啪地摔书，要么就没气找气，有时冲我，有时冲她妈。

父亲一次也没有看过小雄。虽然只有二里多路，父亲也走不了那么远。但父亲又总催促别人：去没去看小雄？几天没去了？嗯？

我一共去过三次，亲眼看到小雄趴在那个单位的传达室门口，被铁链子拴得很牢。

小雄看见了我，立刻扑向我，几乎把锁链子挣断。它那眼神，分明是一种乞求的眼神；它的眼睛里，我看到了似乎是绝望的泪水。我攥住小雄的前爪，与它交换眼神，又用我的头抵着它的头。此时，我的眼泪也禁不住流下来。

再以后，我们回迁了，正式搬入属于我们自己的楼房。那家单位也迁走了，不知迁到什么地方去了。然而，我们全家人心照不宣，既不互相打听那家单位究竟搬到了哪儿，更不向别人打听，因为我们不想知道那家单位具体搬到了哪儿，因为我们不忍再看到小雄那可怜的样子，不忍再看到它那乞求的、绝望的眼神。

从此，我们也不想再养狗。对我们家的人来说，可以养猫，可以养鸟，可以养鱼，就是不能养狗；即便再住平房，也绝不再养狗，因为我们实在忍受不了那样的生离死别！

如果你的心肠不够硬，建议你也不要养狗。

业务员

如今，许多人找不到工作，即便毕业了的大学生也往往不容易找到工作。其实，就看你怎么选择，有的工作你认为不适合你，与你的专业不对口，或者认为档次太低，于是你断然拒绝或婉言谢绝。

在你接触的所有工作中，有一种工作，这种工作看上去不大起眼，也很平常，似乎人人都能做，但对所有的公司、工厂又都是必不可少，甚至是至关重要的。这个工作便是销售，便是做个业务员或者叫销售员，也就是平常我们所说的“跑业务”。如果你遇到了这样的工作，建议你一定要欣然接受。哪怕你是个不爱讲话的人，是个内向的人，甚至是个一说话就脸红的人，劝你还是要接受，硬起头皮也要接受，强迫自己也要接受。此时，你应该认为是天赐良机，是你命运的一次转折。

现在说理由。

第一，首先是销售的重要性。如今生产不愁、技术不愁，你见过现在还有为生产发愁的吗？还有为技术发愁的吗？因为生产所需要的劳动力多得是，尚且还有农民工；技术人员也多得是，现在基本没有解决不了的技术问题。愁的是什么呢？愁的是业务，愁的是订单，也就是说，有没有充足的业务、有没有足够的订单是一个企业是否能生存下去的基本保证。因此，业务人员十分重要，当一位老板看中了你，要你做个业务员，他便对你寄托了莫大的希望。

第二，如果你做了业务员，难免会求人，因为跑业务本来就是件求人的事。那么，你不善说话也必须得说，你性格内向也要变成不内向，一说话就脸红也需变得脸皮厚一些，这样就改变了你，让你的性格更加适合市场经济的需要，同时也就利于你今后的发展。也许你会问，我的尊严呢？还有没有尊严？而我认为，大丈夫能屈能伸，要受得委屈，经得起煎熬，要放下架子，而当你取得了成功，拿到了订单，这便是你巨大的尊严，很高的尊严。

当然了，你也不要学得油嘴滑舌，以为很会说话，以为那才是一个业务员的本事，甚至你学会了说谎或言过其实，再或者你学得一副京片子嘴，以为那是最标准的普通话，以致夸夸其谈，殊不知人家会讨厌你，认为你这个人不可靠。此时，你也就很难拿到订单，很难再去跑业务，也就失去了你本应有的尊严。初做业务员的人，往往在说话上下功夫，往往会犯这样的毛病。

第三，你既然做了业务员，肯定要疏通人脉，广结人缘。原来你认识的便可以加强来往，加深友谊，建立交情；原来你不认识的，从此认识了，便可以交往下去，于是你就有了很多的业务渠道，掌握了丰富的业务资源。俗话讲，在家靠父母，出门靠朋友。生意上的朋友虽然是暂时的朋友，但这样的朋友一多，获取订单的机会也就越多，你也就不用发愁。

如果你坐办公室或在实验室，要么做医生或去教学，你的工作范围只局限在你的那一块儿，你能接触那么多形形色色的人吗？能知道世上存在着那么多千奇百怪的事吗？能懂得人与人交往那其中的许多道理和所谓的规则吗？要知道，“世事洞明皆学问，人情练达即文章”，不要说现在，假若将来你不想做业务员了，那么对你职业的重新选择也会有相当大的好处。对不起，我说的全是实话。

第四，你做了业务员，也跑了那么多路、去过许多地方，也无论多远，无论山南海北，你或者乘火车、动车，或坐飞机、轮船，近的你坐公共汽车，总之要去，要不停地跑。于是你结识了许多人的同时，也认识进而熟悉了许多路，也见过许多大小不同的城市乃至乡村，如果你拿到了订单，心情愉快，便可以顺势游一游、逛一逛，对开阔你的眼界、陶冶你的情操又帮助多多。请问，谁为你提供了如此方便的条件？难道不是因为你做了业务员？不是因为你跑业务？即便你只拿两三千元的基本工资，还没有拿到提成或奖金，你照样能游一游、逛一逛，因为不花你自己一分钱，除了你吃饭，差旅费全部报销。

那些想出去旅游的，或钱少，或没工夫，你不知比他们幸运了多少，你真的应该庆幸，甚至应该感到幸福。如果你带了相机，或者用手机，还可以留下许多照片，将来你可以很自豪地说，天南地北，大半个中国，甚至国外，都去过了，都见过了。这对你又是多么大的安慰！当然，前提是，你要好好工作，要取得成绩，要对得起你所在的公司。这又全是实话。

第五，干任何工作都难免吃苦，任何工作也都有难处。但业务员的难与苦又与其他职业不同，比如，你跑了那么多的路，去了那么多地方，难道只是开心？就不苦吗？你去谈一个订单，费了九牛二虎之力，却还是拿不下来，此时你苦不苦？难不难？你去要款，而对方却刁难，或瞪眼说没钱！于是你不得不反复地去，甚至死磨硬泡，于是吃也吃不好、睡也睡不着，苦不苦？难不难？你代表乙方，夹在中间，效忠乙方的同时又不得不为甲方考虑，难不难？如果你代表的乙方出现了某种差池或者疏忽，没有把产品做得很合格，要么没能按期交货，那款也就别想要了；但你的老板又绝不肯善罢甘休，此时，你难不难？苦不苦？甚至有的甲方不但让你提供售后服务，售前就已经让你服务了许多，比如他要装修、要搬家或者要封阳台；比如他小姨子结婚，需要车，犹犹豫豫不好开口；他丈母娘过生日，指东说西、拐弯抹角需要赞助……你怎么办？难道装糊涂？难道一口回绝？恐怕你不但不敢，恐怕你还要主动应承，然后亲自上阵，亲自动手，于是你像个农民工似的给他家里干体力活儿，于是你可怜虫般的向你的上级掰开揉碎地解释。如果遇到理解你的上级还好，如果是个不理解的，与甲方的合同不但很可能泡汤，上级还会怀疑你，怀疑你和甲方有猫腻！

正因为有这样的苦、这样的难，才实实在在地锻炼了你，让你与众不同。与坐办公室的不同，与在实验室的不同，与医生不同，与教师不同，如果把你比作商人，你又与一般的商人不同。一般的商人只是卖东西，然后人走茶凉，而你要山南海北地跑，要提供售前售后服务，要疏通人脉，要建立自己的好人缘。当你吃过那么多的苦、经受了那么多的难，认识了那么多的地方，又广结了那么多的朋友，你便越做越大、越做越强。这时，没有人再小看你，你的老板不但重视你，也会对你提高了警惕。警惕什么，你自己去体会，你应该心知肚明。

此时，跳槽不跳槽，因为你进入了自由世界，便由你了。有人来挖你，走不走，也由你了。甚至于你是否去单挑、单干，是否另立门户，拉出一摊，也随你了。这便是你的老板对你提高警惕的原因，也是他对手下所有具备相当能力、相当资格的业务员最为担心的事。

即便你要干的与原来的产品没有关系，即便你进入了另一个领域，广阔的视野、丰富的人际交往经验，以及你对那么多苦与难的承受，都将是你为了实现自己的理想，为建造自己辉煌之塔最宝贵、也是最基本的条件。这本来属于你的秘密，我只是把它说穿了。

许多人的第一桶金，便是因为做了业务员，便是因为做了销售。

许多人之所以成为老板，成为实业企业家或互联网企业家，往往也是因为做过销售，就是说，他们都曾经是业务员出身！不信，你可以打听一下，也可以去“百度”搜一搜、看一看。

想得太多

我在村外的小河边偶然发现了一块石头，那石头椭圆形，光光的，与鸡蛋大小差不多。我把它拾起来，但又觉得没有用，一块普通的石头能有什么用呢？我便又把它放到原处，并自言自语地说，你还是在那儿好好地待着吧。

忽然一天，来了一辆汽车，从车上下来了人。他们来挖沙子，于是我眼看着那块石头连同沙子一起被装上了车。我又自言自语：走吧，走吧，走了也好。你这块石头，免得我每次散步到这里的时候，都要看你一眼。

不知过了几年，忘记过了几年，忽然又来了一辆汽车。此时，小河里已没了水，岸边也几乎没了沙，他们从车上呼噜噜卸下来一堆渣土，那渣土包括塑料袋、菜叶菜帮，也有碎砖烂石。我忽然在碎砖烂石中看见了那块椭圆形、光光的、鸡蛋大小的石头，没错，就是它！我对着石头再次自言自语：这些年你去了哪儿？是被人加到水泥里，盖房用了，还是被人垫到了路基上，修路用了？抑或你始终待在垃圾堆，又被人送了回来？

汽车走后，我把那块石头重新拾起，拂去了它表面的灰尘，然后在手里把玩。然而，它终究没什么用，我便再次把它扔到了河边：你还那样老老实实待着去吧，谁知你要待到什么时候。如果没有人再动你，把你运走，或者因某种缘故把你砸碎，也许你会待到地老天荒。你可能把我耗死，再耗过我的下一代，乃至下下一代……

一块砖，一块已经分不出是什么颜色的砖，从我小的时候起，这块砖就砌在我家的墙头上。

父亲说，从他小的时候起就有这块砖。那时，这块砖在茅房的墙上，后来茅房改造成了厕所，这块砖又在厕所的墙上。再后来，有了公共厕所，这块砖便和其他砖一起，在我家院里的一个角落放了很长时间。因为下雨，墙头塌掉了一个角，所以才用那些砖补充了墙头，这块砖便在其中。就是说，那块砖就这样待在我家的墙头上了。

我望着这块砖，真想问，你从哪里来？什么时候来的？从前在哪儿？又是什么人以及哪些人把你烧成了砖？用的是哪里的土，哪里的窑？你在我家究竟待多久了？还想待多长时间？是不是想永远这样待下去……

因为拆迁，它终于挪动了。

然而，当我怀着恋旧的心情去了那片被拆迁后的废墟，又到了我们家房子的旧址。这时候，不知被什么东西突然绊了一下，我低头一看，马上认出来，是那块砖！它依然完好无损，就那么老老实实待在地上，于是，我很厌恶地一脚把它踢进坑里。

又过了很长很长时间，我在小区的围栏外散步，猛地又看见了这块砖。不是我故意，是它强迫我把它映入眼帘，它在围栏的底部，和其他砖一起砌成了围栏的底座。我不由得站在那里，看着它；它似乎也在看我，似乎和我打招呼：老朋友，我俩又见面了。怎么样？你能把我怎么样？你会终老、会死，我不会死，你们人类会一代一代地消失，而我不会消失，无论我到了哪里，也不会消失。

我真想朝它大喝一声，你到底要存在多久！到底想活到什么时候！

郁闷。人，砖，石头……

难怪有人说，害怕仰望星空，很少仰望星空。

我也是，很少仰望星空。我害怕望得太久，害怕产生迷茫、迷惑，乃至郁闷，甚至虚无……如果你想到"时间"这个东西，想到它从什么时候开始，到什么时候才算结束；如果你想到宇宙，想到宇宙的生成，它有没有边，哪里又是它的边……迷茫的感觉，空落落的情绪，也就离你不远了。

鲁迅先生面对着一群羊，曾经发出这样的诘问："你们到哪里去!"

我也曾经看着地上的一群蚂蚁，纳闷地问："你们在干什么?"

不太好，这样问不太好，有些"超人"。那结果便是迷茫、虚无，甚至打不起精神，乃至怀疑起人生的意义来。

但我仍然经常想起我们这个村子。这个村子不知存在了多久，不知生成于哪朝哪代，虽然有传说，但谁也说不清楚。我进而想，这个村里曾经居住过多少人呵，一朝一朝，一代一代，他们都务农吗？有没有做买卖的？有没有做官的？而村子四周的这片土地又埋葬着多少人？倘深深地挖下去，还能看到一些痕迹吗？尸骨的痕迹……如今，这地上是楼房，是公园，是高尔夫球场，谁又能想到它的地下？

有科学家说，不知多少亿年以前，海洋中的浮游生物经过日精月华

（所谓日精月华，无非阳光、空气、水），以及夜间偷偷地生长，于是它们慢慢长出了头、长出了角或者脚，也长出了嘴。于是它们开始吃那些比它们小、比它们进化得慢的浮游生物，于是它们一天天长大。也许，海浪把它们冲到了岸边，它们又有了真正的脚，便开始在陆地上觅食，就这样，它们由小变大，最后变成了恐龙。

而六千五百万年前，恐龙突然从地球上消失，据说因为一块巨大的陨石，砸出了一个墨西哥湾，于是海啸、地震，于是气温骤降、天昏地暗，那些恐龙也就被淹死、冻死、饿死。但也有极个别的恐龙，被海水卷到了树上或者它们自己跑到了树上，于是它们吃树上的果实或树叶，就这样生存下来。不知又过了多少万年，它们变成了鸟；鸟，比如麻雀，“麻雀虽小，五脏俱全”就是说其体内结构已与人类基本相同。再后来，鸟变成了猴子；再再后来，猴子变成了猿……

如果以上的说法成立，我们人类算什么呀，才有多长时间的历史？真乃弹指一挥间！

所以我不敢多想，所以不敢轻易仰望星空。甚至，我不愿想起那块石头和那块砖。石头和砖，哪怕一块木头，不知何年何月才是它们的尽头。

但话又说回来，既然来到了这个世界上，既然在这个地球上生存，对于像我这样的普通人来说，也要尽量做些有益于人类、有益于地球的事，而不做有损于人类、有损于地球的事。

翻来倒去，还是想得太多了，小心失眠！

古村落

那年，我去西部的一个县城，与那里一个单位的供销科长谈一宗生意，因为他来我们公司的时候我们很好地接待了他，如今，他也很好地接待了我。生意谈成后，皆大欢喜，第二天是星期六，热情的供销科长又邀请我去他家做客。

因为他离家比较远，所以在单位住宿，只在休息日才回家。他骑了自行车，我雇了一辆三轮摩托，走出将近四十里地才到了他家所居住的村子。与其说是个村子，不如说是个村落，因为一路上很荒僻，村子四周也很荒僻，基本没有看到什么人，更没有看到汽车。而且，这村子的房屋都很旧，村里也很静，静得似乎在沉睡，我当然明白，凡这样的村子，年轻些的都出外打工去了。

然而，越往里走，我便越发现这个村子的特殊之处，也可说是可贵之处。

首先，伫立在村子正南面一座孤零零、半圆形的门洞，门洞上方显现出斑驳而又苍劲的四个大字："青山秀水"。然后，我又看到那树，这里的树都很粗、很老，粗得怕两三个人搂也搂不过来，老得只剩了树身，而枝杈断的断、干的干，但在树的顶尖仍然显出了些绿色。这里的住房不但旧，有的地方已然坍塌，而有的地方是残垣断壁。但我又发现，那些砖都很厚、都同样的古老，大约和八达岭长城上的砖差不多。于是我得出一个结论，这里的树、房、门洞，乃至整个村子，起码都有上百年甚至几百年的历史，都应该很好地保护起来。因为它们已属于古迹了，属于文物了，也就是说，属于我们民族传统文化的一部分。

当我把我的这个想法说出来的时候，这位供销科长却不以为然。他很不屑地摇了摇头："您知道什么呀，我们这里的人可不这么想。他们恨不得一时拆迁呢！"

拆迁？许多人不愿拆迁，厌恶拆迁，因为舍不得离开家园或叫故土难离，而这里的人却盼望拆迁。怎么解释呢？如果真的拆迁，这个古老的村落岂不毁了？消失了？

但我没有反驳供销科长。又在他家喝了些酒，吃了些饭，然后我回到县城的宾馆，就这个古村落的问题琢磨开去，想开去。

我越琢磨越觉得供销科长的态度有其道理。

只有那些文人雅士，也只有那些颇具文艺范儿的人，或者退了休、很清闲的人，才有兴趣、有时间到这偏僻而又古老的村子走一走、看一看，也才认为这也该保护，那也该保护。因为他们很稀罕这样的地方，他们有的甚至在这样的地方租了房子，也有的在这里买了一块地，自己建了一处房子。他们讨厌城里的喧嚣、吵闹，厌倦了城里的生活，他们害怕空气污染，对交通阻塞又无可奈何。而这里，如此古老的村落，多么清幽，多么宜人，多么值得留恋。但他们住了一段时间以后，发现清幽是清幽了，而清幽无异于寂寞，宜人是宜人了，宜人便等于永无休止的孤独以及不便。于是，他们意识到，自己也只不过图了一时的新鲜而已，于是，他们回去了，回到了城里，又过起了以前那样的日子。

还有一些外国人，他们抱着猎奇的心理，但凡看到破旧的房屋，但凡看到衣衫褴褛的儿童或者看到有些驼背、两手像树根般的老人，便产生极大的兴趣，便立刻拍照。他们喜欢陈旧，喜欢古老，仿佛那才是中国。

是的，供销科长说得有道理，这里的农民兄弟不这么想。他们不喜欢陈旧，不喜欢古老，之所以不喜欢陈旧和古老，对他们来说，这意味着贫穷和落后。他们喜欢的是进步，喜欢的是向前发展；他们渴求改变，想要过城里人那样的生活，比如住楼房，比如用的是煤气和自来水而不用再烧木柴、烧炉子；他们想要孩子就近上学，而不必再跑那么远的路；他们想出门就能买到东西或者卖东西，他们想坐上公共汽车，而不必再跋山涉水；老人如果有了病，也很容易找到医院，而不是求神问卜或让游医骗了人。至于村子、树、门洞和房，古不古、旧不旧，有没有保留价值，该不该很好地保护，于他们可说没什么关系，甚至风马牛不相及！所以，他们才盼望拆迁，当然是合法的拆迁，公平的拆迁。

想开去，想开去，忽然又想到了名人故居。

我们有那么多名人故居，都得到了很好的保护。

几千年历史的中国，幸亏只保存了部分名人故居。倘若把那么多的名人故居全部保存下来，不知要占去多少地方，占据多少土地资源。可是，看我们今日的房价高得离谱，看我们的许多年轻人还缺少房子住，这都与土地资源有关，也就是说土地资源多么重要。而我们的人民群众正需要在这块土地上求得进步，求得发展，而不是守旧，而不是光看着古老的城墙、古老的建筑引以为骄傲。有人抱怨地说，北京的城墙不应该拆！假如当年真的不拆，观景是观景了，保护是保护了，但还会是今天如此敞亮、如此四通八达的北京吗？即便这样，我们的交通仍然拥堵得要命！

倘再过一百年乃至几百年，我们不知还要产生多少名人以及他们的故居。那时，为了节约土地资源，为了少占些地方，恐需另外想个办法，当然，这个办法希望不会得罪名人的在天之灵，也不要得罪他们的后代。比如，我们可以专门建造一个场馆或另开辟一个场馆，将那些逝去的名人请进来集中到一起，场馆里塑了他们的像，摆放好他们的照片，再写明他们的出生年月日和去世的年月日，以及他们之所以成为名人的种种事迹和故事，也就是生平介绍。还有，他们的故居在哪里，必须标得清清楚楚。所欠缺的是这个场馆里不能摆放名人们的那些实体遗物，所以，这个场馆我们不妨就叫它名人纪念馆，但不可以叫名人博物馆。

这样做的好处，除了节约土地资源之外，最大的好处是更便于人们去参观、学习、瞻仰，免得跑那么多路，免得一个名人跑一次路，两个名人需跑两次路，三个名人要跑三次不同的路……纵然有必要，但生活节奏如此之快，又哪里来的那么多时间和精力？

是的，为了更好地前进，我们必须舍弃一些东西，必须减少、减轻一些身上的负荷，甚至可以说是包袱。也只有这样，我们才能更加轻松，也才能站得更高，看得更远，才能走得更快。

其实，毛主席他老人家早已说得很清楚："……惜秦皇汉武，略输文采，唐宗宋祖，稍逊风骚，一代天骄成吉思汗，只识弯弓射大雕。俱往矣，数风流人物还看今朝！"

我们是一脉相承的，当然看的还是今朝。